KB108662

관서악부

關西樂府

관서악부

關西樂府

평안감사가 보낸 평양에서의 1년

신광수 저 | 이은주 역해

규장각 015
새로 읽는
우리 고전

아카넷

'규장각 고전 총서' 발간에 부쳐

고전은 과거의 텍스트이지만 현재에도 의미 있게 읽힐 수 있는 것을 이른다. 고전이라 하면 사서삼경과 같은 경서, 사기나 한서와 같은 역사서, 노자나 장자, 한비자와 같은 제자서를 떠올린다. 이들은 중국의 고전인 동시에 동아시아의 고전으로 군림하여 수백 수천 년 동안 그 지위를 잃지 않았지만, 때로는 자신을 수양하는 바탕으로, 때로는 입신양명을 위한 과거 공부의 교재로, 때로는 동아시아를 관통하는 글쓰기의 전범으로, 시대와 사람에 따라 그 의미는 동일하지 않았다. 지금은 이들 고전이 주로 세상을 보는 눈을 밝게 하고 마음을 다스리는 방편으로서 읽히니 그 의미가 다시 달라졌다.

그러면 동아시아 공동의 고전이 아닌 우리의 고전은 어떤 것이고 그 가치는 무엇인가? 여기에 대한 답은 쉽지 않다. 중국 중심의 보편적 가치를 지향하던 전통 시대, 동아시아 공동의 고전이 아닌 조선의 고전이 따로 필요하지 않았기에 고전의 권위를 누릴 수 있었던 우리의 책은 많지 않았다. 이 점에서 우리나라에서 고전은 절로 존재하였던 과거형이 아니라 새롭게 찾아 현재적 가치를 부여하면서 그 권위가 형성되는 진행형이라 하겠다.

　서울대학교 규장각한국학연구원은 법고창신의 정신으로 고전을 연구하는 기관이다. 수많은 고서 더미에서 법고창신의 정신을 살릴 수 있는 텍스트를 찾아 현재적 가치를 부여함으로써 새로운 고전을 만들어 가는 일을 하여야 한다. 그간 이러한 사명을 잊은 것은 아니지만, 기초적인 연구를 우선할 수밖에 없는 현실로 인하여 우리 고전의 가치를 찾아 새롭게 읽어주는 일을 그다지 많이 하지 못하였다. 이제 이 일을 더 미룰 수 없어 규장각한국학연구원에서는 그간 한국학술사 발전에 큰 기여를 한 대우재단의 도움을 받아 '규장각 새로 읽는 우리 고전 총서'를 기획하였다. 그 핵심은 이러하다.

　현재적 의미가 있다 하더라도 고전은 여전히 과거의 글이다. 현재는 그 글이 만들어진 때와는 완전히 다른 세상이다. 더구나 대부분의 고전은 글 자체도 한문으로 되어 있다. 과거의 글을 현재에 읽힐 수 있도록 하자면 현대어로 번역하는 일은 기본이고, 더 나아가 그 글이 어떠한 의미가 있는지를 꼼꼼하고 친절하게 풀어주어야 한다. 우리 시대 지성인의 우리 고전에 대한 갈구를 이렇게 접근하고자 한다.

'규장각 새로 읽는 우리 고전 총서'는 단순한 텍스트의 번역을 넘어 깊이 있는 학술 번역으로 나아가고자 한다. 필자의 개인적 역량에다 학계의 연구 성과를 더하여, 텍스트의 번역과 동시에 해당 주제를 통관하는 하나의 학술사, 혹은 문화사를 지향할 것이다. 이를 통하여 우리의 고전이 동아시아의 고전, 혹은 세계의 고전으로 발돋움할 수 있기를 기대한다.

기획위원을 대표하여 이종묵이 쓰다.

차례

평안감사가 보낸 평양에서의 1년

죽지사의 전통

「관서악부(關西樂府)」에서 '관서'는 평안도 지역을 뜻한다. '악부'는 한문학의 한 갈래이다. 이 작품이 7언 4구 형식의 108수로 이루어져 있고 내용이 평안도, 특히 평양의 전모를 형상화했다는 점을 감안하면 '관서죽지사(關西竹枝詞)' 또는 '평양죽지사(平壤竹枝詞)'가 좀 더 적절한 제목일 것이다.

그렇다면 '죽지사(竹枝詞)'는 무엇일까. 죽지사는 대체로 지역적 색채가 강한 7언 4구 3평성운(平聲韻) 형식의 사(詞)로 알려져 있다. 7언 4구가 가장 많지만 7언 2구, 5언 4구, 7언 5구, 7언 8구, 잡언체도 있다. 또 한 편의 죽지사는 적게는 몇 수(首)부터 많게는 몇백 수로 이루어진 연작 형태를 보이고 있다는 점, 서문이 달려 있다는 점이 특징이다.

중국 한(漢)지역에서 유행하던 민가 '죽지(竹枝)'가 있었고 이것을 당대 (唐代) 유우석(劉禹錫)이 가사를 보다 세련되게 다듬으면서 죽지사가 만들어졌다. 그는 「죽지사 9수의 서문(竹枝詞九首序引)」에서 초창기 '죽지'가 어떤 모습이었고, 이후에 죽지사가 어떤 특징을 갖게 되었는지 설명하고 있다. 유우석은 건평(建平, 지금의 사천성 무현)에 갔을 때 마을 아이들이 '죽지(竹枝)'를 부르는 것을 들었다고 썼는데, 건평은 파촉(巴蜀) 지방, 현재 중국의 서남부 지역으로, 바로 이 때문에 죽지사는 특정 지방의 민간 풍속과 풍물을 반영하는 것을 기본 성격으로 갖게 되었다. 죽지는 짧은 피리(短笛)와 북에 맞춰 불렀고 유우석도 「죽지사」 9편을 지어 노래 부르게 하겠다는 희망을 피력하면서 죽지사는 일종의 노래로 인식되었다. "연으로 부른다(聯歌)"는 가창 특성으로 인해 죽지사는 연작의 형태로 창작되었는데 이는 죽지사의 형식적 특성으로 굳어졌다. 또 '죽지'의 가사가 비루(鄙陋)하고 곡조의 후반부가 격렬(激訐)하다고 한 것처럼 토속적인 민가적 성격이 죽지사에 담아야 할 요소로 간주되었다.¹ 결국 문인들은 유우석이 민가를 바탕으로 지은 「죽지사」를 전범으로 삼았는데, 죽지사 창작의 관건은 민가의 비속성과 문인의 우아함을 어떻게 조화시킬 것인가 하는 문제로 귀결되었다. 곧 진실됨과 소박함을 표방하되 이것이 통속적으로 흐르지 않는 것이 중요했다.

당대(唐代)와 오대(五代) 문인들은 유우석의 「죽지사」에 보이는 민가적 정조를 남녀 간의 사랑으로 해석하고 이를 주된 정조로 삼았으나, 송대 (宋代) 죽지사는 이를 초(楚)의 비극적 역사에서 기인한 것으로 이해하고

'영사(詠史)'적인 성격을 가미하였다. 또 송대에는 죽지사의 작품수도 늘고 방식도 다양해졌으며 5언 4구체가 출현했고 주로 역사와 사회상, 민생의 질고 등을 반영하게 되었다. 죽지사 창작의 직접적인 기폭제는 원대 문인 양유정(楊維楨, 1296~1370)의 「서호죽지사(西湖竹枝詞)」였다. 그가 115인의 죽지사 177수를 수록하여 편찬한『서호죽지집(西湖竹枝集)』이 널리 유포되면서 다른 문인들도 죽지사를 다수 창작하게 되었다. 죽지사는 송대와 원대를 거치면서 점차 장편 연작의 형태로 확장되었다. 더 길어진 편폭으로 인해 원래 있던 지역성은 좀 더 구체적이고 다양하게 반영될 수 있었다.

명대 죽지사의 특징으로는 전주(箋注)와 비점(批點)이 등장했다는 점을 꼽을 수 있다. 곧 시 원문에 이해를 돕기 위해 주석을 붙이는 현상이 나타났는데 문진형(文震亨)의 「말릉죽지사(秣陵竹枝詞)」가 단적인 예이다. 시를 제대로 읽기 위해 주석을 활용한다는 발상은 작품에 지방색을 최대한 넣겠다는 뜻이기도 하다. 그래서 주석이 없으면 고유어와 토속어가 반영된 시의 어휘나 내용을 이해하기 어렵지만, 다른 한편으로는 바로 이 때문에 '죽지사'를 특별하다고 생각했다. '죽지사'에 나온 낯선 어휘와 생경한 풍속을 보면서 사람들은 그 지방에 대해 이질감을 느꼈다. 사람들이 거주하는 일상 공간이라는 공통성보다 낯설고 독특한 모습이 압도적으로 다가왔던 것이다. 그리고 이 낯선 모습을 본연의 지방색으로 인식하게 되었다.

청대 죽지사는 편폭이 매우 길어져서 명대 문진형의 「말릉죽지사」가 35수, 이업사(李鄴嗣)의 「무동죽지사(鄮東竹枝詞)」가 79수였던 것에 비해 장지전(張芝田)의 「매주죽지사(梅州竹枝詞)」가 400수, 김장복(金長福)의 「해릉죽지사(海陵竹枝詞)」가 800수로 훨씬 더 긴 죽지사도 창작되었다. 청대 죽지사는 거의 100수 또는 100수 이상의 죽지사가 다수였고 그런 점에서 보면 죽지사를 지방지라고 할 수 있을 정도로 원래 가지고 있었던 문학적 요소가 약화되고 정보량이 많아지는 방향성을 보이게 되었다. 19세기에는 특정한 분야로 확장되어 상업죽지사(商業竹枝詞), 교방죽지사(敎坊竹枝詞), 관장죽지사(官場竹枝詞)가 나오기도 했다.[2]

조선시대에 창작된 죽지사 역시 중국 죽지사의 장르적 특성을 그대로 유지하고 있다. 5언으로 된 김석준(金奭準, 1831~1915)의 「화국죽지사(和國竹枝詞)」를 제외하면 대체로 7언 4구의 연작 형태이며, 이학규(李學逵, 1770~1835)의 「금관죽지사(金官竹枝詞)」, 신석우(申錫愚, 1805~1865)의 「이진죽지사(伊珍竹枝詞)」처럼 지방의 현실과 백성들의 삶에 대한 관심을 주로 담았다. 명·청대 죽지사에서 지방 또는 해외를 소재로 삼은 것처럼, 신유한(申維翰, 1681~1752)의 「일동죽지사(日東竹枝詞)」, 조수삼(趙秀三, 1762~1849)의 「외이죽지사(外夷竹枝詞)」, 이상적(李尙迪, 1804~1865)의 「일본죽지사(日本竹枝詞)」, 이유원(李裕元, 1814~1888)의 「이역죽지사(異域竹枝詞)」, 김석준의 「화국죽지사」는 외국의 풍물과 풍속을 노래하였는데, 드물게 신국빈(申國賓, 1724~1799)의 「응천교방죽지사(凝川敎坊竹枝詞)」처럼 교방만을 다루거나 세시풍속에 특화된 조수삼의 「상원죽지사(上元竹枝詞)」도 있다. 또 500여 수에 역사, 민간의 놀이, 풍속 등의 다양한 면모를 담은 최영년(崔永年, 1856~1935)의 「해동죽지(海東竹枝)」처럼[3] 상당히 긴 편폭의 죽지사도 등장했다.

「관서악부」, 지방과 서사의 결합

　지방의 풍물과 풍속을 담는다는 성격을 전제하는 한, 어쩌면 죽지사 창작의 추동력은 '낯섦' 그 자체일지도 모른다. 곧 죽지사를 읽는 독자들이 바라는 지방이란 이국적이고 독특한, 낯선 세계이다. 때문에 중국 죽지사든 우리나라의 죽지사든 낯설고 이질적인 지방의 모습을 탐색하거나 다른 지방의 세시 풍속처럼 특정 영역에 특화시켜 낯설고 새로운 세계로 죽지사의 소재를 확장해 나갔다.

　중국과 한국의 죽지사에는 낯선 지역의 독특함을 엿보고 싶다는 갈망이 담겨 있다. 죽지사의 태생에서 확인할 수 있듯이 문인이 민가를 윤색한다는 것은 낯선 지방을 문인이 탐색하고 경험하는 것이다. 그런 점에서 죽지사는 노래로 쓴 유기(遊記)라고 할 수 있다. 그래서 죽지사는 토속적인 지방을 세련된 문인이 찾아가서 그 특징을 포착하거나 여행하고 감회를 토로하는 양상을 보인다. 그런데 지방의 제반 정보를 본격적으로 다루는 후대 장편화된 죽지사는 지역적 정보를 다양하고 광범위하게 담을 수는 있게 되었지만, 어떻게 보면 죽지사가 갖는 독특한 존재 의의는 흐려질 여지가 있었다. 이질적인 세계에 대한 호기심을 충족해 주려면 차라리 훨씬 더 정보량이 많은 지방지가 더 의미 있지 않을까. 문인의 죽지사가 문학작품이기 위한 최소한의 존립 요건은 무엇일까. 신광수의 「관서악부」가 특별한 지점은 바로 여기에 있다.

　「관서악부」가 유통되면서 주석이 추가된 필사본이 등장한 점으로 볼 때 당시 독자들은 분명히 명대 죽지사에 나타난 변화를 알고 있었던 것 같다. 또 이 작품이 108수로 비교적 장편이라는 점에서 신광수도 청대에 죽지사가 장편화되는 변화를 감지하고 있었을 것이다. 그런데 신광수는 지역 자체에 대한 관심이 고조되었던 그 당시 경향과는 달리 죽지사를 어떻게 문학적으로 형상화할 것인지를 고민했고 결과적으로 이를 성공적으로 해결했다. 이 점은 크게 두 가지 측면에서 설명할 수 있다.

한 가지는 전편의 처음부터 끝까지 관통하는 서사를 가미해서 각 지역의 특징을 유기적으로 결합했다는 것이다. 평안감사가 도임해서 평양, 나아가 평안도를 순력한 뒤에 이임하는 최소한의 서사가 덧붙여졌는데 그럼에도 어떤 스토리 라인을 뚜렷하게 부각하는 방향으로 나아가지는 않았다. 핵심은 스토리가 아니라 평양(나아가 평안도)의 여러 면모를 보여주는 데에 있어 언뜻 보기에는 단편적이고 비체계적으로 조직한 느낌도 든다. 그러나 전편을 관류하지 않는다고 해도 부분적으로 보면 일정한 단위가 존재한다. 감사의 도임행렬, 일정한 구역으로 분류해서 몇 차례 명소를 탐방하는 과정과 뱃놀이, 역사를 회고하는 장면, 평안도 순력길 등 「관서악부」에서는 아주 명확한 형태는 아니지만 몇 수로 구성된 독립적인 장면들이 있고 이들을 연결해서 평양의 전체를 만들어내는 시적 구상이 드러나 있다. 또 평양의 민간의 삶을 시찰하는 것이든 평양의 역사를 회고하는 것이든 평양의 유적을 돌아보는 것이든 모두 감사의 직분과 일정하게 연결되어 있다. 평안감사가 도임하고 문묘나 사당을 참배하는 관례, 업무뿐만 아니라 평양의 풍속과 민간의 삶도 평양부윤을 겸하는 평안감사가 통치하는 영역이기 때문이다.

또 다른 측면은 108수에 의미를 부여하는 대목에서 찾을 수 있다.

신광수는 108수를 백팔염주와 연관시켰고, 직접적으로는 마등가(摩騰伽, Matanga)[5]의 유혹에 빠졌던 아난(阿難, Ānanda)의 이야기를 끌어왔다. 아난과 마등가의 이야기를 통해 채제공에게 여색을 경계하라는 메시지를 전한다는 설정인데, 이는 역설적으로 당대 죽지사의 주요 정조인 남녀 간의 애정이 이 죽지사의 또 다른 축임을 암시한다. 신광수가 「관서악부」를 지으면서 아난과 마등가를 떠올렸다는 점도 의미심장하다.

『능엄경(楞嚴經)』에 따르면, 석가모니의 제자 아난은 어느 날 탁발을 하러 나갔다가 마을 우물에서 물을 긷던 마등가에게 물 한 사발을 청해 마셨다. 마등가는 곧바로 사랑에 빠지고 만다. 상사병에 빠진 딸을 보다 못해 그녀의 어머니는 아난을 유인하여 집에 끌어들인 후 하룻밤을 보내기 전에는 나가지 못한다고 협박하고 주술을 걸었지만 아난이 위기에 빠진 것을 알고 석가모니가 아난을 구해냈다. 그러나 마등가가 아난을 따라다니며 구애하자 석가모니는 그녀를 불러 머리를 깎아야 한다는 조건을 제시했다. 머리를 깎고 온 마등가에게 석가모니가 아난의 어디를 사랑하느냐고 묻자 마등가는 아난의 외모와 목소리, 걸음걸이 모두가 좋다고 대답했다. 육신은 본래 더럽고 허망한 것이라는 석가모니의 설법을 듣고 마등가는 깨달음을 얻어 아라한(阿羅漢, 출가수행자)이 되었다.

그렇다면 왜 아난과 마등가일까. 아난은 수려한 외모와 선량한 마음, 총명함까지 갖춘 석가모니의 제자였고 마등가는 계환(戒環)이 쓴 『수능엄경요해(首楞嚴經要解)』에서 기녀(妓女)라고 했기 때문이다. 아난을 사랑하는 기녀 마등가의 모습에 평안감사 채제공과 평양 기생의 로맨스를 겹쳐 보여준 것이다. 마등가는 아난을 사랑했지만 석가모니의 설법을 듣고 깨달음을 얻은 뒤에 더 이상 아난의 아내가 되기를 꿈꾸지 않았다. 평안감사와 평양 기생의 관계도 마찬가지일 것이다. 신분의 차이, 행복한 결말을 기대해서도, 기대할 수도 없는 관계, 그렇지만 아난이 방에 갇혀 동침해야 한다는 협박을 받았던 것처럼 평양 기생과 흥청거리는 도시의 분위기에 빠져 한때의 로맨스를 꿈꿀 수 있는 공간, 그곳이 바로 평양이다. 이런 착안점을 바탕으로 「관서악부」에는 감사와 기생의 관계가 무르익는 과정이 간헐적으로, 또 암시적으로 드러난다.

1760년 신광수의 평양

신광수가 「관서악부」를 쓴 시점은 1774년이다. 당시에 채제공과 동행하지는 않았지만 평양은 신광수가 예전에 가본 적이 있던 곳이었다. 따라서 1760년에 평양에서 겪었던 일들과 당시 느꼈던 감정도 「관서악부」에 어느 정도 반영되었을 것이다.

1775년에 신광수가 세상을 떠난 뒤 동생 신광하(申光河)는 제문에서 형이 죽어서는 안 되는 이유를 하나하나 들면서 죽음을 애도했다. 가장 먼저 언급된 이유는 신광수가 가족과 문중, 향당(鄕黨)의 벗들에게 촉망받던 인재라는 것이었다. 신광하는 「행장」에서 신광수가 어렸을 때부터 얼마나 특출난 문재를 가지고 있었는지를 하나하나 나열해 보였다. 「행장」에 따르면 신광수는 5세에 글을 쓸 줄 알았고 말을 하면 사람들을 놀라게 하면서 천재성을 입증했다. 문장을 잘 쓴다고 자부했던 임천(林川) 이직심(李直心)이 천재라고 감탄했으며 당시 시명을 떨치던 국포(菊圃) 강박(姜樸)이 자기보다 시를 더 잘 쓴다고 할 정도로 촉망받았다.

기대에 걸맞게 신광수는 1741년(30세)에 승보시(陞補試)에 합격한 뒤 1746년(35세)에 한성시에 2등으로, 겨울에는 승보시에 장원으로 합격하였다. 또 2년 뒤인 1748년에는 호서(湖西) 복시(覆試)에 장원으로 합격하였고 1750년(39세)에 진사가 되었는데, 그때까지만 해도 다른 사람들보다 빠른 편은 아니었지만 무난하게 문과 급제를 하여 벼슬길에 들어설 것만 같았다. 특히 1746년에 시험 답안에 쓴 「관산융마(關山戎馬)」는 노래로 불리기도 했다. 이렇게 과거 시험에서 두각을 나타낸 신광수는 전국에서 이름을 알 정도로 유명세를 떨쳤고, 사람들의 기대를 한 몸에 받았다.

그러나 그뿐이었다. 신광수는 과거에 거듭 낙방하면서 1757년(46세)에 과거 응시를 포기했다. 그러다가 1761년 11월에 음직으로 영릉참봉에 임명되어 벼슬길에 들어섰다. 신광수는 그 직전인 1760년 11월에 평안도에 갔다. 이때 쓴 시를 엮은 시편 「서관록(西關錄)」의 시 제목으로 여정을 재구성하면, 당시 신광수는 개성을 지나 황해도 평산을 거쳐 평양에 들어갔고, 다시 평산, 장연(長淵), 해주(海州)를 갔다. 그 뒤에 평양을 거쳐 동쪽에 있는 평안도 성천(成川), 강동(江東)까지 갔다가 다시 평양에 들어갔다. 신광수의 두 아들이 「연기(年記)」에서 신광수의 행적을 정리할 때 1760년에 관서지방을 여행했고 1761년에 다시 평양을 여행했다고 한 것은 이 무렵 평안도와 황해도의 여러 지역을 여행하면서 평양에 두 차례 들러 체류한 것을 가리키는 것 같다.

신광수가 이때 어떤 이유로 평안도에 갔는지는 알 수 없다. 다만 평안도로 가기 전에 신광수, 신광연(申光淵), 신광하 세 형제가 모였는데, 그때 지은 시에서 공통적으로 평안도행은 가난 때문이었다는 구절을 발견할 수 있을 뿐이다. "가난 때문에 떠나게 되었다(以貧爲此別)"(신광수), "빈천하여 도리어 이별이 많다(貧賤還多別)"(신광연), "빈천해서 떠나게 됨을 슬퍼하지 마오(莫嗟貧賤別)"(신광하). 이렇게 공통적으로 가난 때문에 신광수가 평안도로 가게 되었다고 했지만, 막상 이때 지은 시를 모아 놓은 「서관록」을 봐도 신광수가 평안도, 해주, 성천 등지에 어떤 목적으로 고단한 여행길에 오르게 되었는지, 여러 지역을 오가면서 무슨 일을 했는지 그 구체적인 행적은 드러나지 않는다. 다만 평산부사의 호통을 들어 이(李) 시랑(侍郞)의 편지를 전할 수 없었고(「평산도중(平山道中)」), 당시 친한 사이이자 사돈이기도 한 대동찰방(大同察訪) 한필수(韓必壽)와 동행하다가 평산에서 헤어졌다는 사실만 알 수 있다.

1756년(45세)에 부인 윤 씨가 죽고 이듬해 결국 과거 응시를 포기한 상태에서 가난 때문에 평안도로 갔을 때 신광수는 의기소침한 상태였다. 주변 사람들의 기대에 부응하지 못했고, 모두 다 자신의 이름을 안다고 할 정도로 과체시(科體詩)로 명성을 날렸던 나날들은 허무하게 과거의 일이 되었다. 여기에는 상대적인 열패감도 있었을 것이다. 동생 신광하가 「행장」에서 신광수의 교유관계를 설명하면서 거론했던 인물들을 보면, 젊었을 때에는 채제공(1720~1799), 이헌경(李獻慶, 1719~1791), 이동운(李東運, 1719~1752), 만년에는 홍한보(洪翰輔, 생몰년 미상), 정범조(丁範祖, 1723~1801), 목만중(睦萬中, 1727~1810)인데, 이들은 남인(南人) 문단의 주요 인물이었다. 일찌감치 문과에 합격하여 관료로 승승장구하고 있었던 채제공은 1760년 11월 당시 대사헌을 거쳐 도승지를 맡고 있었고 이헌경도 문과 급제하여 양양부사로 있었다. 끝까지 벼슬이 없었던 홍한보를 제외하면 정범조도 1759년에 진사시에 합격한 상태였고 (1763년에 과거 급제), 목만중도 1759년에 별시 문과에 합격하여 의정부 사록(司錄)으로 일하고 있었다. 신광수는 이 중에서 가장 연장자였다. 또 그 전의 시험에서 장원으로 합격한 적도 있었기 때문에 과거에 낙방하고 끝내 응시를 포기하게 된 이 상황을 견디기가 어려웠을 것이고 자존심에 상당한 타격도 받았을 것이다. 게다가 이번 여행길은 즐거운 유람이 목적이 아니었으므로, 누구나 가고 싶다는 풍류의 땅인 평양에 가는 신광수의 마음은 편치 못했다.

때는 겨울이었다. 충청도 한산에 살던 신광수에게 평안도의 11월 추위는 가혹했고, 이미 황해도 평산에서 수령의 호통을 듣고 "가는 곳마다 마음 상하는 일 많고, 황주 가는 길에서 돈 없는 게 우습다(到處寒儒多敗意, 黃州路上笑無錢)"(「평산도중(平山道中)」)라고 자조할 정도로 착잡한 심경이었다. 황해도 경계에 있는 황주를 지나면 곧 평안도로 들어서고 평양도 얼마 남지 않았는데 풍류로 유명한 평양에 빈털터리 신세로 가야만 했다. 그래도 멀리 보이는 평양이 중국 항주(杭州)인 양 화려하게만 보였고 그래서 대동강에 이르기 전에 통과해야 하는 십리 장림(長林)

을 지나면서 설레는 마음에 나귀를 일부러 천천히 몰겠다는 내용의 시를 지었다.

그곳에서 뜻밖의 환대를 받게 될 줄은 상상도 하지 못했을 것이다. 「서관록」에는 연광정에서 검무를 추던 기생 추강월(秋江月)을 비롯하여 여러 기생들에게 써 준 시가 실려 있다. 이때 지은 시의 내용은 검무의 모습, 기생의 기구한 사연, 대동강 뱃놀이였는데, 가난한 서생 신광수는 기생들과 어울려 대동강 뱃놀이도 했고 연광정이나 부벽루에서 지방관이 연회를 열 때나 볼 수 있는 검무도 볼 수 있었다. 어떻게 이런 특별 대접을 받을 수 있었을까. 평양의 교방 레퍼토리에 신광수가 지은 「관산융마」가 들어 있었기 때문이다. 관직도 없었고 가난한 신세였지만 「관산융마」를 지은 장본인이라는 사실이 알려지자 신광수는 다시 유명 인사가 되었다. 나중에 신광수는 평양에서의 한때를 각별하게 기억했고 그때 만났던 사람들에게 시를 써서 부치기도 했다. 특히 신광수는 「관산융마」를 잘 불렀던 기생 모란을 잊을 수 없어서 평양에서 만난 황재후(黃載厚)에게 시를 써 부치면서 다음 달 밤에 대동강에 가서 배를 타고 「관산융마」를 들어보는 게 어떻겠냐고 제안했으며, 나중에 기생 모란이 서울에 왔다는 소식을 듣고 모란이 노래 불렀던 당시를 떠올렸다.

흥미로운 것은 황재후에게 보낸 3수의 시 중 제2수에서는 장림 어귀 관선(官船)에 자신의 시가 있으니 그 시를 보고 나를 본 듯 여기라는 대목이다.[6] 관선에 시가 걸릴 정도로 당시 신광수는 엄청난 환대를 받았던 것이다. 신광수의 동생 신광하가 형이 죽은 지 10여 년 뒤에 평양에 갔을 때 지은 시 제목이 「벽한사에서 석북의 시에 차운하다(碧漢槎次石北)」

인데, 이들이 말하는 관선(벽한사)이 바로 '대루선(大樓船)', 곧 명나라 사신 허국(許國)이 써 준 글씨 '벽한부사(碧漢浮槎)'가 현판에 있는 곳으로, 큰 배 위에 만든 작은 정자였다. 정지상의 시 「송인(送人)」을 신광수가 차운해서 쓴 것을 두고 신광하는 형의 시에 차운한다고 제목을 달았다. 신광하는 기생 일지춘(一枝春)이 부르는 「관산융마」를 듣고 형이 평양에 갔을 때 「관산융마」의 주인공으로 대접을 받았지만 대략 20년이 지난 지금에는 「관산융마」를 부를 줄 아는 기생은 여기에서는 일지춘이 유일하다고 탄식하기도 했다.[7]

　채제공이 평안감사가 되어 평양으로 가고 이를 전송하는 의미에서 「관서악부」를 지었던 1774년 무렵의 신광수는 벼슬도 없이 가난하게 떠도는 신세는 아니었다. 1761년에 음직으로 영릉참봉에 임명되어 벼슬길을 시작한 뒤 사옹원봉사, 의금부도사, 선공감봉사, 예빈시직장, 돈녕부주부, 서부도사를 거쳐 연천현감을 역임했고 1772년(61세)에는 기로과(耆老科)에 장원으로 선발되어 승지가 되었다. 그 뒤 돈녕부도정(정3품), 병조참의를 거쳐 1773년(62세) 9월 영월 부사가 되었다.

　채제공만큼은 아니었지만, 신광수도 어느 정도 성공했다고 말할 수 있었기 때문에 술에 취해 일본으로 사행 간다면 자신에게 종이를 들고 와서 시를 청하는 사람들이 구름같이 몰려들 것이고 명나라 사신들보다도 잘 지을 자신이 있다고[8] 자부했지만 동시에 좌절감을 떨쳐버리지 못했던 젊은 시절의 강개한 어조는 이미 사라졌다. 그래도 지금 평안도의 관찰사가 되어 위풍당당하게 있을 채제공을 생각하면 예전에 평양에 갔을 때 쓰라렸던 자신의 상황이 계속 떠올랐을 것이다. 그런 의미에서 「관서악부」는 채제공을 축하하면서 동시에 과거의 자신을 위로하는 의미를 담게 되었다. 신광수가 평양을 소재로 한 죽지사 「관서악부」에 '평안감사'를 주인공으로 내세워 평양을 순회하는 서사를 만들어냈을 때, 그 기저에는 가난한 포의의 신세로 뜻밖의 대접을 받았던 자신의 개인사가 놓여 있었을 것이다. 이러한 설정을 통해 어떤 '감정'이 가미된 새로운 죽지사가 탄생하였다.

거의 현실에 가까운 상상

도임한 지 얼마 되지 않은 채제공에게 「관서악부」를 지어주면서 신광수는 평안감사의 재임기간 동안 평양과 평안도를 둘러보는 내용을 형상화했다. 대부분의 죽지사가 자신이 보거나 경험한 지역을 묘사하거나 그렇지 않더라도 문헌 자료에 기반한 사실을 다룬 반면, 「관서악부」는 앞으로 벌어질 일들을 예상하여 펼쳐냈다. 이 점은 허구성을 가미하여 작품의 흡인력을 높였다는 점에서 절묘하다.

누군가가 어떤 곳에 가서 보고 들은 것을 형상화했을 경우 그 작품은 사실적이지만, 그것은 그 사람의 경험일 뿐이다. 텍스트를 읽는 독자는 다른 사람이 경험한 공간을 전해 듣는 입장에 놓이기 때문에 내가 그 공간에 있다는 감각을 얻기가 어렵다. 「관서악부」에서 표방한 주인공은 채제공이지만, 엄밀하게 보면 「관서악부」에서 평안감사가 보고 겪는 일들은 체제공이 겪었던 '사실'이 아니다. 그저 평안감사로 간 채제공이 평양에서 겪을 수 있는 개연성 있는 일일 뿐이다. 특정한 누군가의 경험이 아니라는 '열린' 설정이 공략하는 지점은 분명하다. 일어난 일이 아니라 일어날 수도 있는 일이기 때문에 「관서악부」의 독자는 '어쩌면' 나도 평양에 가게 되었을 때 이런 풍경을 보거나 이런 일들을 경험할 수 있다고 기대할 것이다. 평양의 아름다운 강산, 화려한 누각, 부유한 도시 분위기, 대동강의 뱃놀이, 평양 기생과 술을 마시는 것 등 「관서악부」에서 제시된 평양의 이모저모는 어떤 누군가만 겪을 수 있는 한정되고 독특한 경험이 아니다. 질적 수준의 차이는 있겠지만 평안감사만 누릴 수 있는 것이 아니기 때문에 「관서악부」를 읽다 보면 마치 내가 이곳을 유람하고 있는 것처럼 느낄 수 있다. 누구에게나 열려 있는 '개연성'을 부여한 시적 설정과 지방의 대표적이고 전형적인 장면을 담은 묘사가 결합하면서 「관서악부」는 독자에게 새로운 지역을 가상으로 체험한다는 느낌을 주었다. 이는 새로운 지역의 모습을 전면에 두고 나열해 가면서 독자의 지적 호기심을 자극했던 명·청대 죽지사와도 구별되고, 주로 역사적 측면에 치중했던 일련의 해동악부(海東樂府)와도 차이를 보이는 지점이다.

　「관서악부」에서 흥미로운 또 하나의 설정은 '평안감사'이다. 평안감사로 간 채제공에게 지어주었기 때문에 어떤 의미에서는 당연하게 느껴질 수도 있다. 그러나 신광수와 채제공은 예전부터 아는 사이였기 때문에 '문인(文人)'적인 색채를 더 강하게 할 수도 있었다. 평안감사가 평양에 가서 둘러본다는 이 설정이 유의미한 이유는 독자가 평안감사에 이입하기는 쉽지 않겠지만 평안감사의 뒤에서 그 화려한 삶을 엿보는 상황으로는 쉽게 옮겨갈 수 있기 때문이다. 이 점은 신광수가 「관서악부 서문」에서 언급한 왕건(王建)의 「궁사(宮詞)」와 맞닿는 부분이기도 하다. 현전하는 「관서악부」의 필사본이 여러 종 남아 있다는 사실로 볼 때 「관서악부」를 접한 독자들은 상당히 많았으리라고 추측할 수 있다. 당시 사람들에게 평양은 그저 낯선 곳이 아니라 경제적으로 풍요롭고 술집과 상업이 번성한, '사치스러운' 도시였다. 이런 도시의 진수를 평범한 사람들이 맛볼 수 있을까. 아마도 힘들 것이다. 「궁사」가 궁중의 내밀하면서도 화려한 모습을 엿보는 느낌을 주는 것처럼 「관서악부」의 이 설정은 철저하게 평양에 대한 당시 사람들의 일반적인 기대치에 부응하는 것이다. 이것은 평양이나 평안도라는 지역 자체에 대해 알고 싶은 욕망이 아니다. 사람들은 평양에 대해 화려하고 부유하고 기생으로 유명한 곳이라는 이미지를 가지고 있었고, 그 이미지를 사실이라고 확인시켜 줄 누군가가 필요했던 것이다. 평안감사는 멋진 세계로서의 평양의 안쪽 세계를 속속들이 들어갈 수 있는 인물이었다. 그에게는 온갖 종류의 화려하고 대단한 일들이 벌어질 것이다. 곧 「관서악부」는 이러한 설정을 통해 평양의 이미지를 실제 사실과 결합해 현실적으로 구현해 낼 수 있었다. 그래서 「관서악부」에서는 이 죽지사에 구현되어 있는 세계가 사실임을 끊임없이 일깨운다. 채제공의 구체적인 인적 사항이 반영되고 평양 읍지의 내용들이 삽입된다. 「관서악부」에 반영된 여러 사실들로 독자들은 평양을 더 생생하게 경험할 수 있었다. 이렇게 「관서악부」를 읽고 나면 자신이 떠올렸던 평양의 이미지가 사실에 기반한 것이라고 느끼게 될 것이다.

그런데「관서악부」에 형상화된 평양이 실제 평양의 진면목이라고, 또 정확하게 읽은 것이라고 말할 수 있을지 모르겠다. 여기에는 평양에 살고 있는 사람들이 주변인으로 그려지고 그들의 삶이나 관점은 선정 (善政)의 결과로서가 아니라면 적극적으로 반영되지 않았다. 외부인이 낯선 지방에서 느끼는 독특한 풍경이나 색채가 반드시 그 지역의 특징을 잘 포착해낸 결과라고 볼 수는 없다. 외부인은 그 지방을 잘 알지도, 충분히 경험하지도 못했기 때문에 때로는 피상적이고 때로는 자신이 읽고 싶은 것만 읽을 수도 있기 때문이다. 이러한 죽지사의 태생적 한계는「관서악부」에서도 마찬가지로 발견할 수 있다.

　　이 책에서는「관서악부」를 번역하고 해설하면서 문학작품「관서악부」에 구현된 사실과 상상의 영역을 구분하는 데에 초점을 맞추었다. 사실 여부는 실제 자료인 평양 및 평안도 지도, 평양 읍지 및 관련 문헌들을 참고해서 정확하게 반영하고 있는지 검토했다. 사실과는 다른 부분, 또 비중 있게 형상화된 부분에서는 당시 대중이 상상했던 평양의 이미지를 찾으려고 했다. 평양은 유명하면서도 정확하게는 알려지지 않은, 그래서 기대감을 갖게 하는 동시에 호기심을 끊임없이 자극하는 도시이다. 평양의 사실 정보를 어떻게 문학적으로 녹여낼 것인가. 또 대중이 상상하는 평양의 이미지에 어떻게 현실감을 불어넣을 것인가. 이 점은 신광수의 고민이기도 했지만, 우리가「관서악부」를 읽을 때에도 여전히 유효한 질문이다.

「평양도십폭병풍」에 나타난 평양 도성의 주요 장소와 위치

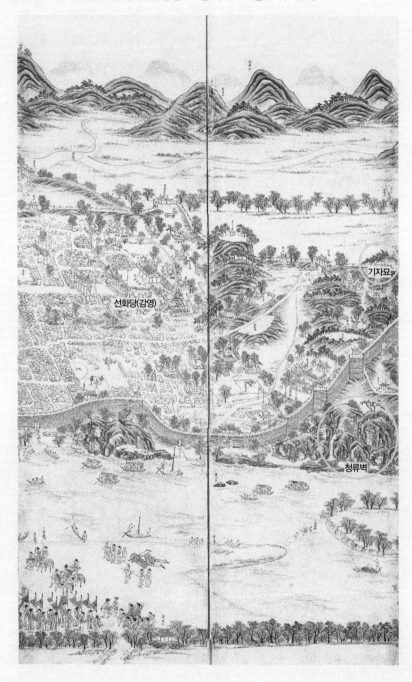

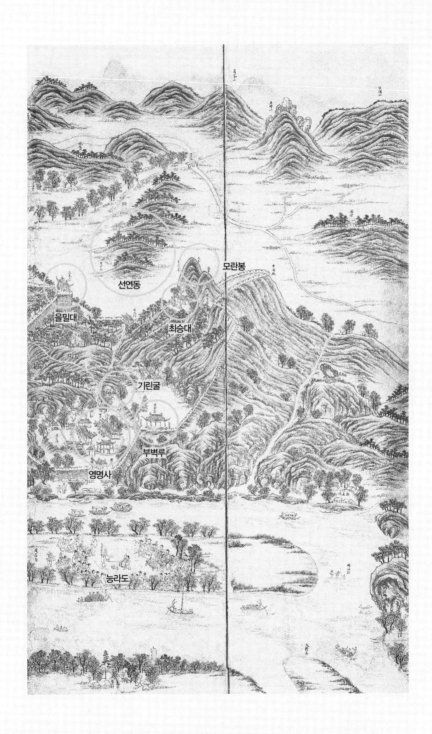

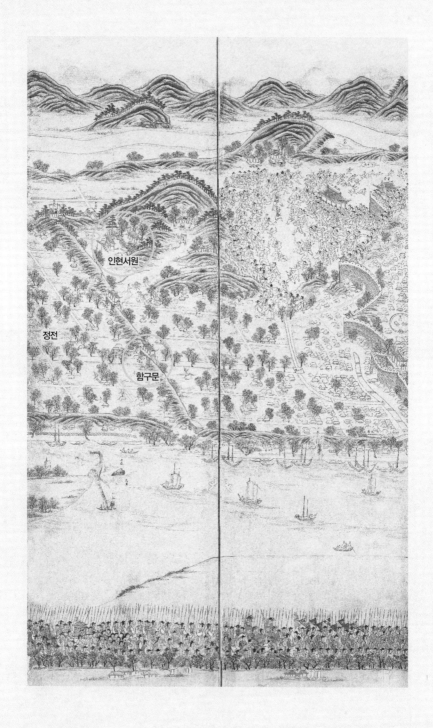

인현서원

정전

함구문

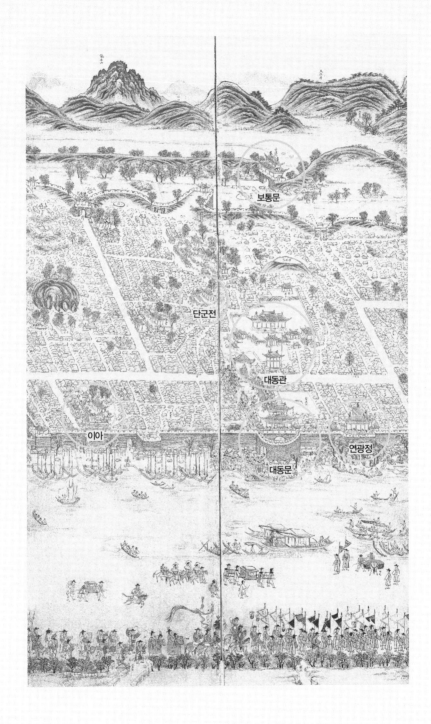

서문

    평양은 기자(箕子)와 동명왕(東明王)이 도읍지로 삼은 곳으로, 옛날부터 아름답기로 나라에서 손꼽는 곳이다. 중국 사신들 가운데 장방주[張芳洲, 장영(張寧)], 허해악[許海嶽, 허국(許國)], 주난우[朱蘭嵎, 주지번(朱之蕃)] 같은 사람들은 '천하제일강산(天下第一江山)'이라고도 했고 '금릉[金陵, 남경(南京)]'과 '전당[錢塘, 항주(杭州)]' 같다고도 했다.

    우리나라가 태평하던 수백 년간 벼슬하는 사대부들은 뱃놀이를 하거나 강가 누각에 앉아서 예쁜 기생들과 풍악을 울리며 오랫동안 머무르며 심취해 있었으니, 풍류가 있는 진회하(秦淮河)⁹와 연꽃과 계수나무가 있는 아름다운 서호(西湖)¹⁰ 같은 즐거움이 있었던 것이다.

    그러나 금릉과 전당에서는 모두 당·송 시대 재주 있는 문인들이 시를 지어 산수에 광채를 더함으로써 태평시대를 장식했다. 우리나라에는 악부는 없고 서경에 대해 지은 시로는 오직 목은(牧隱) 이색(李穡)[11]과 상국(相國) 이혼(李混)의 작품만[12] 있을 뿐이며, 그 밖에 근세에 삼연(三淵) 김창흡(金昌翕) 옹의 훌륭한 작품[13]이 있기는 하지만 모두 율시이다. 정지상의 절구 「관선(官船)」[14]에서 처음 악부의 음조를 얻어 천년의 절창이 되었으니 성당(盛唐)의 수준에 견줄 만하다. 선조(宣祖) 대에는 한때 삼당시인(三唐詩人)으로 불렸던 이달(李達)과 최경창(崔慶昌), 백광훈(白光勳),[15] 서익(徐益)이 정지상 시에 차운한 시[16]도 자못 명작이라고는 하지만, 옛 사람들이 또한 그들이 채련곡(採蓮曲)을 지었다고 아쉬워한 것은[17] 아마도 그것이 최선의 선택이 아니라고 생각했기 때문일 것이다.

나 또한 예전에 평양에 여행 갔을 때 정지상 시에 차운하였는데[18] 이백이 최호(崔顥)의 황학루(黃鶴樓)에 시가 걸려 있어[19] 붓을 던져버렸을 때의 심정이었다. 강가로 가노라니 김황원(金黃元)처럼 통곡할 것 같은 마음이 극심했다.[20] 이렇게 시의 길이란 어려운 것이다. 연광정과 부벽루 사이에서 나는 탄식하면서 방황하지 않은 적이 없었다. (이제) 다시 「관서악부」를 지어 이곳의 관찰사에게 보내어 곡조를 붙여 노래로 불리게 하고자 한다.

나이 쉰에 벼슬도 없이 뜻을 잃고 이리저리 돌아다니느라 높은 사람들에게 좋은 대접을 받기에도 부족했고 적지 않은 나이에 나그네가 된 것도 한탄스러워 울적하게 돌아왔던 일이 떠오르는데, 이제 십여 년이 지나 머리카락이 더욱 듬성듬성해졌다. 연하게 화장한[21] 미인 같았던 그 산수의 수려함을 잊기가 어려워 종종 대동강에서 배를 타고 있는 꿈을 꾼다.

상서(尙書) 번암[樊巖, 채제공(蔡濟恭)]이 평안도관찰사로 부임할 때 도성의 사람들이 시를 지어 전송하였다. 나는 마침 영릉에 봉향하러 가느라 미처 돌아오지 못했는데, 나중에 평양에서 심부름꾼이 와서 시를 재촉하는 편지를 전하였다. 번암은 내 벗으로, 풍류와 문채가 평양의 산수에 광채를 더해줄 만하고 나 또한 오랫동안의 염원을 발동하여 공을 위해 흔쾌히 붓을 들었으니 마치 전장에서 물러난 늙은 장수가 십 년 동안 초야에 있다가 갑자기 전장으로 가는 북소리와 말 울음소리를 듣고 자기도 모르게 탄궁(彈弓)을 들고 일어나는 것과 같았다. 마침내 왕건(王建)의 「궁사(宮詞)」 체를 따라 먹물에 적신 붓을 휘둘러 '관서악부(關西樂府)'를 지으니 '평안감사가 사계절 행락하는 노래(關西伯四時行樂詞)'라고도 할 만하다. 여름철로 시작한 것은 번암이 부임한 것이 5월 단오였기 때문이다. 서도(西都)의 형승과 풍속, 역대 왕조의 흥망과 충절을 지킨 사람과 효자효녀, 신이한 내용과 사찰, 변새의 군대, 누대와 뱃놀이, 선인(仙人)과 사찰, 변방과 군대, 누대와 배로부터 교방의 풍류에 이르기까지 모두 다 망라하였으니 일종의 '서관지(西關志)'라고도 할 수 있겠다.

　간혹 섬세하고 화려한 시어에 여항의 비속한 풍속이 섞여 들어가서 고아한 시풍이 사라져도 개의치 않은 경우도 있었기에 경박하다는 비난을 면하지 못할 것이다. 그런데 왕건의 시와 비교할 때 100수에 8수를 더하였던 것은 불교의 염주법(念珠法)을 활용했기 때문이다. 불교의 계율을 지키는 사람들은 108개로 이루어진 염주를 가지고 늘 마음속으로 생각하면서 선을 행하고 끊임없이 돌리고 돌린다. 나는 늘 생각하면서

(염주를 돌리는) 그 방식을 평소에 좋아했었다. 평양이 비록 번화한 곳이라고 불리지만 이곳에 오는 사람들이 늘 염주법과 같은 생각을 하고 있다면 나방 같은 눈썹에 곱게 실눈을 뜬[22] 미인과 풍악소리에 마음을 뺏기지는 않을 것이다.

　　그러나 부귀하고 출세한 호걸지사 중에서 풍악이 울리고 기생들이 있는 이곳에 와서 홀리지 않을 이가 또한 얼마나 되겠는가. 아난(阿難)은 석가모니의 수제자였지만 창녀 마등가(摩騰伽)에게 빠져 한 달이 되도록 돌아오지 않자 석가모니가 청정대법으로 고해(苦海)의 세계에서 구해냈다. 나는 번암의 정신력이 아난보다 나은지 못한지를 알 수 없다. 나에게는 석가모니가 가졌던 신통하고 광대한 법력이 없고, 108수의 악부 또한 당·송 시대 재주 있는 문인들의 작품처럼 산수에 광채를 더하기에는 모자라겠지만 그렇다고 청정대법이 되지 못하리라는 법이 있겠는가. 번암에게 나의 시를 불교의 염주법으로 삼아 화려한 술잔치가 벌어지는 자리에서 한 차례 노래하고 춤출 때마다 생각하고 생각하며 자성하기를 청한다. 마음에 깨닫는 바가 있는가.[23]

　　平壤, 箕子·東明王之所都也. 自古號佳麗擅國中. 皇朝勑使如張芳洲·許海嶽·朱蘭嶼諸公, 或稱天下第一江山, 或稱如金陵·錢塘. 國朝昇平屢百年, 士大夫宦游者, 畫舫江樓, 粉黛笙歌, 留連沉酣, 有秦淮烟月·西湖荷桂之娛. 然金陵·錢塘, 皆有唐宋才子歌詩, 輝暎湖山, 以餙大平. 東國無樂府, 西京題詠, 唯牧隱與李相國混外, 近世三淵金翁作亦佳, 然皆律體也. 鄭知常官船一絶, 始得樂府音調, 爲千年絶唱, 足與盛唐方駕. 穆陵朝李達·崔慶昌·白光勳號三唐

一時. 又有徐益. 竝次鄭氏韻. 頗稱名作. 先輩亦病其爲採蓮曲. 盖非其至者也.

僕亦嘗游平壤. 次其韻. 如黃鶴樓崔顥詩在上. 擺筆. 臨江. 幾欲爲金黃元之哭.

甚矣. 此道之難也. 練光·浮碧之間. 僕未嘗不慨然彷徨. 欲更賦關西樂府. 以

遺是邦之爲方伯地主者. 被之聲歌. 自念五十布衣. 失意棲遑. 不足爲貴人重.

恨不少年爲客. 悒悒而歸. 至今十數年. 顚髮益種種矣. 愛其湖山. 如淡粧美人.

秀媚難忘. 往往夢想在浿江舟中. 樊巖尙書之以節西也. 都人士多爲歌詩以送

之. 僕奉香寧陵未還. 後樂浪使者至. 飛書督詩. 樊巖吾友也. 風流文釆. 足與

平壤山川相暎發. 僕亦宿念所動. 爲公欣然. 如白首廢將. 十年田間忽聞出塞金

皷馬鳴蕭蕭. 不覺彈弓一起. 遂依王建宮詞體. 蘸藥汁戲筆. 作關西樂府. 亦名

關西伯四時行樂詞. 先之以夏者. 以樊巖赴鎭在端午也. 凡西都之形勝謠俗. 歷

代興替. 忠孝節俠. 神仙寺刹. 邊塞軍旅. 樓臺船舫. 以至女樂游衍之事. 靡不

備述. 亦可謂一部西關志. 而往往纖靡之語. 襍以閭巷俚俗. 樂於風雅掃地. 恐

不免輕薄之誚. 然較王建詩. 百有加八. 盖用禪家數珠法也. 禪家持戒者. 以

百八珠念念脩善. 循環不窮. 僕平生喜其法手之常念. 西土雖號紛華. 游是邦者.

常作此念. 如數珠法. 蛾眉睐·管絃啁啾. 不足以溺人情性. 然豪傑之士. 富貴

得意. 而聲色當塲. 能不迷者. 亦幾人哉! 阿難世尊高足也. 愃摩騰伽淫室. 三旬

不返. 世尊現淸淨大法. 救拔苦海. 樊巖定力. 吾未知與阿難何如. 僕無世尊神

通廣大法力. 百八樂府. 又不足以輝暎湖山. 如唐宋才子. 亦安知其不爲淸淨大

法乎? 請樊巖. 以吾詩爲禪家數珠. 綺筵酒席. 一歌一舞. 念念自省. 問主人翁

惺惺否也?

당신들의 평양(平壤), 지방에 대한 대중적 상상력

1774년 신광수는 평안감사로 부임한 친구 채제공을 위해 108수의 연작시 「관서악부」를 지어주었다. 누군가를 전송하면서 전별시를 주는 전통은 그 전에도 있었다. 그러나 전별시는 이별에 대한 안타까움과 잘 지내라는 안부, 맡은 업무를 잘 해내기를 바라는 격려의 내용이 대부분이다. 이미 부임한 채제공의 독촉을 받았다고 해도 이 시는 그런 용도로는 너무 길고 내용도 전별시답지 않다. 애당초 신광수는 채제공에게 주는 이 시에서 채제공이라는 개인에만 초점을 두지 않았다. 이 시에서 그의 관심은 평양이라는 공간이 평안감사라는 최고 지방관과 조우하는 것 그 자체에 맞춰져 있다. 평안감사가 경험하는 가장 화려한 평양의 순간을 그려내는 것, 이것이 신광수가 오랫동안 생각해 왔던 시적 구상이었고, 채제공의 요청을 계기로 이 구상이 실현되었다. 이렇게 쓴 「관서악부」는 널리 알려졌고, 신광수의 대표작이 되었다.

「관서악부」는 여러 겹의 내용들이 중첩되어 있다. 이 시에는 평양 하면 떠오르는 전형적인 이미지가 종합되어 있다. 이 이미지들은 어떻게 해야 평양을 '가장 잘' 경험하는지에 대한 대중적 상상이라고 할 수 있다. 화려한 도시로 알려진 평양이라는 도시와 평양의 부와 풍류를 모두 누릴 수 있는 이곳의 지배자인 평안감사가 만났다. 이 시에서 채제공이라는 평안감사는 다양한 모습의 평양을 대면하게 된다. 부임할 때에는 성대한 부임 행렬과 기생의 점고(點考), 화려한 잔치를 경험한다. 여러 유적을 돌아보면서 고조선, 기자조선, 고구려, 고려의 옛 자취가 남아 있는 평양의 역사를 회고한다. 또 평안감사인 만큼 평양을 잠시 떠나 평안도 전역을 순력하기도 한다.

그렇다면 평양에 대한 제반 정보와 모두가 부러워하는 평안감사라는 직책을 어떻게 엮어낼 것인가. 「관서악부」는 흔히 평양을 가장 잘 형상화한 작품으로 인식되지만, 정작 「관서악부」를 쓸 때 신광수가 채제공과 함께 평양을 누비면서 평안감사의 경험을 옆에서 직접 보고 형상화한 것이 아니라는 사실은 거의 알려지지 않았다. 신광수는 평안감사도 아니었고, 1774년 당시에 채제공을 따라 평양에 간 것도 아니었다. 「관서악부」에는 평안감사가 도임(到任)한 시점부터 이임(離任)하는 시점까지 포함되어 있지만 신광수가 이 시를 쓸 당시는 채제공이 부임한 초기였기 때문에 이 시에 그려진 대부분의 모습은 1774년의 시점에서 보면 미래형일 수밖에 없었다. 그러므로 이 시의 기본 골격은 실제로 존재하는 평양이라는 도시를 평안감사가 '가상적으로' 경험한다는 것이었다. 그러나 그 '가상'은 완전히 허구라고 보기는 힘들었다. 신광수가 실존 인물 채제공이 평안감사가 되어 평양에 도임한다는 실제 상황으로 시작한 것은 이 시에 사실성을 부여하기 위한 장치로 보이는데, 이것은 '가상 경험'에도 마찬가지로 적용되었다. 사실에 기반하고 현실적인 장면이라는 느낌을 주기 위해 신광수는 여러 가지를 고려해야만 했다. 오랫동안 잘 알고 지낸 친구였던 채제공의 모습을 부분적으로 반영하면서 현실감을 높였고, 1760년과 1761년에 평양에 갔던 자신의 경험도 반영했다. 그리고 1590년에 간행된 윤두수(尹斗壽)의 『평양지(平壤志)』를 참고해서 일정 부분을 시에 녹여냈다. 이러한 노력은 궁극적으로는 채제공이라는 실존 인물을 내세워서 사실성을 강조하되 그것이 특정한 인물의 특정한 경험이 아니라 평양이라는 화려한 도시의 진면목을 제대로 보여주기 위한 것이었다. 그런 맥락에서 권력과 부유함과 풍류까지 갖추어 화려한 도시를 '제대로' 경험할 인물로 감사를 택한 것이다.

그래서 서문에서 채제공이 이 시의 수신자임을 명시한다고 해도 일반적인 전송시처럼 평안감사로 부임한 것을 축하하고 평양을 잘 다스리기를 바란다는 메시지로만 읽을 수는 없다. 신광수는 선정을 베풀고 검소를 미덕으로 하는 관료로서의 덕목을 강조하지 않았다. 이 시의 초점은 인간이 원하는 모든 것을 이룰 수 있는 공간의 형상화에 있으며, 이것은 현실적으로 평양을 그렇게 이해한 세간의 인식과 아무런 벼슬도 하지 못한 상태에서 평양에서 일말의 좌절감을 느꼈던 자신의 경험이 결합한 결과이다. 그런 점에서 이 시에서 모든 것이 구비된 평양의 경험은 당시 사람들의 욕망이 어떤 모습이었는지를 짐작하게 한다.

「관서악부」 서문에서 읽을 수 있는 주요 키워드는 세 가지이다. 하나는 평안감사라는 직책의 인물형이고 다른 하나는 평양이라는 공간의 성격이다. 이 둘은 「관서악부」를 교직하는 핵심축으로, 서문에서 신광수 자신이 「관서악부」의 성격을 '평안감사가 사계절 행락하는 노래(關西伯四時行樂詞)'와 '서관지(西關志)'로 요약한 바 있다. 이는 곧 이 시의 중심축이 '평안감사'와 '평양'이며, 이것이 '행락'이라는 색채로 그려진다는 것을 의미한다. 따라서 신광수는 자신의 경험과 함께 평양의 지역적 정보를 최대한 포함시키려고 했고 이것은 윤두수의 『평양지』의 내용이 시에 반영되는 결과로 나타났다.

그리고 또 하나의 요소인 악부, 다른 말로 죽지사는 평양이라는 공간이 이 시에서 어떻게 총체적으로 구현되며, 평안감사의 순력과 풍류가 어떤 방향으로 형상화되는지를 설명하고 있다. 신광수는 서문에서 공간을 빛낼 시로 '악부'를 꼽았는데, 좀 더 들여다보면 그 조건은 7언 4구이고, '채련곡'이어서도 안 되었다. 음악에 맞추어 노래 부를 수 있다는 점에서 '악부'라고 불렀을 뿐 이 서문에서 지칭하는 것은 7언 4구의 '사(詞)'였다. 신광수는 당대 시인 유우석(劉禹錫)에 의해 7언 4구의 형식으로 새롭게 거듭난 문인 죽지사에 관심을 보였고, 유우석의 「죽지사」 9수가 명·청대 이후 100수 또는 수백 수로 확장되고 시의 내용을 설명하는 서문과 구절에 주를 다는 일련의 흐름에 주목했다. 신광수가 악부를 언급하면서 채련곡의 아쉬움을 토로하는 맥락은 초기 죽지사가 남녀 간의 사랑을 노래한 민가풍이었다가 명·청대에 해당 지역의 여러 요소들을 망라한 내용으로 확장되는 흐름과 관련되어 있다.[24]

신광수의 「관서악부」는 명·청대 죽지사의 성격을 그대로 가져오면서 동시에 평양을 어떤 방향으로 형상화할지 고민했다. 그의 결론은 이 서문에서 직접적으로 언급한 당대 시인 왕건(王建)의 「궁사(宮詞)」 100수였던 것 같다. 「궁사」는 말 그대로 궁중 생활을 소재로 삼은 사로, 궁궐 안에 왕실 가족뿐만 아니라 여러 궁인들까지 있었다는 점을 감안할 때 화려하고 아름다운 분위기를 본질적으로 가지고 있었다. 신광수는 대궐 안의 궁녀들과 그 속의 화려한 삶이 평양이라는 공간과 공통점이 있다고 본 것 같다. 평양은 자연적 환경이나 역사만으로 특징지을 수 있는 곳이 아니다. 이 도시의 화려함은 겉으로 보기에는 기생과 술집, 아름다운 누각, 대동강의 뱃놀이로 구현되었지만, 실질적으로는 당시 평안도가 가지는 위상과 사행 경유지로서의 성격이라는 인문적 특성이 있으며 이것을 가장 잘 보여주는 방법이 이 지역에서 가장 높은 위치에 있는 관찰사의 시선으로 바라보는 것이라고 판단했던 것이다.

「궁사」에서 조선시대 문인들이 주목하는 부분은 이 시가 단순히 내밀한 궁궐의 삶을 보여준다는 것만이 아니다. 이들은 왕건의 「궁사」에 나온 "매번 춤추는 기녀들이 양쪽으로 벌어지면, 태평만세 글자가 그 가운데 드러났네(每遍舞頭分兩向 太平萬歲字當中)"를 언급했고, 정인지(鄭麟趾)가 『고려사』에서 교방의 기생들이 왕모대(王母隊)라는 춤을 추면서 '군왕만세(君王萬歲)' 또는 '천하태평(天下泰平)'이라는 글자를 만드는 것을 「궁사」의 메시지를 계승한 것이라고 이해했다. 신광수는 이전에도 「금마별가(金馬別歌)」라는 시의 서문에서 금마의 사군(익산군수) 남태보(南泰普)가 임기를 마치고 떠났을 때 그 지방 사람들이 남태보에게 보여준 믿음과 아쉬움이 태사(太史)들이 민가를 모아서 당시 정치 상황을 알려고 했던 '악부'의 진정한 의미이며 같은 맥락에서 '악부'가 『시경』의 '풍요(風謠)' 같은 존재이기를 바랐다. 그래서 「관서악부」에도 위정자와 태평성세를 연결 짓는 의식이 간헐적으로 드러나게 되었다.

신광수의 「관서악부」가 이후 죽지사 창작에서 어떤 전범처럼 인식되었던 것은 그가 죽지사에 지방의 사실적인 고유성과 함께 그 지방을 바라보는 대중적 상상력을 가미했기 때문이다. 총 108수로 다소 긴 이 작품은 평양이라는 무대에 관찰사가 등장해서 종횡무진하다가 평양을 떠나는 것으로 마무리된다. 무대가 있고 인물이 등장해서 이런저런 일을 하다가 다시 내려가는 구성과 흡사하기 때문에 이 작품은 마치 한 편의 연극처럼 느껴진다.

「관서악부」는 죽지사이며 동시에 대중적 상상을 바탕으로 한 허구적인 성격을 띠고 있다. 인물과 사건이 결합하는 뚜렷한 서사를 보유하고 있지는 않지만, 그럼에도 「관서악부」에 형상화된 관찰사의 행적이 반드시 관찰사라는 직무 안에 있는 것이 아니라는 점에서 이 작품은 어떤 개연성을 가지고 있다고 볼 수 있다. 평양에 가면 경험할 가능성이 있다는 일말의 기대가 관찰사의 성격을 규정하고 있는 것이다. 「관서악부」에서 평안감사는 어디까지나 모든 것을 누리는 그 지방 최고의 권력자라는 의미이며, 때문에 「관서악부」를 변용해서 다른 지방을 소재로 한 지방악부에서는 관찰사로 대표되는 지방의 최고 권력자라는 설정을 잇고 있다. 그런 맥락에서 여러 지방악부에서는 절도사나 부사 같은 지방관이 부임하는 장면이 의미 있게 등장한다.

1

서도는 항주처럼 수려한 곳
태평성대가 사백 년이 되었네.
제일강산에 부귀까지 겸하여
풍류 감사들이 고금에 노닐었지.

其一
西都佳麗似杭州
聖代昇平四百秋
第一江山兼富貴
風流巡使古今游

❋

평양이라는 공간

　제1수는 관찰사가 등장할 무대를 소개하는 것으로 시작한다. 평양은
어떤 곳인가. 조선시대에 평양은 사람들이 가보고 싶어 하는 곳이었다.
그런데 평양이라는 도시에 가고 싶다니, 어딘가 낯설게 들리는 측면이
있다. 많은 사람들이 열망을 피력했던 것처럼, 빼어난 절경으로 유명한
금강산을 가고 싶다고 했다면 너무나 당연하게 들릴 것이다. 대개 사
람들이 가고 싶어서 열망하는 곳은 일상에서 벗어난 신기하고 새로운

세계이다. 사람들이 금강산을 비롯한 여러 명산에 매혹되었던 이유는 자연적으로 빚어진 '기이함' 때문이었던 것이다.

자연적으로 빚어진 기이한 절경은 아니지만, 평양을 바라보는 당시 사람들의 감각에는 바로 이 낯섦과 기이함이 있었다. 이곳은 사람들이 거주하는 도시였지만, 다른 한편으로는 일상적인 삶의 터전보다는 구경하고 즐기는 낯선 공간에 가까웠다. 이곳은 수려한 산천과 부벽루, 연광정으로 유명한 누각에 평양 기생과 대동강 뱃놀이로 유명한 환락의 도시였다. 이러한 평양의 독특한 성격은 어느 시점부터 형성되어 견고하게 자리 잡게 된 것이다.

평양은 전통적으로 고조선과 고구려의 도읍지인 역사 도시였다. 고려시대에도 개성과 함께 서경(西京)으로 중시되었다. 다른 한편으로 중국의 부단한 침략으로, 또는 고려 시대 묘청의 난처럼 반란의 본거지가 되어 치열한 전투가 벌어지던 곳이었다. 그러나 조선시대에 들어서면서 이곳은 사신들이 지나가는 경유지이자 중국 사신을 접대하는 휴식처로서의 역할이 크게 부각되었다.

사행의 부담을 가지고 고된 여정에 오른 중국 사신이 쉬어가는 곳이라는 점은 평양이라는 공간을 이해하는 데 있어서 상당히 중요하다. 요(遼)·금(金)과 국경을 접해 오랑캐 풍속에 물들어 풍속이 거친 곳으로 인식되었던 이곳은 점차 풍악이 울리는 행락지(行樂地)로 여겨졌다. 이러한 인식의 변화는 이곳에 들른 중국 사신들이 평양을 중국의 '강남(江南)'에 비견하고 그 아름다움을 보증하는 과정을 통해 얻어졌다.

예컨대 평양의 산수는 허국(許國) 같은 중국 사신들이 소주(蘇州)나

항주(杭州)에 비견하면서 그 아름다움이 입증되었다. 1590년에 간행된 윤두수의 『평양지』의 「문담(文談)」에는 평양과 관련된 여러 일화가 수록되었는데, 중국 사신들의 일화도 상당수 남아 있다. 그중에는 허국이 소주나 항주의 아름다움은 인공적이지만 평양의 산수는 자연스럽게 이루어진 것이므로 이쪽이 훨씬 낫다고 언급하는 내용도 있다.[25]

　중국 사신 주지번(朱之蕃)에 대한 기록도 있다. 『평양속지』에는 작은 나라라서 '소금릉(小金陵)'이라고 한 것일 뿐 실제로는 금릉보다 낫다고 했다는 일화가 실려 있다.[26] 이중환의 『택리지』에서 주지번이 연광정(練光亭)에 올라 풍광을 보고 감탄하면서 '천하제일강산(天下第一江山)'을 써서 현판을 걸었는데 병자호란 때 청나라 황제가 중국에 금릉과 절강이 있는데 어찌 이곳이 제일이 될 수 있겠냐며 부숴버리게 했으나 글씨가 훌륭한 것이 아까워 '천하' 두 글자만 없애 버리게 했다는 일화가 소개되어 있다.[27] 한편 이유원의 『임하필기』에는 다른 기록도 전한다. 연광정의 편액이 본래 송나라 오거(吳琚)가 진강(鎭江)의 북고산(北固山)에 새긴 '천하제일산(天下第一山)'을 본뜬 것인데 중국 사신이 '천하' 두 글자를 없애 버리고 '제일산' 세 글자만 남겨 버리자 뒤에 평안감사로 왔던 윤순(尹淳)이 '강(江)' 자를 보충하여 '제일강산(第一江山)' 네 자로 합하여 새겼다는 것이다.[28]

　어쨌든 사행로에 위치했고 사신들이 잠시 쉬는 곳이라는 지역적 특성 때문에 평양에는 교방(敎坊)이 발달했고 기생들과의 풍류담이 넘쳐났다. 강희맹이 이미 늙어버린 기생을 다시 만난 이야기, 사행 가면서 평양에 들른 한권(韓卷)이 못생겼다고 기생에게 괄시당한 이야기, 어떤

「연광정」,
성 베네딕도회 왜관 수도원 소장

서생이 기생의 얼굴 점을 센스 있게 시로 표현한 이야기도 전한다.[29] 그럼에도 사신 접대를 명분으로 잔치와 뱃놀이, 유람이 펼쳐지는 한 이 공간을 지배하는 실질적인 주인은 평안감사일 것이다.

평양에 온다고 해서 누구나 평양의 풍류를 맛볼 수는 없다. 신광수는 1760년과 1761년에 두 차례 평양에 갔던 적이 있는데, 그때의 상황에 대해 민간에서 전하는 이야기가 있다. 이미 과체시 「관산융마(關山戎馬)」로 유명했지만 그 당시 신광수는 문과 급제에 실패하고 아무런 관직도 없어 내세울 것이 없는 상태였다. 정자에 오르고 싶었으나 때마침 평안감사가 잔치를 열고 있어서 여러 차례 쫓겨났지만 다행히 감사가 신광수가 선비라는 것을 알아준 덕분에 겨우 말석에 앉을 수 있었다. 그리고 그 다음에 드라마틱한 상황이 벌어졌다. 기생들이 「관산융마」를 부르는 것을 보고 신광수가 자신이 쓴 시라고 밝히자 좌중의 사람들이 모두 깜짝 놀랐던 것이다.[30] 이러한 경험이 신광수에게 평양의 진수를 제대로 맛볼 수 있는 사람은 평안감사밖에 없다고 각인시킨 것이 아닐까. 서문에서처럼 낭만적인 평양을 '제대로' 담아낼 수 있기를 신광수는 기다려 왔다. 그리고 1774년에 채제공이 평안감사가 되었을 때 신광수의 '숙원'도 이루어졌다.

2
상서의 부절이 관서 땅에 내려가니
일품의 감사 지체가 높구나.
낙랑의 부로들 놀라 허둥대며
날마다 대동문에 깃발 걸고 기다린다.

其二
尚書玉節降西藩
一品監司地面尊
驚動樂浪諸父老
旌旗日望大同門

❖

관찰사의 임명과 채제공

이 시의 주인공인 관찰사의 등장을 예고하는 부분으로, 해당 지역민
들에게 관찰사가 어떤 의미를 가지고 있었는지를 잘 보여준다. 관찰사
는 '일도지주(一道之主)'로 국왕을 대신하여 지방을 총괄하는 각 도의 책
임자였다. 행정장관이자 군사령관이었고 최고 재판관이었기 때문에 실
로 그 직책의 무게는 막중했다고 할 수 있다. 때문에 관찰사를 임명하
는 과정은 매우 엄격했다. 능력과 품성에서 결격사유가 없으며, 선조

중에서 문제 인물이 없는지와 같은 배제 요건도 까다롭게 검증되었다. 그 도의 출신이거나 그 도의 관료와 친척 관계여서는 안 된다는 상피 (相避) 규정도 적용되었다. 관찰사는 관할 수령에 대한 감독과 도내의 행정에서 전권을 행사할 수 있는 지방 최고의 행정장관이었다. 따라서 2품의 고관을 임명했던 것은 지방장관으로서의 권위를 세워 재지세력 과의 갈등을 줄이고 대민정책을 원활하게 수행하도록 하기 위한 조치 였다.[31]

채제공은 1774년 4월에 평안도관찰사로 임명되었다. 채제공은 1760년에 경기도관찰사, 1768년에 함경도관찰사를 역임했고 1770년부터 병조판서, 예조판서가 되었으며 1773년에는 호조판서로 내의원제조를 겸하고 있었다. 특히 1770년에는 약방제조로 있으면서 약방 직숙(直宿)의 공로로 숭정계(崇政階)에 올랐는데, 이것은 종1품이 되었다는 의미였다. 시 원문에서의 '상서(尙書)'는 정2품의 판서(判書)를 가리키므로, 판서로 있던 일품 감사가 관찰사로 임명되었다는 것은 채제공의 상황과 확실하게 부합한다고 볼 수 있다. 비슷한 시기의 인물인 황윤석은 일기 『이재난고(頤齋亂藁)』에서 당시 채제공에 대한 평판이 어떠했는지는 알려주고 있다. 황윤석은 노론 계열 인물이었는데도 남인과 소론 중에서 재주와 도량을 지닌 사람이 많지만 채제공은 반드시 정승이 될 인물이라는 세간의 평판을 옮겨왔다.[32] 채제공을 명망 있는 인사로 보는 것이 일반적인 인식이었던 것이다.

그러니 평안도민의 입장에서 봤을 때 채제공이 평안감사로 임명되었을 때 유력자에 대해 지역 사회가 기대감을 가졌을 법도 하다. 「관서악부」에는 평안감사 채제공의 개별적인 특징과 평안감사라면 일반적으로 겪게 될 경험이 혼재되어 있다. 이것은 신광수가 평양에 와서 겪었던 경험과 평양이라는 도시에 대한 상상적 이미지가 평안감사가 '앞으로 겪을' 일들이라는 설정 속에서 재조합되는 것과 같은 맥락이다. 시의 도입 부분에 채제공이라는 실존 인물의 특징이 간간이 드러나고 있는데 이것은 이 시에 현실감을 불어넣는 상당히 중요한 시적 장치라고 볼 수 있다. 이 시에서는 채제공이라는 인물의 중량감과 지방민들의 기대를 다소 과장되게 표현하고 있다. 제3구에 나오는 '낙랑(樂浪)'은 한 무제가 설치한 한사군(漢四郡) 중의 하나인데 이 지역은 대략 평안남도에 해당한다.

3

중화 땅 경계에 복성이 이르니

마흔 세 개 고을원의 예장이 쌓였네.

내일 오전에는 군령판에

'충(忠)'자 도장을 찍고 거행하라고 재촉하리라.

其三

中和界首福星來

四十三官禮狀堆

明日巳時軍令板

押成忠字擧行催

❋

관찰사의 도임 과정

이제 관찰사는 도의 경계[道界]로 들어선다. 제1구의 '복성(福星)'을 글자 그대로 풀이하면 복을 가져다주는 사람이라는 뜻이지만 일반적으로는 유능한 지방관을 가리킨다. 명나라 때 팽대익(彭大翼)이 편찬한 『산당사고(山堂肆考)』에는 송나라 철종이 선우신(鮮于侁)을 동경전운사(東京轉運使)로 삼자 사마광(司馬光)이 "복성이 내려가게 되었다. 어떻게 하면 선우신과 같은 사람 백 명을 얻어서 천하에 배치할 수 있을까?"라고 했다는 이야기가 실려 있다.

평안감사로 임명되어 한양에서 평양에 있는 감영으로 간다면 한양에서 의주까지 이어진 의주로를 이용하게 될 것이다. 의주로는 중국으로 통하던 주요 육상 교통로로, 한양-고양-파주-장단-개성-금천-평산-서흥-황주-중화-평양-순안-숙천-안주-가산-정주-의주까지 경기도의 영서도(迎曙道), 황해도의 금교도(金郊道), 평안도의 대동도(大同道)의 3역도(驛道)로 이루어진 교통로였다. 길이는 총 1,080리여서 사신들이 행차할 때는 15일가량 걸렸다고 한다. 이보다 앞선 시기에 이제(李濟, 1654~1724)가 쓴 『관서일기(關西日記)』를 보면 한양의 대궐에서 출발하여 고양, 파주, 장천, 송도, 금천, 평산, 총수, 서흥, 검수, 봉산, 황주, 구현, 중화를 거쳐 평양의 대동관에 이르는 데 9일 정도 걸렸다. 이제는 경유지에서 그곳 수령을 만났고 문상을 간 경우도 있었다. 또 어떤 날은 날씨 때문에 이동하지 못하고 도중에 머물러야 했다.[33]

의주로를 따라 경기도에서 황해도로, 다시 평안도로 들어설 때 그 접경지역이 중화이다. 중화에 도착했다는 것은 평안감사가 관할하는 지역에 들어왔다는 뜻이다. 중화와 평양은 인접해 있기 때문에, 대동강을 건너면 곧바로 평양감영에 도착하게 된다. '예장(禮狀)'은 지방관이 축하의 뜻으로 상급 관아에 올린 문서이다. 각 도의 수령이 관례상 예장을 바치는데, 일반적으로 사륙변려문의 형식으로 쓴다. 이 시에서는 '43관'이라는 표현을 쓰고 있는데, 평안도에 대한 행정 구역은 『경국대전』에서처럼 통상 42읍으로 계산한다. 각 읍의 위상이 올라가고 내려가고의 차이는 있지만 42읍은 조선후기까지 이어진 것 같다. 다만 '43관'으로 표기된 기록이 없는 것은 아니다. 『강역전도(疆域全圖)』(일본 동양문고 소장)에는 '사십삼관(四十三官)'이라고 표기했는데, 특별히 폐사군(廢四郡)을 읍의 수에 포함시켰기 때문이다.

'군령판'의 존재는 평안감사가 군대를 동원할 수 있는 권한을 받았다는 사실을 알려준다. 『경국대전』에 따르면 평안도관찰사는 평양부윤을 겸하는 동시에 병마절도사와 수군절도사를 겸직하는, 실로 막강한 권한을 가지는 자리였다. 서매수(徐邁修, 1731~1818)의 관찰사 일기인 『해영일기(海營日記)』를 보면 사은숙배(謝恩肅拜)할 때 밀부(密符)를 받았다는 기록이 있다. 황해도관찰사도 병마절도사와 수군절도사를 겸직했기 때문이다. 밀부는 군대를 동원할 때 쓰는 병부(兵符)였다. 관찰사도 밀부를 받을 수 있는 관리의 범위에 포함되었다. 밀부는 원형의 나무로 한쪽 면에는 '제몇부(第○符)', '발병(發兵)'이, 다른 면에는 왕의 서명(친필 사인)과 '○도관찰사(某道觀察使)'와 같이 책임관원의 명칭이 새겨져 있다. 밀부의 오른쪽은 왕이 가지고 있다가 군사를 동원할 필요가 있을 때 해당 관원에게 교서를 보내면 이를 받은 관원은 자신이 가지고 있던 밀부와 맞추어 보고 진위를 확인한 다음에 군대를 동원하는 것이다.

4
전배군은 이미 대동강에 이르렀건만
생양관에서 아직 일어서시지도 않았네.
하늘 넓고 풀 푸른 서북 들판에
흰 비단의 사명기는 구름을 스쳐 산뜻하네.

其四
前排已到浿江濱
未起生陽館裏身
天濶草靑西北野
白綾司命拂雲新

❁

관찰사 행렬의 위용

'전배군(前排軍)'은 관찰사를 기준으로 앞에 선 군사들이다. 앞의 두 구에서 전배군이 대동강에 이르렀는데도 관찰사가 아직 생양관에서 출발하지 않았다고 표현한 것은 그만큼 관찰사의 행렬이 길고 성대했다는 뜻이다. 그렇다면 생양관과 대동강까지는 얼마나 먼 거리일까. 사행 기록에 따르면 중화의 생양관에서 평양의 대동관까지는 50리이다. 1리가 대략 0.4킬로미터이므로 약 20킬로미터에 해당하는 거리이다. 다소

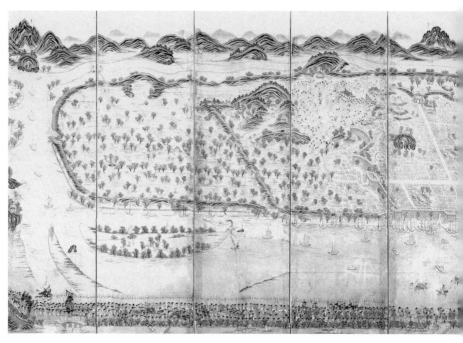

「평양도십폭병풍」, 서울대학교박물관 소장

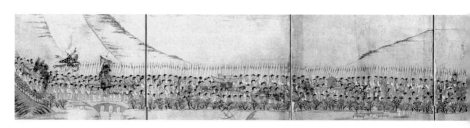

「평양도」의 아랫부분을 확대한 모습

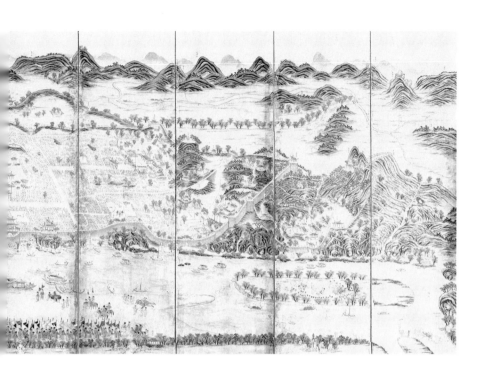

과장된 표현으로 보이기는 하지만, 서울대학교박물관이 소장하고 있는 「평양도」를 보면 그 행렬의 위용을 다소나마 짐작해 볼 수 있다.

제4수에서 관찰사의 성대한 도임을 표현하는 방식은 화면의 확장에 있다. 이 점은 「평양도」의 형상화 방식과 비슷하다. 「평양도」에서는 도임 행렬 전체를 보여주지 않음으로써 행렬이 매우 길다는 것을 암시하고 있다. 마찬가지로 「관서악부」에서도 전배군이 다다른 대동강을 중심으로 화면을 설정했을 때 아직 등장하지 않은 관찰사의 존재를 부각시킴으로써 행렬이 길다는 것을 상상하게 한다. 후반부에서는 광활한 하늘과 너른 들판에 높게 세운 깃발을 푸른색과 흰색으로 대비시킴으로써 감사의 존재를 선명하게 부각시키는 한편, "구름에 닿을" 정도라는 표현으로 공간이 수직적으로 확장되고 있다.

원문의 '사명기(司命旗)'는 군대의 각 영에서 지휘관이 휘하의 군대를 지휘할 때 사용하던 깃발이다. 각 진영의 방위에 따라 기의 바탕색이 달랐고, 각 진영의 이름에 붙여서 '모군사명(某軍司命)'이라고 쓴 큰 글씨로 지휘관의 신분을 표시하였다. 평안감사의 사령기에는 "관서제군사명(關西諸軍司命)"이 쓰여 있다.

5

재송원에서 교귀 의식을 마치니
이곳에선 해마다 이별이 많네.
석양 무렵 고운 풀 천리 길에서
말이 울 때 애간장이 끊어진다.

其五
栽松院裏罷交龜
此地年年多別離
芳草夕陽千里路
斷腸人是馬嘶時

✿

관찰사의 교귀 의식

교귀(交龜)는 새로 도임하는 감사가 이임하는 감사로부터 업무와 관인
(官印), 병부(兵符)를 받는 인수인계 과정을 말한다. 교귀의 '귀'자는 거북
귀(龜)로 도장, 관인이라는 뜻이다. 조선시대 감사의 교인절차는 고을의
수령처럼 관아에서 거행하지 않고 도의 경계지점에서 이루어졌다. 『경국
대전』에서 "관찰사는 경계상(境界上)에서 인신(印信)을 교체한다"라고 규
정한 것처럼 평안감사의 교인지점은 통상적으로 황해도에서 평안도로

접어드는 경계지점인 중화군 구현원(駒峴院)이었다. 『신증동국여지승람』에도 '구현원'에 "신·구 감사가 교대하던 곳"이라고 서술되어 있다. 1710년에 평안감사로 부임해 온 이제(李濟)의 『관서일기』에서도 구현에 도착해서 구(舊) 감사와 이야기를 나누면서 교귀를 했다는 기록이 나온다.

「관서악부」에서는 관찰사가 교귀하는 곳으로 재송원(栽松院)을 제시하고 있지만, 이곳이 관례적으로 관찰사의 교귀의례를 행하던 곳은 아니었다. 『신증동국여지승람』에서는 재송원을 "손님을 전송하는 곳"이라고 했다. 허봉(許篈)이 쓴 『조천기(朝天記)』에 따르면 재송원은 소나무 40~50그루로 둘러싸인 정자인데 중국에 사신으로 사람이 여기서 옷을 갈아입는다는 구절이 나온다. 이때 '손님'은 '사신'을 비롯하여 잠시 평양에 머물다가 떠나는 사람을 뜻한다고 볼 수 있다.

신광수가 교귀하는 장소가 어딘지를 알았는지 몰랐는지는 확실치 않다. 만약 알았는데 의도적으로 재송원을 제시했다면 그 이유는 이곳이 중화군을 지나 평양에 들어서면 곧바로 나오는, 일종의 시작 지점이기 때문일 것이다. 여기에서 평양의 성문인 대동문으로 들어가기 위해 거치는 곳은 숲이 우거진 십리장림(十里長林), 영제교(永濟橋), 대동강이다. 대동문를 건너 그 길을 쭉 따라가다 보면 대동강 너머로 대동문이 보인다. 그 대동문을 통과하면 목적지인 감영에 이르게 되는 것이다.

제2구 "이곳에선 해마다 이별이 많네(此地年年多別離)"는 신광수의 또 다른 시 「한벽당십이곡(寒碧堂十二曲)」의 제12수에 나오는 구절이다. 제12수는 전라감사가 떠나가는 시점을 다루고 있는데 「관서악부」 제5수

재송원을 확대한 부분, 「해동지도」 평양부, 규장각한국학연구원 소장

의 이전 감사를 떠나보내는 장면에서 같은 구절을 썼다. 이 구절 뒤에 "낭군을 보내고 맞느라 날이 부족하네(送郎迎郎日不足)"로 끝냈던 「한벽당십이곡」과는 달리 「관서악부」 제5수에서는 이 구절을 이어 해질녘 이별길에서 애간장이 끊어지는 슬픈 감정이 나온다. 이제 평양을 떠나 천리 길을 갈 전임 감사를 떠나보내는 슬픔의 표현으로도, 전임 감사의 아쉬움을 형용한 것으로도 읽을 수 있다.

6

긴 숲은 오월이라 녹음이 짙은데
십리 길 권마성 외치는 쌍마교.
영제교 앞에 삼백 명 기생들이
노란 적삼에 두 줄로 행차를 맞네.

其六
長林五月綠陰平
十里雙轎勸馬聲
永濟橋頭三百妓
黃衫分作兩行迎

✤

관찰사를 맞이하는 평양 기생

제5수에서 교인절차를 마친 관찰사는 재송원에서 서서히 평양성으
로 다가간다. 대동문으로 가기 위해 거쳐 가는 첫 번째 풍경은 장막처
럼 나무가 길게 뻗어 있는 십리장림(十里長林)이다. 평양을 지나가는 사
람들은 이 십리장림이 인상적이라고 생각했다. 곧게 뻗은 길 좌우에 나
무가 장막처럼 펼쳐져 있어 언뜻언뜻 대동강이 보이는 것 이외에는 주
변 풍경을 볼 수 없다가 십리장림이 끝나는 지점에서 갑자기 대동강이

펼쳐져 보이기 때문이다.[5] 채제공은 1774년 4월 14일에 평안감사로 임명되었는데, 『관서일기(關西日記)』나 『영영일기(嶺營日記)』에서 사은숙배한 뒤에 임지로 가기까지 보름 남짓이 걸렸다는 기록을 보면 채제공이 평양에 도착한 시점도 5월초였을 것이다.

　한여름에 녹음이 무성한 십리장림을 관찰사는 권마성을 내는 쌍마교를 타고 간다. 권마성과 쌍마교는 모두 관찰사의 위용을 알려주기 위해 마련된 것이다. 쌍마교[또는 쌍교(雙轎)]는 임진왜란을 전후한 시기에 조선에 유입된 것이어서 『속대전』에 "관찰사와 종2품 이상 관원은 성 밖에서는 쌍마교를 탄다"는 규정이 새로 생겨났다. 쌍마교는 두 마리 말이 가마를 메고 6명의 마부가 앞뒤에서 부축하도록 만든 가마인데, 앞에서 두 마리 말이 가마를 끄는 것이 아니라 가마 앞뒤로 각각 한 마리 말을 배치했다. 관찰사가 쌍마교를 타면 앞뒤 두 마리의 말과 말구종, 가마 옆에서 끌채를 끌고 가는 가마꾼이 같이 발맞추어 걸을 수 있도록 역졸들이 옆에서 가늘고 길게 소리를 내는 권마성(勸馬聲)을 했는데 이것은 가마를 탄 사람의 권위를 높여주는 역할을 했다. 가마는 단순히 탈 것이라는 교통수단이 아니라 타는 사람의 신분과 용도에 따라 치장이나 메는 사람의 숫자가 달라지는 격식의 외적 표현이었기 때문이다. 십리장림은 관찰사의 성대한 행렬을 시각적으로 보여주기에는 최적의 장소로 서울대학교박물관에 소장된 10폭 병풍 「평양도」에서도 관찰사의 도임 때 동원된 대규모의 행렬을 볼 수 있다.

　후반부는 관찰사를 환영하는 모습을 시각화한 것인데, 영제교 어귀에서부터 300명의 기생이 양편에 길게 도열해 있는 장면을 상상해 보면 매우 화려했을 것 같다. 물론 '300명의 기생(三百妓)'을 액면 그대로 받아들일 수는 없다. 그렇다면 이 '300'이라는 숫자는 어떻게 해서 나온 것일까. 교방은 '이원(梨園)'으로, 기생들은 '이원제자(梨園弟子)'로 불리기도 했는데 이는 『당서(唐書)』의 기록에 근거하고 있다. 당(唐) 현종(玄宗) 때 궁정가무를 익히는 예인들을 이원에 소속시켰는데 그때 좌부기(坐部伎)에 속한 예인 300명과 궁녀 수백 명을 뽑아 입학시켰다는 것이다. 그래서 '이원제자'와 '300인'이 관습적으로 결합해서 등장한 것이 아닐까 생각된다.

1590년에 간행된 『평양지』의 「교방」을 보면 기생이 180명, 악공이 28명으로 나타나 있다. 이 공식적인 기록을 따르면 서경(西京)에 갔을 때 교방 기생이 거의 200명이었다고 서술한 허균의 『성소부부고(惺所覆瓿藁)』는 믿을 만한 자료로 판단할 수 있다.[35] 그런데 1730년에 간행된 『평양속지』의 「교방」에서는 감영기생(營妓) 45명, 악공 9명, 부기생(府妓) 39명, 악공 3명으로 나와 있다. 또 김창업(金昌業)은 『연행일기(燕行日記)』에서 「관서악부」와 달리 기생의 도열 장면을 "배에 오르니 그릇에 과일이 나오고 기생들이 두 줄로 좌우에 늘어섰는데, 관서 제일의 호화로운 일이었다"[36]라고 기생들이 배 위에 줄을 서 있는 것으로 묘사하고, 밤에 사가(私家)에서 잠을 자는데 다모(茶母)를 부르는 소리가 끊이지 않아서 그 이유를 물었더니 사행단의 비장(裨將)과 역관들이 다모를 찾기 때문이라고 하면서 "온 읍내의 기생은 노약자를 제외하면 손님 대접 치를 만한 사람이 수십 인에 불과"[37]해서 다모를 원하는 사람 두세 명에 다모 하나를 배정할 수 있기 때문에 이들은 하룻밤에 너덧 군데를 돌아

쌍마교.
김홍도의 「안릉신영도(安陵新迎圖)」,
국립중앙박물관 소장

동침한다고 서술한 바 있다. 중국에 가는 사행단이라는 점과 자신의 경험을 사실대로 서술한 일기라는 점을 감안하면 「관서악부」에 비해 훨씬 신뢰도 있는 자료일 것이다. 그래서 『평양속지』의 기록에 따라 18세기에 평양 교방의 규모가 현저하게 축소되었다는 사실을 확인할 수 있으므로, 「관서악부」의 창작 상황을 고려하면 이 시의 300명은 사실에 입각한 서술로 보기는 어려울 것 같다. 1868년 12월에 지은 김윤식의 시 「제평양전도병풍백일운(題平壤全圖屛風百一韻)」에서도 "이원의 제자 삼백명, 하나같이 요염하고 매미 날개 같은 머리 모양이네(梨園弟子三百隊, 箇箇妖艶鬢如蟬)"라는 구절이 나온 것으로 볼 때 최소한 시에서 이 구절들은 관습적인 표현으로 보는 것이 합리적인 것 같다.

짙푸른 십리장림에 기생이 노란 적삼(黃衫)을 입고 서 있다면 선명한 색채 대비 때문에 상당히 화려하다는 느낌을 줄 것이다. 일단 노란 적삼을 입은 기생의 모습은 신광수의 시에서 주로 발견되는 장면이다. 신광수는 시 「관무(觀舞)」에서 "노란 적삼 긴 소매로 너울너울 춤춘다(黃衫長袂舞垂垂)", 「강릉 수령 이중우에게 보냄(與江陵伯李仲羽)」이라는 편지글에서 "한밤의 고운 노래, 노란 적삼의 아름다운 춤, 아리따운 모습 잊기 어렵습니다(子夜嬌歌, 黃衫妙舞, 嫋娜難忘)" 같은 표현을 쓴 적이 있다.

이런 기록들을 보면 적삼은 주로 춤을 추거나 노래할 때 입었던 옷으로 보인다. 관찰사가 부임할 때 감영의 기생들이 적삼을 입고 나와 도열하면서 환영인사를 하는 모습이 기억에 따른 사실적 재현일까, 화려함을 극대화한 상상의 산물일까.

7

청유리빛의 대동강 물결 밀려오는데
강을 따라 흰 성벽이 일자로 둘러 있네.
부벽루와 연광정이 기슭 여기저기 있어
배 타기 전에 벌써 누대가 보인다지.

其七
琉璃水色淇江來
粉堞臨江一字廻
浮碧練光南北岸
未登船已見樓臺

평양성의 모습

십리장림은 대동문 맞은편 즈음에서 끝나기 때문에 관찰사가 십리장림을 통과하면 곧바로 대동강이 펼쳐진다. 이곳에 서면 평양성의 전경이 확연하게 보이는데, 푸른색의 대동강과 흰 석회를 바른 성벽이 강렬한 대비를 이룬다. 대동강 건너편은 평양을 대표하는 부벽루와 연광정이 한눈에 보이는 곳이다.

평양의 전경을 보기에 가장 적합한 곳은 어디일까? 흔히 평양의 아

름다운 전망은 부벽루나 연광정에서 바라봤을 때 잘 보인다고 한다. 푸른 대동강에 하얀 성벽과 유명한 누각들이 비쳐서 일렁이고, 비단같이 아름답다는 능라도와 푸른 십리장림이 한눈에 보이기 때문이다. 같은 맥락에서 1714년에 북성(北城)을 지으면서 성 안으로 편입된 금수산의 모란봉에서 본다면 이 풍경에 부벽루

북성을 확대한 부분, 『해동지도』 평양부, 규장각 한국학연구원 소장

나 연광정같이 대동강에 인접한 누각들까지 더해질 것이다.

그런데 대동강 맞은편에서 보는 평양성의 모습도 그만큼이나 아름다웠던 모양이다. 신광수는 1760년과 1761년에 평양을 여행했을 때 지은 시 「장림(長林)」에서 장림을 지날 때의 마음을 이렇게 표현했다.

長林十里畫難如　　십리장림은 그리기도 어려운 풍경
樹裏江流曲曲虛　　숲속으로 흐르는 강물 구비마다 휑하네.
林盡樓臺應自見　　장림을 지나면 누대가 절로 나타나리니
却憐林盡綏驅驢　　장림이 끝날까봐 나귀 모는 손길이 더뎌진다.

『해동지도』의 평양부 지도를 바탕으로 이 시점에서 보이는 평양성의

평양 대동문,
『조선고적도보』

모습이 어땠는지 가늠해 볼 수 있다. 십리장림이 끝나는 지점에 서서 보면 정면에는 대동문과 좌우로 이어진 성벽, 대동문을 기준으로 왼쪽에는 초연대(超然臺), 오른쪽에는 연광정(練光亭)이 보인다. 연광정 아래에는 덕암(德巖)이 우뚝 솟아 있다. 18세기 후반 평양성은 북성이 축조되었기 때문에 성벽이 기역자 형태로 굽어졌는데 그러다 보니 대동강을 따라 성벽이 이어진 셈이 되었다. 그래서 바로 오른쪽에 능라도, 그 너머에 북성이 보인다. 능라도 맞은편에 부벽루와 영명사가 있는데 이곳은 그전까지는 성 밖에 있었고 이곳으로 가려면 기이하고 아름답지만 한편으로는 깎아지른 듯한 바위 절벽인 험준한 청류벽(淸流壁)을 지나야 했다. 그리고 그 너머로 금수산 모란봉, 그 뒤로는 높게 지은 을밀대(乙密臺)까지, 아름답기로 유명한 평양의 명소를 거의 다 볼 수 있는 최적의 자리였다.

8

평양의 아녀자들 강가로 모여들어
관찰사 탄 배를 보려고 아우성이네.
삿대질 몇 번으로 배가 벌써 다다랐는데
짧은 수염 새하얀 중년의 얼굴이라네.

其八
箕城兒女簇江邊
個個爭看使相船
船刺數篙船已近
少髥蒼白可中年

❁

관찰사, 사람들의 관심

관찰사는 배를 타고 대동문으로 향해 간다. 제8수에서는 관찰사가
인상적으로 등장하고 있는데, 크게 두 가지에 포인트를 두고 있다. 하
나는 관찰사를 보기 위해 몰려든 사람들의 모습이고 다른 하나는 열렬
한 관심 속에서 등장한 관찰사의 얼굴이다. "짧은 수염 새하얀 중년"이
라는 표현은 관찰사 채제공을 염두에 둔 것일 것이다.
　제4구에서 '창백(蒼白)'은 병약한 모습을 뜻하는 것이 아니라 나이와

관련하여 전거가 있는 표현이다. 『예기』「곡례」에서는 "오십을 '애'라고
한다(五十曰艾)"라고 했는데, 그 소(疏)에 "머리가 쑥 같은 창백한 색이다
(髮蒼白色如艾也)"라는 표현이 보인다. 뒤의 '중년(中年)'은 채제공이 1774년
당시 55세의 나이였다는 사실과 조응된다.

평양의 아녀자들이 관찰사를 보려고 강가에 모여드는 것이 채제공
에 대한 관심인지 관찰사 행렬에 대한 관심인지는 분명하지 않지만,
'아녀(兒女)'를 축자적으로 이해한다면, 비슷한 상황을 묘사한 고소설의
한 장면을 떠올릴 수 있다.

천순(天順, 1457~1464) 초 송도의 부잣집 자제 홍생은 젊고 수려한 외모
에 풍류가 있고 글도 잘 썼다. 8월 보름이 되자 명주실을 사려고 친구들과
함께 포백(布帛)을 싣고 와서 강가에 배를 대어 놓았다. 평양성의 이름난 기
녀들이 모두 성문 밖으로 나와 그에게 추파를 던졌다.[58]

이 소설의 한 장면을 떠올려 보면 제8수에서 관찰사를 보려고 모여
드는 부녀자들의 모습과 배를 타고 등장하는 관찰사 채제공의 얼굴을
클로즈업해서 조응시키는 구도가 채제공이라는 개인에 맞춰져 있다는
점을 읽을 수 있다. 새로 평안감사로 오는 명망 있는 정치가 정도가 아
니라 문재(文才)가 있고 풍류를 알면서 거기에 수려한 외모를 지닌 매력
적인 인물이라는 점을 알려주기 때문이다.

9

가마 타고 곧바로 연광정에 올라가서
강 따라 내성 외성 지형을 살펴본다.
만호나 되는 술집에는 구슬 발 걷혀 있고
천 척의 장삿배엔 술집 깃발 푸르네.

其九
肩輿直上練光亭
內外江城看地形
萬戶歌樓珠箔捲
千帆商舶酒旗靑

❁

평양 도성의 구조

관찰사는 대동강을 건너 대동문에 이르렀다. 제9수에서는 감영에 가
서 공식적인 의례를 하기 전에 연광정에 올라서 평양 도성의 안팎을 둘
러보는 모습이 묘사되었다. 이 장면의 삽입은 두 가지 측면에서 이해
할 수 있다. 하나는 관찰사는 평양부윤을 겸하고 있으므로 평양 전경
을 둘러보는 행위는 자신에게는 선정(善政)을 하리라는 의지를 다지는
것이며 평양부민들로 하여금 선정에 대한 기대감을 한껏 갖게 한다. 또

평양 모란대 일대의 전경 사진. 부벽루, 영명사 등 대동강 아래 능라도 일대의 모습이 담겨 있다.
『사진첩조선』(조선총독부, 1921)

다른 하나는 기생과 술집으로 대변되는 유흥 도시의 면모이다. 평양은 유흥 도시로 유명하지만, 그 구체적인 모습을 알려주는 자료는 찾기 어렵다. 1803년의 상황이 서술된 『계산기정』의 "상가가 즐비하고 동네가 잇닿아 있어서 서울과 맞설 정도"라는 표현 이외에 구체적인 모습을 알기는 어렵다.

그렇다면 연광정에 올라간 관찰사의 눈에 비친 풍경은 어떤 모습일까. 평양의 풍경 묘사는 문학작품에서 간간이 볼 수 있는데, 고소설 「이진사전」에서는 연광정에서 보는 전경을 이렇게 묘사하였다.

평양에 다다르니 십리 장림 푸른 수풀 원객을 반기는 듯 련광뎡에 올라셔서 ᄉ면을 슓혀 보니 릉나도 연긔 속에 양류는 의의ᄒ고 모란봉 구름 아뤼

챵숑은 울울ᄒ며 부벽루에 빗긴 히에 금슈병풍 둘너잇고 슝령전잠긴구름
학의 소리 머러잇고 영명슈 져믄 쇠북 산승이 밧비 가며 되동강 푸른물결
졍연이 침벽ᄒ니 이 진짓 뎨일강산이라.[39]

여기에서는 연광정에 올라가면 능라도, 모란봉, 부벽루, 금수산, 숭
령전, 영명사, 대동강이 보인다는 사실을 확인할 수 있다. 연광정에 올
라서 대동강을 바라볼 때 왼쪽에 있는 섬이 능라도이다. 능라도를 필두
로 금수산, 모란봉, 부벽루, 영명사는 모두 한곳에 모여 있다. 이곳은
18세기 후반에는 북성(北城)으로 둘러싸인 공간이었다. 예외적으로 숭
령전(崇靈殿)만 북성에 있는 건물이 아닌데, 이 숭령전은 단군과 동명왕
의 사당이다. 1590년에 간행된 『평양지』에 따르면 단군사와 동명왕사
는 같은 건물에 있다고 했으며, 『평양지』의 「평양관부도(平壤官府圖)」를
보면 대략 내성(內城) 가운데에 위치하고 있다. 따라서 연광정은 평양의
내성과 북성, 대동강을 거의 다 볼 수 있는 조망권이 꽤 좋은 곳이었다.
가장 중심에 있는 내성[또는 부성(府城)]에는 6개의 문이 있다. 『평양지』
에 따르면 동문이 장경문(長慶門), 서문이 보통문(普通門), 남문이 함구문
(含毬門), 북문이 칠성문(七星門), 정동문이 대동문(大同門), 정남문이 정
양문(正陽門)이다. 대개 지도에는 내성 중앙에 영숭전(永崇殿)을 표기하
고 있는데, 이곳이 고려의 장락궁(長樂宮) 터이므로 내성이 이미 고려 때
에 있었음을 알 수 있다. 내성은 1406년(태종 6)에 수축(修築)하였다는 기
록이 있으나 처음 만들어진 시점은 확실하지 않다. 『신증동국여지승람』
에서는 기자조선 때 지었다는 세간의 이야기를 전하면서도 『고려사절요』

의 922년(고려 태조 5)에 "재성(在城)"이 완공되었다고 서술한 대목을 가져와서 이것이 평양의 내성을 가리키는 것이라고 보고 있다. 반면『평양지』에서는 이 구절에서 재성이 외성을 가리킨다고 보면서 내성은 고려 성종 때 쌓은 것이라고 주석을 달았지만 분명한 전거 자료는 제시하지 않았다.

그런데 이 성의 경계는 후대에 약간의 변화를 겪게 되었다. 1730년에 간행된『평양속지』에 따르면 1624년(인조 2)에 성이 커서 수비가 어렵다는 이유로 서남쪽 일부를 줄여서 개축하였다고 한다. 때문에 함구문, 정양문, 보통문은 모두 성 밖에 놓이게 되었고, 1637년에 후금과의 조약에 따라 오래도록 평양부성을 보수하지 않은 채로 방치하다가 1685년(숙종 11)부터 조금씩 수축해 나갔다.『평양속지』에서 "지금은 내성만 쌓고 중성과 외성을 모두 버려두었다"라고 하였는데 '중성'이 바로 처음에는 부성에 편입되어 있다가 1624년에 성의 경계를 축소하면서 성 밖에 있게 된 공간인 것이다. 1714년에 평안감사 민진원(閔鎭遠)이 중성에 샘물이 많으니 중성과 내성을 합하자는 요청을 올렸으나 거부되었다.[10]

외성은 원래 평양부성 밖의 서남부 지역으로 지세가 평평하고 낮다. 남문인 거피문(車避門)과 서문인 다경문(多景門)이 있다고 하는데『평양지』가 간행되었을 때 이미 2개 문을 포함하여 외성이 무너져 버린 상태였다.『평양속지』에서는 세간에 전하는 말을 빌려 기자조선 초기에 수해를 대비하기 위해 지은 성이라고 한다. 계속 방치되어 있어서 그동안 수리하자는 의견이 제시되었고『평양속지』에서도 1730년에 감사 송인명(宋寅明)이 수축하겠다는 계문을 올렸다고 하지만 결국 실행되지는 못했다.

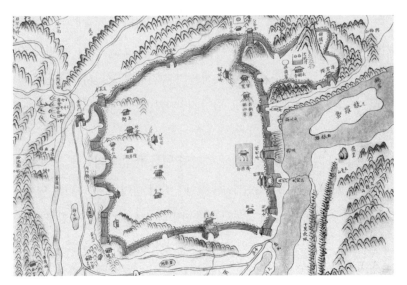

평양의 내성과 그 밖의 성을 확대한 부분, 『해동지도』

북성(北城)은 을밀대 서쪽 모퉁이에서 모란봉을 둘러 부벽루를 지나 본성의 동쪽 암문으로 이어져 있다. 평양을 내성, 중성, 외성, 북성 지역으로 구분할 때 성의 이름으로 보면 혼동되기 쉬우나 실제로는 내성을 중심으로 남쪽에 중성과 외성이, 동쪽 귀퉁이에 북성이 위치하고 있다. 특히 북성은 1714년 평안감사 민진원이 모란봉에 올라가면 성 안이 보이기 때문에 적들이 점령하면 위험하다는 군사적인 이유로 축조했기 때문에 북성을 언급하는 자료는 18세기 이후의 산물로 볼 수 있다. 북성 안에 있는 주요 명소는 금수산의 모란봉과 영명사(永明寺)이다. 영명사는 고구려 동명왕(東明王)의 구제궁(九梯宮)이 있던 곳이고 그 옆에 동명왕과 관련된 기린굴(麒麟窟)과 조천석(朝天石)이 있다.

고구려와 고려의 도읍지였다는 점을 감안하면 평양성의 규모는 상당히 컸던 것 같다. 그래서 이유원은 팔도의 도읍 중에서 한양과 견줄 만한 유일한 곳으로 지목하기도 했다.

10

선화당으로 막 도임해 보니
육방 군졸과 아전들이 줄지어 섰네.
효위는 양쪽에 금색 '용' 자 붙인 채
걸음걸이 늦추지 말라 크게 외치네.

其十
宣化堂中到任初
六房軍吏雁行舒
驍尉兩邊金勇字
喝敎行步莫徐徐

✱

평안감영과 관원들

관찰사는 대동문을 지나 감영 안의 선화당(宣化堂)에 들어선다. 대동
문을 통과하여 큰길을 따라 직진하다가 오른쪽으로, 다시 왼쪽으로 갔
다가 오른쪽으로 꺾어 가면 선화당이 나온다. 감영의 정청(政廳)을 '선화
당'이라고 하는데, '임금의 덕을 선양하고 백성을 교화한다(宣上德而化
下民)'는 뜻이다. 『평양지』에서는 '감사본아(監司本衙)'라고 했지만 『평양
속지』를 보면 '상아(上衙)'로 표기되어 있는 것으로 보아 그 사이에 장소

가 바뀌었음을 알 수 있다.『평양속지』에 따르면 당시(18세기 초반)에 평양서윤의 집무소인 '이아(二衙)'의 위치가 원래 감사 관아가 있던 곳이었다고 한다. 1646년(인조 24) 감사 박서(朴遾)가 두 관청의 위치를 바꾼 뒤에 1683년(숙종 9)에 감사 신익상(申翼相)이 건물을 창건하고 1694년(숙종 20)에 감사 이유(李濡)가 처음으로 거주하였다.

　감영은 감사의 본청과 부속 건물로 이루어져 있는데,『평양지』에는 감사본아, 중동헌(中東軒), 진서각(鎭西閣), 응물헌(應物軒), 추향당(秋香堂), 전매국(典賣局), 심약당(審藥堂), 율학당(律學堂), 영리청(營吏廳) 정도가 나와 있었다.『평양속지』에는 사당(祠堂), 제청(祭廳), 내대청(內大廳), 동상방(東上房), 서상방(西上房), 서별실(西別室), 내책방(內冊房), 중책방(中冊房), 징청당(澄淸堂), 소요각(逍遙閣), 좌소정(坐嘯亭), 연신당(燕申堂), 응수당(應酬堂), 선화당(宣化堂), 부관청(副官廳), 제청방(祭廳房), 상공수방(上供需房), 정설방(正設房), 약방(藥房), 비장청(裨將廳), 이마청(理馬廳), 동·서부관청(東西副官廳) 등이 열거되어 있다. 위의 건물들의 규모만 총 282칸이었다고 하는데, 이전에 비해 건물의 수와 규모 면에서 상당히 확장되었다고 볼 수 있다.

　선화당 앞에는 관찰사를 맞이하기 위해 관졸들이 쭉 늘어서 있다. 감영에 소속된 관원들은 행정뿐만 아니라 악기 연주, 말 관리, 도구 제작 등 다양한 업무를 담당했다.『평양지』에 언급된 것에 비해 인원은 대폭 감소했으나『평양속지』에도 육방(六房) 소속 관원들만 41명이었고 감영에 소속된 전체 인원만 천여 명에 달했다고 되어 있다.『평양속지』에는 감영에 소속된 효위(驍尉)가 135명이었다고 했는데, 효위는 영흥부

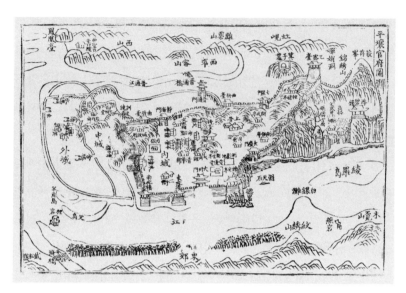

「평양관부도」, 『평양속지』, 1730년

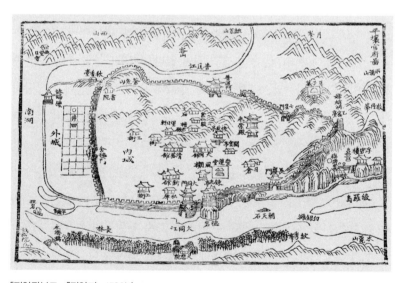

「평양관부도」, 『평양지』, 1590년

(永興府)와 평양부(平壤府)에 둔 군직(軍職)이었으므로, 이 구절에서 특별히 '효위'를 명시한 것은 평양이라는 장소를 강조하기 위해서였던 것 같다. '용자(勇字)'는 군졸들의 벙거지 앞에 '용(勇)' 자 모양으로 만든 놋쇠 장식을 가리킨다. 그런데 관찰사의 위엄을 과시하기 위해 효위가 관원들의 도열을 지시하는 장면은 1491년(성종 22) 8월 23일에 경연에서 어세겸(魚世謙)이 평안도에서 양인(良人)을 토관(土官)이나 효위로 삼는 것이 감사(監司)의 체모(體貌)를 엄하게 하려고 했기 때문이라고 한『성종실록』의 기록과 부합한다. 이러한 언급은 평안도 현지인들이 사납고 용맹하다는 인식을 바탕에 두고 있다.

11

동기(童妓)들 다담상 낸다 천천히 고하고
가벼운 은수저 두세 벌을 내려놓네.
붉은 옻칠 고족상(高足床)을 들어 물리는데
예방비장(禮房裨將)이 앞에서 감독한다.

其十一
曼聲小妓告茶啖
銀箸輕輕下二三
擎退漆紅高足案
禮房裨將向前監

❋

관찰사를 환영하는 의례

관찰사가 감영에 도착하면 감영의 관리들이 관찰사를 맞이하는 의례를 거행한다. 『목민심서(牧民心書)』에서는 수령이 부임하면 반드시 음식상을 올리는 진찬(進饌) 의례에 대해 서술하면서 올리는 음식의 물품을 "'특생(特牲)'의 품(品)[11]을 쓰되 작(爵)은 1헌(獻, 술 1잔) 식(食)은 2궤(簋, 떡과 면 각각 1그릇), 국(羹)은 2형(鉶, 모두 잡채에 고기즙을 버무려서 국을 만든다), 육(肉)은 3조(俎, 삶은 고기 1접시, 구운 고기 1접시, 생선회 1접시),

유물(濡物)이 4두[豆, 채소 2접시, 어육(魚肉) 2접시], 건물(乾物)이 4변[邊, 과일 2접시, 육포, 어포 각각 2접시, 쌀가루 음식 1접시]"으로 소개하고 있다. 이렇게 보면 지방관에게 내오는 음식의 등급과 종류는 관례로 규정되어 있었다는 사실을 확인할 수 있다. 이렇게 음식상의 대체적인 모습을 가늠해 볼 수는 있지만 평안감사가 받는 음식상이 어떤 규모였는지 확인할 수 있는 자료는 아직 찾지 못했다. 또 규모가 작고 경제적으로 빈곤한 고을이어서 녹봉이 박한 경우에는 한 등급 내려서 정하는 등 규정이 다분히 융통성 있게 시행되었던 것 같다.

제11수는 바로 이 진찬 장면을 묘사하고 있다. 관찰사가 선화당에 앉아 있으면 음식이 가득 차려진 상이 들어오고 관찰사는 천천히 이 음식들을 맛볼 것이다. 그러나 「관서악부」에서는 관찰사가 맛보게 될 으리으리한 상차림의 면면을 직접적으로 보여주지는 않았다. 제1, 2구에는 기생이 다담상을 올린다고 고하고, 제3, 4구에는 예방비장의 지시 아래 상다리가 긴 고족상을 물리는 장면이 나온다. 따라서 이 맥락에서는 2구와 3구 사이에 관찰사가 음식을 먹는다는 것이 암시만 될 뿐이다. 이 장면 묘사에서는 두 가지 점을 읽을 수 있다. 예방비장의 지시 아래 일사분란하게 의식이 거행되며 그 과정에는 평양 기생이 다담을 알린다는 점, 그리고 분명히 이 풍요로운 곳에서 관찰사는 화려한 상차림을 마주하고 있을 것이라는 점이다. 이 장면을 독자의 상상에 맡김으로써 그 화려한 상차림에 대한 호기심과 부러운 마음은 더욱더 커질 것이다.

12

사흘째에 청유막에서 자리 크게 펼치니,
넓은 뜰에 있는 병기(兵器)가 생기가 도네.
구슬 갓끈에 옥정자, 비단 철릭을 입고
붉은 담요 깐 의자에 단정히 앉아 있구나.

其十二
三日靑油大坐陳
廣庭軍物變精神
珠纓玉鏤紗天翼
端正紅氈椅上身

✤

관찰사, 업무 시작

　제1구에서 부임한 지 사흘 되는 날 '청유막'을 설치하고 업무를 본다
고 했는데, 군례(軍禮)를 행할 때의 모습을 묘사한 것 같다. '청유막'은
대장군의 막사를 가리키는 말이다. 서울대학교박물관 소장 「평양도십
폭병풍」에서 청유막 아래 융복을 입은 감사의 모습을 확인할 수 있는
데, 감영의 선화당이 아니라 대동문으로 향한 큰 길에 청유막을 세우
고 의자에 앉아 있으며 휘하의 관원들은 두 줄로 도열해 있다. 그러나

제12수에서 청유막을 세운 곳은 전후 맥락상 감영 안으로, 감영의 군비를 점검하는 장면을 나타내고 있다. 관찰사는 겸직 제도에 의해 병마절도사 및 수군절도사를 겸하거나 이들을 지휘, 감독했다. 평안도의 경우 병마절도사는 2인(종2품)인데 그중 1인은 관찰사가 겸임했고 수군절도사 1인(정3품)은 관찰사가 겸임하였다.

감영의 군사 조직은 16세기에서 18세기 사이에 큰 변화를 보였는데 이 변화가 『평양지』와 『평양속지』에 반영되어 있다. 『평양지』의 「병제(兵制)」에서는 기병이 720명, 보병이 1,260명, 수군이 828명, 봉수군이 96명이었으나 『평양속지』에 따르면 그 분류가 아예 달라졌다. 별무사(別武士) 500명, 마병장(馬兵壯) 1,332명, 장십부(壯十部) 11,100명, 각종 군관 23,131명으로 기록되어 있는데, 이미 18세기에 평안도의 병력 규모가 대폭 강화되었음을 알 수 있다.

군대를 통솔하는 관찰사가 입는 옷은 융복(戎服)으로, 융복은 갓(笠子)과 철릭, 광다회(廣多繪), 수화자(水靴子) 등으로 구성된다. '다회'는 여러 겹으로 합사한 명주실을 가지고 짠 끈으로 끈목이라고도 한다. 다회에는 광다회와 동다회[圓多繪]가 있는데, 표면을 납작하게 짠 것을 광다회라고 한다. '수화자'는 목이 긴 신발로, 물이 스며들지 않도록 신발 바닥에 기름을 먹인 면이나 가죽 또는 종이를 깔아 만든 것이다. 당상관은 붉은 계통의 자립(紫笠) 또는 주립(朱笠)을 썼고 갓끈의 장식으로 패영(貝纓)을 사용하였다. 융복의 옷은 철릭(帖裏, 天翼)인데 상의에 치마가 연결된 옷으로 말을 타기 쉽도록 허리에 많은 주름을 잡았다. 당상관은 남색 철릭을 입었고 철릭에는 실띠 광대(廣帶)를 둘렀다. 당상관 융복에는 자색이나 홍색 광다회를 둘렀다. 융복용 신발은 쉽게 벗겨지지 않도록 발목을 길고 좁게 만든 신발이다.

관찰사와 절도사의 갓 장식(笠飾)에는 옥정자(玉頂子)를 사용한다는 규정까지 감안하면, 제12수는 관찰사가 겸직하는 군 책임자로서의 위용을 부각한 대목이라고 할 수 있다.

13

연명하는 수령들이 감영으로 와서
오중석 아래에서 허리 꺾어 절하네.
푸른 장막과 화려한 창이 삼엄한데
예법대로 조용히 소매 들어 답례하네.

其十三
延命官來趁上營
五重席下首腰平
碧幢畵戟深森裏
隨例從容擧袖輕

연명례(延命禮)

 '연명(延命)'은 감사가 부임할 때 수령이 취임인사를 올리는 의식이다.
제13수에서 연명하는 장면에서는 감사의 화려한 자리, 수령들의 공손
한 태도를 통해 감사의 위엄을 강조하고 있다. 이제의 『관서일기』에서
평안도의 여러 수령들이 와서 연명례를 한 다음에 공사례(公私禮)을 올
리고 동헌(東軒)으로 자리를 옮겼다고 서술한 것을 보면 제13수는 연명
하러 온 수령들이 공사례를 올리는 장면을 묘사한 것이라고 볼 수 있다.

'공사례'는 조선시대 관리들이 업무를 보기 위해 관청에 나갔을 때 상·하급 관리들이 서로 인사하는 절차이다. 공례 때는 관료가 공복(公服)을 입고 최상급 관리는 북쪽에, 그 다음은 동쪽, 서쪽순으로 자리를 정해 앉는다. 하급자가 나아가 절을 하면 상급자는 앉아서 손을 들어 읍을 하는 것이 일반적이었던 것 같다. 종부시(宗簿寺) 직장(直長)이 되어 상견례차 일제조(一提調) 이련(李槤)를 만나러 갔던 황윤석(黃胤錫)은 공복을 입고 가서 명함을 올린 뒤 만나서 절을 했을 때 이련이 흑립과 도포를 입고 앉은 상태로 손을 들고 읍을 했다고 기록하였다. 흥미로운 점은 황윤석이 이제조(二提調) 정존겸(鄭存謙)을 찾아갔을 때에는 정존겸이 아픈 상태여서 도포를 입지 못하고 평상복을 입었기 때문에 앉아서 읍하는 상관의 의례를 따르지 못하고 일어나서 답례로 절을 했다는 점이다.[42]

먼저 감사의 위상은 '오중석(五重席)'과 '벽당(碧幢)', '화극(畫戟)'으로 나타났다. 중석(重席)은 자리를 포갠 것으로, 그 수로 신분의 고하를 표시한다. '삼중석(三重席)', '사중석(四重席)'을 쓴 경우도 있다. 정약용은 『목민심서』의 칙사를 접대하는 규례를 서술하는 대목에서 "의자 밑에 삼중석을 깔고 그 위에 또 호피 방석을 까는데 저들(칙사들)은 모두 의자 위에 앉으니 의자 밑에 겹으로 자리를 깐들 무슨 소용이랴"라고[43] 썼다. 안정복은 정술조에게 숙종의 동궁 시절에 대한 기록을 보내면서 "세자가 서연을 열면 주상이 혹 문밖에 와서 가만히 엿듣곤 했는데 세자가 그것을 알고는 내시를 시켜 그곳에다 사중석을 깔아 두라고 했다. 주상이 까닭을 물어 그 사실을 알고는 얼굴에 즐거운 빛이 가득했다"[44]

라고 썼다.

'오중석'의 용례는 거의 없지만 신광수가 채제공에게 답장으로 쓴 서신 「평안감사 번암에게 답함(答樊嚴箕伯)」과 채제공이 윤필병(尹弼秉)에게 쓴 「용진의 별업으로 돌아가는 윤이중[필병, '이중(彝仲)'은 자(字)]을 전송하며 쓴 서문(送尹彝仲(弼秉)歸龍津別業序)」에 이 단어가 등장하기 때문에 이해하는 데 다소간 도움이 된다. 신광수의 편지에서는 채제공이 평안도관찰사로 간 것을 축하하는 한편 자신은 따라갈 수 없는 처지를 한탄하면서 "평안도에 벼슬 한 자리 얻어 이 마른 허리에 인끈을 두를 수만 있다면 오중석은 둘째 치고 십중석 아래라고 하더라도 머리를 묻고 인사를 드릴 것입니다"라는 인사치레 정도로 나왔지만, 채제공의 서문에서는 오중석의 의미가 한결 명확하게 드러나 있다.

채제공이 이 서문을 쓴 시점은 1775년으로, 1774년에 있었던 윤필병과의 일화를 추억하는 내용이다. 당시에 자신은 평안감사였고 윤필병은 황해도 장연(長淵)의 현감으로 있었다. 채제공은 휴가를 내어 찾아온 윤필병을 일부러 기다리게 하다가 날이 어두워진 다음에 관청을 화려하게 꾸미고 나서 들여보냈다. 윤필병은 깜짝 놀라서 한동안 망연해 있다가 정신을 차린 뒤에 채제공과 윤필병은 서로 보며 웃었다. 이때 채제공이 묘사한 화려한 감영의 모습은 다음과 같다.

하늘이 어두워지자 업무를 담당하는 관청에 나와 앉았는데 자리가 5겹이었다. 비단으로 싼 밝은 초롱이 주렁주렁 매달린 들보가 당의 앞뒤로 늘어서서 빛이 위아래로 밝게 비추었다. 분을 바르고 붉은 치마를 입은 기생

40~50명이 병풍처럼 둘러쌌고 뜰의 나무에는 횃불을 꽂아 깃발 같았으며 건장한 군졸들이 검은 까마귀처럼 모여 있었다. 이렇게 해 놓은 다음에 윤이중을 들어오게 하였다. 그가 들어오자 좌우에서 걸음을 빨리하였는데, 마치 소리치는 것 같은 소리가 났다. 윤이중의 걸음걸이는 의연해서 겉으로는 사람을 깔보는 모습을 보였으나 오중석 아래에 이르자 눈이 부신 듯 내가 어디에 앉아 있는지 알지 못하다가 오랜 뒤에야 인사를 하여 서로 보면서 웃었다. 윤이중은 가난한 서생이어서 서경(평양)의 위용을 본 적이 없었기 때문에 입으로 말하지는 않았지만 그의 모습을 보니 자신을 유(楡)나무와 방(枋)나무를 노니는 메추라기로, 나를 붕새라고[45] 여기는 듯하였다.[46]

벽당(碧幢)은 고위 관료의 가마에 단 휘장이고, 화극(畫戟)은 화려하게 색칠한 목창(木槍)으로, 관청을 호위하는 병졸들이 들고 있던 것이다. 이 구절은 중당(中唐) 시인 위응물(韋應物)의 시 「군재에서 비오는 날 여러 문사들과 모임(郡齋雨中與諸文士燕集)」의 "호위하는 병사들의 화려한 창 삼엄한데, 편히 쉬는 방에는 맑은 향기가 어려 있네(兵衛森畫戟 宴寢凝淸香)"라는 구절을 상기시킨다.

제13수에서는 '오중석' 자리, 삼엄한 경비병의 존재로 위엄을 갖춘 관찰사와 감영에 와서 공손하게 인사하는 수령들을 대비시킴으로써 극적인 효과를 낳고 있다. 하급자들이 절을 하는 모습은 "허리와 나란하도록 고개를 숙이고(首腰平)", 상급자인 감사가 답례로 읍을 하는 모습은 "가볍게 소매를 들어올리는(擧袖輕)" 것으로 표현한 대목도 흥미로운 부분이다.

14

서안 앞에서 기생 점고를 하니
치마 여미고 차례로 목소리 낮춰 절한다.
곽분양 집의 봄밤 잔치인지
연경의 비단옷 새로 입어 모두 환하네.

其十四
書案前頭點妓名
斂裙離次拜低聲
汾陽宅裡春宵宴
燕錦新裝隊隊明

❉

기생 점고

　기생의 명부를 기생안(妓生案)이라고 하고 인원을 점검하는 것을
점고(點考)라고 한다. 기생은 관청에 소속된 노비이므로 관찰사도 감영
에 소속된 교방의 인원을 점검한다. 그런데 이 기생 점고는 기생안의
명단을 확인하기 위해 독특한 호명의 관습을 가지고 있다는 점이 특징
적이다. 대체로 이름 앞에 수식하는 어구를 삽입했다고 하는데,[17] 이 시
에서처럼 이름이 불리면 해당 기생이 나와서 대답하는 방식으로 진행

「곽분양행락도」, 국립중앙박물관 소장

된다. 실제로 어떤 모습이었는지는 19세기 여성 명창 진채선의 '기생 점고 대목'을 통해 대략적으로 상상해 볼 수 있다.

　[아니리]
　호장이 분부 듣고 기생안 책을 들여놓고 차례로 호명하는데, 낱낱이 글귀로 불르던 것이었다.
　[진양조(추정)]

"남포월(南浦月) 깊은 밤에 도(棹)대 치난 저 사공아. 묻노라 너 탄 배 계도 금범(桂棹錦帆) 난주(蘭舟)."

행수 기생 난주가 들어를 오는데 멋기도 사모찬 기생이라, 초마자락을 거듬거듬 걷어서 세요흉당(細腰胸膛)에다 이럿이 안꼬 가만 가만히 걸어 들어를 오더니 접고 맛고, "나오-."

"일대 문장 소동파 적벽강에 배를 띠고 거주촉객(擧酒屬客) 하올 적에 소언동산(少焉東山) 월출(月出)이."

월출이가 들어오는데 홍상(紅裳) 자락을 걷어안꼬 함교함태(含嬌含態)
난보(鸞步)를 정히 옮겨 아장아장 걸어 들어와 요만하고 졉고 맛고 좌우진퇴
로, "나오-."[48]

이들은 또 당시에 법으로 규정된 복식금제(服飾禁制)의 예외 대상이기
도 했다. 그래서 평민 여성들이 입지 못하는 사라능단(紗羅綾緞, 비단옷)
을 비롯하여 각종 장신구도 착용할 수 있었다. 특히 사라능단은 최고급
직물로 수입품이었기 때문에 사치품을 단속할 필요가 있었던 것이다.
제4구에 호명되는 기생들이 연경에서 수입해 온 고급 비단옷을 새로 차
려입은 모습은 평양 기생의 아름다움과 함께 평양의 부유함을 나타낸
것이라고 할 수 있다.

관찰사를 앞에 두고 화려한 비단옷을 입고 예쁘게 단장한 기생들이
호명될 때마다 나와서 인사를 올리는 이 장면의 화려함은 '곽분양(汾陽宅)'
집의 봄밤 잔치로 비유된다. '곽분양'은 중국 당나라 때의 무장 곽자의
(郭子儀)를 가리킨다. 당 현종 때 안록산의 난을 토벌하는 등 많은 공
을 세워 분양왕(汾陽王)에 봉해졌다. 생전에 황실과 백성들에게 영웅으
로 추앙받았으며 85세까지 사는 장수를 누렸을 뿐만 아니라 여덟 명의
아들과 일곱 명의 사위도 입신양명하여 당나라 최고의 권문세가를 이
루었다. 나라에 공을 세운 충신이면서 관록과 재복, 자식복까지 다 누
린 인물이라는 점 때문에 곽자의는 역사적 영웅이라는 점보다는 부귀
와 복록을 누린 인물이라는 점이 훨씬 더 부각되었다. 특히 민간에서 이
러한 경향이 강해서 명말 청초부터 「곽자의축수도(郭子儀祝壽圖)」 등 그림

과 장식, 수예품에서 대표적인 길상 도안으로 자리 잡았다.[49] 조선에서는 숙종대 이후부터 「곽분양행락도(郭汾陽行樂圖)」가 성행하였다.

15

첫 노래에 듣는 이들은 모두 양귀비를 말하니
지금도 마외(馬嵬)에서 죽은 것을 한탄하는 듯.
대개 시조에 장단을 붙인 것은
장안의 이세춘에게서 비롯되었네.

其十五
初唱聞皆說太眞
至今如恨馬嵬塵
一般時調排長短
來自長安李世春

❋

교방의 레퍼토리

「관서악부」만 또는 비슷한 다른 작품과 함께 엮어 전하는 필사본 중
에는 시구 옆에 짧은 평이나 설명을 붙여 놓은 경우가 있다. 제15수의
경우에는 "'미소 하나에 온갖 아름다움이 생겨나니, 양귀비의 고운 자질
이구나. 명황(明皇, 당 현종)이 그래서 멀고 먼 촉땅으로 피난갔건만, 마
외(馬嵬)에서 말 앞에서 죽다니 이를 슬퍼한다.' 오랫동안 기생들이 슬퍼
하여, 관서 기생들은 잔치에서 먼저 이 곡을 부른다(一笑百媚生, 太眞麗質.

明皇所以萬里幸蜀, 憐馬嵬坡下馬前死. 千古女娘悲. 關西妓當筵先唱此曲)"라는 설명이 있다.

「관서악부」가 한시이기 때문에 설명도 순한문으로 쓰여 있지만, 실제로는 시조로 불렸다. 『악학습령(樂學拾零)』에는 "일소백미생(一笑百媚生)이 태진(太眞)의 여질(麗質)이라. / 명황(明皇)도 이러무로 만리행촉(萬里幸蜀) ᄒ시도다. / 마외(馬嵬)에 마전사(馬前死)하니 그를 슬허 ᄒ노라."라는 시조가 실려 있는데, 내용은 백거이(白居易)가 쓴 「장한가(長恨歌)」를 가져온 것이다. 초장은 "타고난 아름다움 묻히기 어렵다(天生麗質難自棄)", "눈웃음 한 번에 온갖 아름다움 살아나다(回眸一笑百媚生)"의 시어를 가져왔고, 중장과 종장은 "구중궁궐에 연기가 솟아올라 천대의 수레 만 대의 기병이 서남쪽으로 갔네. 천자의 깃발 흔들리며 가다 서다 하다가, 도성문 서쪽 백여 리에서 육군을 보내지 못해 어쩔 수 없이, 긴 눈썹의 미인을 군마 앞에서 죽였네(九重城闕煙塵生, 千乘萬騎西南行, 翠華搖搖行復止, 西出都門百餘里. 六軍不發無奈何, 宛轉蛾眉馬前死)"를 축약한 것이다. 어쨌든 이 설명을 보면 교방에서 기생들이 이 시조창을 먼저 부른다는 점, 시조창의 가락은 가객 이세춘(李世春)에게서 연유했다는 것을 알 수 있다. 신광수의 다른 시 「가객 이응태에게 줌(贈歌者李應泰)」에서 "당대의 가객 이세춘은, 10년간 한양 사람을 열광시켰지. 기방을 드나드는 왈자들도 애창했고 강호의 노인들도 빠져 들었네(當世歌豪李世春, 十年傾倒漢陽人. 靑樓俠少能傳唱, 白首江湖解動神)" 구절을 보면 그전부터 내려오던 교방의 전통적인 레퍼토리를 당시 서울에서 유행하던 시조 같은 새로운 장르가 점차 대체하고 있었던 것 같다.

평안감영에 있는 교방의 기생만이 '관서 기생'인 것은 아니다. '관서 기생'은 평양 기생과 같은 의미로 쓰이기도 하지만 때로는 평안도 기생을 가리키기도 한다. 교방에서는 각각의 레퍼토리가 있어서 어떤 경우에는 지방색이 강하다는 인상을 주었다. 평안감영의 경우 1590년의 『평양지』에는 기생 180명과 악공 28명이 있었다고 기록되어 있으며 연행 레퍼토리로 ① 포구락(抛毬樂), ② 무고(舞鼓), ③ 처용(處容), ④ 향발(響撥), ⑤ 발도가(撥棹歌), ⑥ 아박(牙拍), ⑦ 무동(舞童), ⑧ 연화대(蓮花臺), ⑨ 학무(鶴舞), ⑩ 여민락(與民樂), ⑪ 만전춘(滿殿春), ⑫ 감군은(感君恩), ⑬ 보허자(步虛子), ⑭ 쌍화점(雙花店), ⑮ 한림별곡(翰林別曲), ⑯ 서경별곡(西京別曲), ⑰ 봉황음(鳳凰吟), ⑱ 관서별곡(關西別曲)이 나온다. 그런데 대략 140년 이후 1730년에 나온 『평양속지』에는 감영 소속 기생 45명, 감영 소속 악공 9명, 평양부 기생 39명, 평양부 악공 3명에 ⑪ 만전춘에서 ⑱ 관서별곡까지의 곡은 전하지 않는다고 명시하였으므로, 남아 있는 연행 목록을 보면 주로 춤과 악곡이다. 이 가운데에서 ① 포구락, ② 무고, ③ 처용, ④ 향발, ⑥ 아박, ⑧ 연화대, ⑨ 학무는 조선전기에 이미 궁중 정재로 전해 내려온 것이고 ⑤ 발도가[배따라기곡, 선유락(船遊樂)]는 평양에서 만들어진 것으로 추정되고 있다.

그런데 「관서악부」의 제15수만 봐도 18세기 초 『평양속지』의 레퍼토리로만 공연하지 않았다는 사실을 확인할 수 있다. 「평양감사환영도」 도상에서 「부벽루연회도」에서는 처용무, 무고, 검무, 포구락, 헌선도(獻仙桃)가 그려져 있으며 「연광정연회도」에서는 사자무가 그려져 있다.[50] '관서기'는 평안도 지역에 속한 기생들을 의미하는 경우도 있기 때문에 평양만으로 한정해서 보면 1888년의 사행기록인 『연원일록(燕轅日錄)』에는 순안에서 평양에서 찾아온 기생 단계(丹桂)가 가사 「양양가(襄陽歌)」, 「춘면곡(春眠曲)」, 「어부사(漁父辭)」와 한시 「관산융마(關山戎馬)」를 시창(詩唱)했다고 했고 평양에서는 금선(金仙), 화희(華姬) 두 기생이 가사 「백구사(白鷗詞)」, 「황계사(黃鷄詞)」, 「처사가(處士歌)」, '십재경영옥수연(十載經營屋數椽)' 등의 시창을 했다고 썼다.[51]

16

설핏 보니 행수 기생은 눈치가 빨라
수청 들 기생을 두 교방에서 특별히 뽑았네.
홍초장 안 예쁘게 치장한 미인 중에서
가장 예쁜 사람은 일점홍이네.

其十六
行首偸看氣色工
守廳別揀兩坊中
金釵十二紅綃帳
第一佳人一點紅

✾

관찰사와 기생의 일화

제14수의 기생 점고, 제15수의 기생이 부르는 노래, 제16수에서 수청기를 뽑는 이 일련의 과정은 신임 감사를 맞이하는 환영 행사 중 일부인데, 이것이 관찰사 한 명만을 위한 행사라고 보면 다소 과한 면이 있다. 어떤 전거자료를 활용했는지는 분명하지 않지만 이능화의 『조선해어화사』에서는 이 장면을 이해하는 데 참고할 수 있는 내용이 실려 있다.

감영의 기적(妓籍)에 올라 있는 기생은 본래 모두 댕기머리를 딴 동기(童妓)로 곧 갈래머리(丫頭)이다. 나이 13, 14세가 되면 맨 처음 서방이 된 자가 댕기를 풀어 쪽을 만들고 비녀를 꽂아서 신부처럼 꾸미는데, 세속에서는 '머리 얹는다'고 한다. 도내 각 고을 수령이 일이 있어 감영에 가서 연명(延命)하면 감사가 동기를 보내 잠자리 시중(薦枕)을 들게 하고, 또 머리를 얹어주게 하니 수령된 자가 감히 시키는 대로 행하지 않을 수 없다. 머리를 얹어주고 돈이나 비단으로 상을 내리면 그 기생집에서는 머리 얹은 연회를 베풀어 기생들에게 대접한다.[52]

위의 서술이 이 장면과 대응된다고 생각하면 이 세 수는 연명례의 장면을 비중 있게 묘사한 것으로 보인다. 잠자리 시중을 들 수청기(守廳妓)를 양방(兩坊)에서 뽑는다고 했는데, 『평양속지』에 감영 소속과 평양부 소속을 나누고 있으므로 '양방'은 감영과 평양부의 교방을 뜻한다고 할 수 있다. 붉은 비단 휘장 뒤에 있는 기생들을 '금차십이(金釵十二)'라고 했는데, 이 단어는 남북조시대 양(梁)나라 무제(武帝)가 쓴 「하중지수가(河中之水歌)」의 "머리에는 금비녀를 열 두 개나 꽂고, 발에는 오색 무늬 화려한 비단신을 신었지(頭上金釵十二行, 足下絲履五文章)"에서 비롯된 것으로, '금차십이항(金釵十二行)'은 이 시에서는 머리 장식이 많은 것을 의미하지만 이후에 나온 다른 시에서는 기녀와 첩을 많이 둔 것을 의미하기도 한다.

마지막 구절에 나온 일점홍(一點紅)은 여러 필사본에서 공통적으로 "채제공이 아꼈던 기생(一點紅卽樊岩所眄也)"이라고 설명하고 있다. '소면

(所眄)'은 마음에 둔다는 정도의 의미이지만 실제 용례에서는 지방관으로 있을 때 현지처처럼 함께 지내던 관계를 나타내는 단어로 쓰이고 있다. 부임한 지방관에게 현지 기생이 수청을 드는 제도에서 지방관이 기생에게 좋아하는 마음을 품는 이른바 '로맨스'는 한때의 추억으로 미화되었다. 그러나 이것이 한때의 낭만이 아니라 지방관의 전횡으로 인식되어 문제가 되기도 했다. 실록에는 1422년(세종 4)에 황해도관찰사 이수(李隨)가 체임되는 날에 기생을 끌고 온 일이 발각되었고, 1469년(예종 1)에는 충청도관찰사 안철손(安哲孫)이 국상(國喪) 때 기생과 간통하여 부민(部民)들에게 욕을 본 일이 보고되었다. 이수는 세종을 가르친 적이 있었기 때문에 세종이 특별히 용서했지만 당시 사람들은 그를 조롱했고 안철손은 결국 체포되어 심문을 받았다. 지방관과 기생의 관계는 현직에 있을 때는 크게 문제되지 않았지만 임기가 끝난 뒤에도 지속되거나 사사롭게 재물을 주는 등 과도해지면 처벌하라는 요청이 뒤따랐다. 그러나 지방관으로 가서 임기를 마치고 돌아올 때 기생을 데리고 와서 첩으로 삼는 일이 드물지는 않았던 것 같다. 실록에는 금법(禁法)에도 불구하고 축첩한 이들을 지목하여 처벌을 요구하는 사례가 적지 않게 나온다.

17

아침에 문묘에서 성인을 알현하고 나서
단군 사당 아래에서 한동안 배회했네.
요임금 병진년에 신시가 세워지니
동방의 기풍이 그때 열렸구나.

其十七

文廟平明謁聖廻
檀君祠下一徘徊
堯代丙辰神市後
東方風氣此時開

✿

평양의 역사-고조선

관찰사가 도임해서 선화당에서 업무를 개시한 다음에 가장 먼저 하는 일이 문묘 참배였다. 공자를 제향한 문묘는 유교 이념을 수호하는 곳이었으므로 문묘 참배는 중요한 의례였다. 감사가 군현을 순방하거나 지방관이 새로운 근무지에 도착할 때 의례적으로 문묘를 참배했는데, 지방에 따라 문묘와 함께 여러 사당을 참배하였다. 『관서일기』를 보면 이제(李濟)는 감영에 도착한 지 이틀 뒤에 여러 사당을 참배했다.

평양 문묘 대성전,
『조선고적도보』

향교의 문묘를 필두로 기자를 모신 숭인전(崇仁殿)과 단군을 모신 단군전(檀君殿), 임진왜란 때 참전한 명나라 장수를 모신 무열사(武烈祠)가 관찰사가 부임하면 관례적으로 가야 하는 주요 사당이었다.

서울대학교박물관에 소장된 「평양도십폭병풍」(19세기 전반)을 보면 문묘(대성전), 숭인전, 단군전은 서로 인접해 있다. 대동문을 통과하면 대동관이 나오는데 이 세 사당은 대동관 근처에 있었다. 이 시에서는 관찰사 도임 이후 여러 사당에 참배하는 과정을 통해 평양의 역사를 되짚어보는 수순으로 전개된다.

이 시의 3, 4구는 단군에 대한 내용이다. 단군은 신화적인 인물이어서 전하는 내용은 거의 없다. 그러나 평양을 이야기할 때 최초로 도읍한 인물인 단군을 빼놓을 수는 없다. 이승휴(李承休)의 『제왕운기(帝王韻紀)』나 『고려사』에서 단군이 요(堯) 임금과 같은 해 무진년에 즉위했다는 기록을 토대로 『평양지』에서도 "당요(唐堯) 무진년(戊辰年)에 신인(神人)이 박달나무 아래로 내려와서 백성들이 그를 임금으로 세웠고 평양에 도읍하여 단군이라고 하였다"라는 기록이 있다. 반면 『삼국유사』에는 왕검

이 도입한 시기를 요 임금이 즉위한 지 50년 된 경인년(또는 정사년)으로 보고 있다. 단군의 건국은 신화이므로 여러 기록의 연도가 다르다. 신광수가 다른 기록을 참고했을 가능성도 있다. 『삼국유사』에 "환인(桓因)의 서자 환웅(桓雄)이 태백산(太白山) 정상의 신단수(神檀樹) 아래로 내려와서 그곳을 '신시(神市)'라고 하였다"라는 기록이 있다. 이 시에서 '신시'는 환웅을 가리킨다. 단군은 환웅의 아들이다.

18

백마 타고 동쪽으로 온 은나라 태사
정전의 경계가 아직 그때와 흡사하네.
함구문(含毬門) 밖의 뽕나무밭은 푸른데
부슬비에 농사 구경하니 뻐꾸기가 따라오네.

其十八
白馬東來殷太師
井田經界似當時
含毬門外桑林碧
微雨觀農布穀隨

❈

평양의 역사-기자조선

단군에 이어 기자에 대한 서술이 이어진다. 두 사당이 가까이 있으므
로 단군전과 숭인전을 함께 참배했을 것이다. 단군에 비해 기자에 대해
서는 세 수에 걸쳐 언급하고 있는데 그 이유는 기자와 관련된 것으로
알려진 유적들이 상대적으로 많이 남아 있었고 또 명나라 사신들이 왕
래한 이후에 조선에서 기자에 대한 관심이 급속하게 고조되었기 때문
이다. 제18수, 제19수, 제20수는 모두 기자 관련 유적을 돌아보면서

지난 역사를 술회한 것으로, 이 시에서는 정전(井田)을 둘러보면서 기자에 대한 내용을 서술하고 있다.

기자(箕子)를 이 시에서 "白馬東來殷太師"로 표현했는데, '백마'나 '은태사'는 기자와 관련된 단어이다. 기자는 은(殷)나라의 마지막 왕 주(紂)의 숙부로 태사삼공(太師三公)을 지냈으므로 '은태사'라고 불렸다. 주왕의 폭정에 대해 간언을 하였으나 받아들여지지 않자 미친 척하며 유폐되었고 주나라의 무왕이 은나라를 멸망시킨 뒤에 기자를 석방시켜 정치에 대해 자문하니 홍범구주(洪範九疇)를 전해주었다고 한다. 기자는 백마를 타고 주(周)나라에 조회하러 갔다고 하는데, 흰색을 숭상한 은나라의 옛 제도를 따른 것이다. 현재 학계에서는 기자조선을 인정하지 않는다. 기자는 기원전 1000년 전후에 살았던 실존 인물이지만, '기자동래설'을 기록한 문헌은 모두 기원전 3세기 이후에 쓰였고, 기자의 이동을 증명할 고고학 자료도 나오지 않기 때문이다.

3, 4구에서 함구문 밖의 풍경이 나오는 것은 기자의 정전(井田)이 위치한 곳이기 때문이다. 평양성 중성에서 외성으로 가기 위해서는 함구문을 거쳐야 한다. 『평양지』에는 옛날에 기자가 구획한 경계가 남아 있다고 기록하고 있다. 함구문 밖의 '뽕나무밭(桑林)'은 이러한 문맥에서 보면 뽕나무밭이면서 은나라 탕왕(湯王)의 상림육책(桑林六責)을 의미한다.[55] 은나라에 큰 가뭄이 들었을 때 탕왕이 모든 허물을 자신에게 돌리면서 상림의 사당에 나아가 기우제를 지내자 비가 내렸다는 것이다.

제4구의 '포곡(布穀)'은 뻐꾸기의 별칭이다. 봄철에 뻐꾸기가 우는 소리가 마치 '씨앗을 뿌려라(布穀)'라고 재촉하는 것처럼 들려서 붙여졌다고 한다. 그런 점에서 '농사 구경(觀農)'보다는 '농사 권면(勸農)'이 더 정확한 표현일 것이다. 지방관은 백성들이 성실하게 생업에 종사할 수 있도록 독려하는 것이 주된 책무였다. 삶을 유지하는 근간, 곧 음식과 의복의 근본인 농사와 양잠을 중시해야 했으므로 그 구체적인 실천으로 제방을 쌓고 도랑을 파는 관개 사업을 벌인다거나 논밭 개간 및 뽕나무 심는 것을 적극 권장하였다.

19

팔조목의 가르침 거의 사라졌지만
풍속은 여전해서 밤에도 문을 열어 두네.
그 옛날 기자궁과 기자정만 남아 있어
밤에 글 읽는 소리 외성촌에 들리네.

其十九
八條遺敎半無存
風俗如今夜閉門
惟有舊時宮井畔
月明絃誦外城村

외성(外城)

　외성에는 정전뿐만 아니라 기자와 관련된 기자궁 터와 기자정 터가
있기 때문에 이 시에서도 기자에 대한 내용이 계속 이어진다. 기자는 평
양을 도읍지로 정한 뒤에 '법금팔조(法禁八條)'를 공표했다고 한다. 그중
에서 세 가지 조항만 전하는데, 그 내용은 살인자는 사형에 처하고 상
해를 입히면 곡식으로 보상하며 도둑질을 하면 노비로 삼는다는 것이
었다. 제19수에서는 기자의 팔조목은 사라졌지만 관찰사의 선정(善政)

으로 지금도 평양에서는 밤에 문을 열어 두어도 도둑이 들지 않을 정도로 풍속이 순박해졌다는 것을 강조한다.

선정을 통해 풍속을 순박하게 했다는 구절은 기자의 팔조목을 강조하려는 의도도 있겠지만 당시 평양의 습속이 사납다는 인식을 고려했기 때문이기도 하다. 『평양지』 「풍속」 항목의 설명에서는 기자가 팔조목을 가지고 순박한 풍속을 만들었으나 "묘청은 임금을 배반하고 최정보(崔正甫)는 자신의 아버지를 죽이는" 사건이 일어날 정도로 풍속이 변했다고 탄식했다. 최정보 사건은 『선조실록』 1588년 7월 4일 기사에 나온다. 7월 4일에 평양에서 제 아비를 죽인 최정보와 공모자인 맹인 신고함(申古咸)에게 형을 집행하면서 이런 극악한 죄인이 나온 곳은 읍격을 강등해야 하는데 평양은 다른 군현과 다르니 어떻게 해야 하는지 고민하는 방향으로 전개된다. 이것이 문제가 된 것은 평양이 중국 사신이 경유하는 곳이므로 만약 중국 사신이 강등된 이유를 알게 된다면 부끄러운 일이며, 평양을 현감으로 강등한다면 한 사람의 현감으로는 다스리기 어렵다는 현실적인 이유에서였다. 이 논의는 7월 7일에 관례상 강등한 적이 없으므로 그대로 놔두자는 결론을 맺으면서 끝났다.

반면 『신증동국여지승람』이나 『평양지』를 보면 『한서』와 『후한서』에서는 평양 주민들의 천성이 유순하다는 구절이 반복해서 나오고 『당서』에서도 사람들이 학문을 좋아한다고 서술하고 있다. 그렇다면 언제부터 풍속이 사납게 된 것인지가 『평양지』 편찬자들의 주된 관심사였을 것이다. 중국 쪽 기록과는 달리 조선 초기 권근(權近)의 「평양성대동문루기(平壤城大同門樓記)」에서는 그 시원을 고구려 때로 잡고 있다. 고구려 때부터 무강(武强)을 숭상하였는데 고려 때에 요(遼), 금(金)과 국경을 접하면서 점차 오랑캐 풍속에 물들어 풍속이 사납고 교만해졌다는 것이다.

『평양지』에서는 기자궁 터와 기자정의 위치에 대해서도 알려주고 있다. 기자궁은 정양문(正陽門) 밖에 있고, 기자정은 정전 안에 있다. 중성에서 외성으로 나올 수 있는 문은 함구문과 정양문이 있으므로 정전, 기자궁 터, 기자정은 거의 붙어 있었던 셈이다. 외성에는 사대부들이 모여 살았기 때문에 학문에 전념하는 분위기가 조성되었다. 이곳에는 서원(書院)도 있었는데, 창광산(蒼光山) 서쪽 기슭 신호사(神護寺) 옛터에 세워진 인현서원(仁賢書院)은 『평양지』에서는 1577년(선조 10)에 감사 김계휘(金繼輝)가 세운 '서원'으로만 나왔으나 『평양속지』에는 1608년(선조 41) 가을에 '인현서원(仁賢書院)'으로 사액되었다는 내용이 있다. 이 서원은 기자의 초상화가 봉안되어 있으며 기자의 유풍이 남아 있는 곳으로 알려졌는데 이는 1833년에 평안감사로 부임했던 정원용(鄭元容, 1783~1873)의 기문에서도 발견할 수 있다.[51]

외성의 분위기는 17세기 문인 박미(朴瀰, 1592~1645)의 「서경감술(西京感述)」에서도 볼 수 있다. 이 시는 총 30수로 이루어진 연작시인데, 그중 제5수는 다음과 같다.

外城傳道太師城　　외성은 은태사의 성이라는데
絃誦洋洋比屋聲　　집집마다 소리 높여 책 읽는 소리.
看取年年發科甲　　해마다 급제자 나오는 걸 보니
桂林強半是遺氓　　과거 급제자[55] 태반이 유민이구나.

이 시 아래에는 "외성은 기자가 도읍한 곳으로 지금도 사대부들은 모두 여기에 사는데, 과거 급제자가 끊이지 않아 지금은 더욱 번성하였다"[56]라는 설명이 있다. 평양의 문명을 기자와 연관시키는 경향이 나타나므로, 외성에 사족(士族)들이 모여 사는 것을 기자의 유산으로 보는 관점도 같은 맥락에서 나온 것이라고 이해할 수 있다.

20

감영의 북쪽 칠성문이 높다란 곳
기자의 의관 묻힌 오래된 무덤 있네.
나락 자라던 논밭이 솔밭이 되었는데
농부도 태반이 이 고을 후손이라네.

其二十
峩峩營北七星門
箕子衣冠萬古原
禾黍野田松栢處
耕夫半是本鄕孫

✿

평양의 유적-기자묘

정전, 기자궁 터, 기자정이 있는 외성 이외에도 기자와 관련된 중요
한 유적이 또 하나 있다. 바로 기자묘(箕子墓)인데 그 위치는 외성과는
다소 떨어져 있다. 기자묘에 가기 위해서는 칠성문(七星門)을 통과해서
성 밖으로 나가야 한다. 성 밖의 언덕 위에 있는 기자묘의 위치는 대략
칠성문과 을밀대 사이였다.
제3, 4구는 평양이 공식적으로 기자조선의 도읍지라는 점을 천명하

는 것과 같은 맥락에서 나온 것이다. 제3구의 의미는 기자묘 근처에 논밭이 있다는 뜻이지만, "벼와 기장이 있는 논밭(禾黍野田)"이라는 표현을 가져온 것은 은(殷)나라 신하였던 기자가 은나라 옛 도성을 지나다가 지었다는 「맥수시(麥秀詩)」의 한 구절인 "보리가 무성하고 벼와 기장도 기름졌네(麥秀漸漸兮, 禾黍油油)"라는 구절을 의식한 결과이다.

한편 사서의 기록에 따라 기자의 후손은 한씨(韓氏), 기씨[奇氏, 선우씨(鮮于氏)]로 인식되었는데 그중에서 선우씨는 좀더 구체적인 기록이 전했기 때문에 기자의 후손임을 공식적으로 인정받아 1612년에 기자전을 숭인전(崇仁殿)으로 바꾼 뒤에 숭인전감(崇仁殿監) 자리를 선우씨가 세습하도록 하였다.

21

성곽과 강산도 한순간의 일인지라

주몽이 나라 세웠던 일도 아득해졌네.

그래도 사람들은 진주묘를 두고

동명왕의 백옥편을 허장한 곳이라 하네.

其二十一

城郭江山過鳥前

朱蒙開國事茫然

土人猶說眞珠墓

虛葬君王白玉鞭

❋

평양의 역사―고구려 동명왕

평양에서 단군과 기자의 사적은 신화적 색채가 짙어서 현실적으로 증
명할 수 없다. 그런 점에서 평양의 역사는 고구려부터 시작된다고 해도
과언은 아닐 것이다. 『평양지』에 나온 고구려 기록은 대체로 『삼국사기
(三國史記)』와 『동국통감(東國通鑑)』에 나온 평양 관련 내용들을 수록하고
있는데 여기에서도 평양의 '고사(古事)'는 고구려에서 시작한다. 247년
(동천왕 21)에 동천왕이 전란으로 파괴된 환도성(丸都城)에서 수도를 옮

동명왕릉 사진. 『사진으로 보는 북한 국보 유적』

기려고 평양에 성을 쌓기 시작하는데 이것이 완료된 시점은 342년(고국
원왕 12)이었고 공식적으로 평양으로 도읍을 옮긴 것은 427년(장수왕 15)
이었다.

　고구려의 시조 동명왕과 관련된 유적은 동명왕묘와 구제궁(九梯宮),
기린굴(麒麟窟)이 있다. 그러나 동명왕과 평양은 관련이 없어서 어떤 이
유로 평양에 동명왕의 유적이 있다고 믿게 되었는지 그 이유는 알 수
없다. 어쨌든 이 가운데에서 이 시에서 동명왕묘를 언급한 것은 이 당
시 구제궁은 터만 남은 상태였고 말을 타고 하늘로 올라갔다는 기린굴
은 신화적인 색채가 지나치게 강했던 탓이 아닐까 한다. 그래서 신광
수는 진주묘, 곧 동명왕묘를 언급하고 있는데, 이 무덤은 동명왕이 기
린마를 타고 하늘로 조회하러 갔다가 돌아오지 않자 태자가 동명왕
이 남긴 옥채찍을 묻어서 허장한 것이라고[57] 한다. 다만 진주묘는 평양

경내가 아니라 중화에 있는데 안정복은 『동사강목』에서 "동명왕의 묘가 평양부 남쪽 중화 경내의 용산(龍山)에 있는데 세상 사람들이 '진주묘'라고 부른다"라고[58] 기술한 바 있다. 영명사(永明寺)가 있는 곳은 예전에는 동명왕(東明王)의 구제궁(九梯宮)이었다고 하는데, 이곳에 기린굴이 있다.

22

규염객은 바로 연개소문으로
중국의 군대를 동쪽으로 끌어들였네.
남겨진 고려 학사의 기록에서는
백우전(白羽箭)에 애꾸 된 당태종을 비웃었지.

其二十二
虬髥客是蓋蘇文
勾引東來太國軍
留與高麗學士話
玄花白羽笑唐君

❀

평양의 역사-연개소문

'규염객'은 당(唐)나라 문인 장열(張說)의 「규염객전(虬髥客傳)」에 나오
는 수나라 말엽의 장중견(張仲堅)이라는 인물이다. 장중견의 수염이 규룡
(虬龍)의 수염 같아서 '규염객'이라고 했다. '규룡의 수염 같다'는 것은
용처럼 위로 말려 올라간 수염을 가리킨다. 장중견은 이정(李靖)과 함
께 당태종이 되는 이세민을 만나본 뒤에 그가 황제가 될 사람임을 알아
보고 앞으로 10년 뒤에 동남쪽 먼 곳에서 어떤 사건이 생긴다면 자신이

뜻을 얻을 때라고 말하고 떠났다. 그런데 당태종 시대에 멀리 떨어진 부여(扶餘)에서 왕을 죽이고 스스로 왕이 되었다는 소식을 들은 이정은 그 사람이 규염객임을 알고 동남방을 향해 술을 뿌리며 축하하였다.

이 규염객은 실존 인물일까. 조선후기 문헌을 보면 '규염객'을 우리나라의 실존 인물로 여기고, 대체로 그 인물로 고구려의 연개소문을 꼽는다. 그 밖에 대조영의 아버지인 걸걸중상(乞乞仲象), 양만춘(楊萬春)으로 추측하기도 한다. 이덕무(李德懋)의 『청장관전서(靑莊館全書)』와 한치윤(韓致奫)의 『해동역사(海東繹史)』에서는 '규염객'을 연개소문으로, 이익(李瀷)의 『성호사설(星湖僿說)』에서는 걸걸중상으로 보았고, 김창흡(金昌翕)은 양만춘으로 이해하였다. 규염객을 당태종으로 보는 시각도 있다. 김창흡의 시 「대유가 형님을 따라 중국으로 가는 것을 전송하며(送大有隨伯氏赴燕)」의 "불세출의 대범한 양만춘이, 규염에게 활을 쏘아 눈을 멀게 했네(千秋大膽楊萬春, 箭射虯髥落眸子)"[59]라는 구절에 나오는 '규염'은 두보(杜甫)의 시 「팔애시(八哀詩)」에서 "규염이 당태종과 비슷하다(虯髥似太宗)"는 구절을 원용하여 당태종을 지칭하는 의미로 썼다.

규염객을 연개소문으로 본다는 것은 '규염'을 단순히 수염 모양으로 이해하지 않고 「규염객전」을 떠올렸다는 뜻이다. 이러한 관점은 당나라의 고구려 침공을 바라보는 조선 문인들의 내적 고민을 보여준다. 이민족이 아니라 한족이 세운 중국 왕조를 세계의 중심인 '중화'로 이해한다면 그 중국이 고구려를 침략했다는 것을 어떻게 이해해야 할까. 고구려 입장에 설 것인가 당나라 입장에 설 것인가, 지금 우리 입장에서는 분명한 이 문제가 이들에게는 쉽게 결정할 수 없는 난제였다. 그래서 성현의 「주필산부(駐蹕山賦)」를 비롯하여 안정복의 『동사강목』처럼 영류왕(榮留王)을 살해하고 보장왕(寶藏王)을 옹립하면서 실권을 쥔 연개소문을 토벌하여 고구려를 안정되게 하려고 당태종이 고구려를 '정벌'했다고 보는 시각도 있다. 성현의 「주필산부」에서 연개소문과 당태종은 이렇게 묘사되었다.

蓋蘇氏之肆凶兮	연개소문이 나쁜 짓을 해서
罪大極而難容	죄가 너무 커서 용서할 수 없기에
虯髯奮而若戟兮	규염을 창처럼 곧추세우고
赫斯怒而徂攻	버럭 노해 정벌하러 가니
儼師旅之桓桓兮	기강 있는 군사들 씩씩하고
竟如羆而如熊	곰처럼 너무나 용맹스럽네.

22수의 3구에서 말한 고려학사는 이색(李穡)인데, 이색은 「정관음(貞觀吟)」이라는 시에서 "(삼한을) 제 주머니 물건으로 여겼을 뿐, 어찌 백우전에 눈 멀 줄 알았겠는가(謂見囊中一物耳, 那知玄花落白羽)"[60]라는 표현을 썼다. 당태종이 안시성 싸움에서 눈이 멀었다는 이야기는 당대 중국 기록에는 등장하지 않는다. 『당서(唐書)』나 『자치통감(資治通鑑)』 같은 기록에 보이지 않는 것에 대해 조선 문인들은 "중국에서 자신들의 수치를 숨기기 위한 것"[61]으로 간주하면서 실제 있었던 일로 인식했다. 여러 문집이나 잡기뿐만 아니라 안정복의 『동사강목』 같은 역사서에도 사실처럼 기록하고 있다는 점이 특징적이다.

제22수에서는 고구려의 대표적인 장수라는 점을 최대한 고려하고 있지만 그렇다고 연개소문이 얼마나 훌륭하게 외적의 침입을 막아냈는지를 조명하지도 않았다. 비록 연개소문 사후에 고구려는 나·당연합군에 의해 멸망했지만, 당나라가 647년, 648년에 여러 차례 고구려를 침입했을 때 연개소문이 이끄는 고구려군은 끝내 이를 막아 냈다.

23

소를 탄 공주님이 궁문을 나와

보물로 단장하고 두엽촌에 왔네.

금지옥엽이 바보 온달에게 시집가길 원하니

하늘이 정한 인연이라 혼인을 막을 수 없었네.

其二十三

騎牛公主出宮門

七寶粧來荳葉村

金枝願嫁愚溫達

天定人緣莫避婚

❀

평양의 역사-고구려 온달

『평양지』에 수록된 「인물」 조항에서 고구려 시대의 인물로 온달, 을지문덕, 고연수(高延壽), 고혜진(高惠眞)이 나온다. 이들 인물의 공통점은 모두 전쟁에 나간 장군이라는 점인데 온달이 신라와의 전투에 출정하여 전사한 인물이라면 을지문덕은 고구려 정벌에 나선 수나라 대군을 공격하여 패주시킨 장군이다. 반면에 고연수와 고혜진은 당태종이 고구려를 쳐들어 왔을 때 안시성을 구원하려고 출정하였으나 패하여 포로로 붙잡혔다.

이 시에서 을지문덕이나 고연수, 고혜진 대신에 온달을 택한 것은 앞 제22수와의 차별성 때문으로 판단된다. 『평양지』에서는 『삼국사기』에 나온 온달의 기록에서 신라와 전쟁할 때 출병해서 전사하였고 패배에 대한 원한으로 관이 움직이지 않자 평강공주가 관을 어루만지면서 "사생이 결판났다"라며 달래어 겨우 관이 움직였다는 일화를 싣고 있다. 그러나 이 시에서는 그 모습보다는 바보 온달에게 시집간 평강공주의 일화에 초점을 맞추고 있다. 그런데 제1구의 '소를 탄다(騎牛)'는 표현이나 제2구의 '두엽촌(豆葉村)'은 『삼국사기』에 나오지 않기 때문에 신광수가 어떤 자료를 바탕으로 이런 단어를 썼는지는 알 수 없다. 특히 '기우'는 목동이나 탈속적인 인물과 어울리는 단어이기 때문에 공주님이 소를 탄다는 표현이 부자연스러운 것도 사실이다.

제23수에서는 신분을 뛰어넘은 바보 온달과 평강공주의 인연을 하늘이 정해 준 운명으로 다소 낭만적으로 그리고 있지만, 이 일화에 대해 비판적인 목소리도 있었다. 동시대 인물인 안정복의 『동사강목』에서는 유교적 가치관에 입각해 고구려왕의 말은 농담일 뿐이었고 애초에 온달과 약혼하지도 않았는데 공주가 알지도 못하는 온달에게 스스로 찾아가서 시집간 것은 과하다는 것이다. 이러한 관점에 서면 이들의 혼인은 정식 혼례 과정을 밟지 않은 이른바 '야합(野合)'에 불과할 것이다. 안정복은 이들의 결혼은 풍기 문란이자 윤리와 도의를 어지럽힌 것이므로 '오랑캐 풍속'을 보여준다고 보았다.

24

고려 때는 호화롭게 서도 순시를 즐겨
해마다 2월에 대동강에서 봄을 맞았는데
공연히 묘청이 기름떡으로 계략을 꾸며
태평성대의 백성들이 비린내를 덮어썼네.

其二十四
豪華麗代樂西巡
花月年年浿水春
空使妙淸油餅計
太平民物汚腥塵

❀

평양의 역사─고려 묘청

『평양지』의 「고사(古事)」 편에서 고려 관련 기록은 『고려사』와 『고려사
절요』에 수록된 평양 관련 내용들을 종합한 것이다. 「고사」의 고려대 사
건들 중에서 주목할 만한 점을 이 시에서는 왕의 행차와 묘청의 난 두
가지로 정리하고 있는데, 『평양지』의 기록을 충실히 요약했다고 할 수
있다.

고려 태조는 평양에 성을 쌓아 귀족들과 백성들을 이주시킨 뒤에

자주 서경(평양)에 행차하였다. 고려 태조는 "서경은 수덕(水德)이 순조로워 우리나라 지맥의 근본이 되고 대업을 만대에 전할 땅이 될 것이니 2월, 5월, 8월, 11월에 행차하여 1년에 백여 일이 넘도록 머물면서 나라가 안녕하도록 하라"라는 유훈[遺訓, 「훈요(訓要)」 제5조]을 내린 적이 있었다. 제2구의 '화월(花月)'은 음력 2월을 가리키는데, 2월, 5월, 8월, 11월에 행차했다는 것은 계절마다 평양에 왔다는 의미이다. 이제현은 이 유훈을 고려 태조가 고구려의 옛 영토를 수복하려는 의지로 이해했다. 태조를 이어 여러 왕들이 평양에 행차했는데 이곳에 오면 장락궁에서 잔치를 열거나 대동강에 용선(龍船)을 띄우고 뱃놀이를 했으며 때때로 팔관회를 열기도 하였다.

『평양지』「고사」의 기록을 따라가다 보면 태조 이래 풍수가 좋은 곳으로 평양을 언급하고 있는데, 이러한 인상이 미묘하게 달라지는 대목이 1134년(인종 12) 2월 기사이다. 이 기사에서는 인종이 서경에 행차하여 대동강에 용선을 띄우고 잔치를 열었는데 갑자기 북풍이 몰아쳐서 배가 요동쳤고 날씨가 추워져서 급히 궁궐로 돌아왔다는 것이다. 3월에 인종이 거처를 대화궁(大華宮)으로 옮기려고 출발하려고 하는데 갑자기 거센 바람이 불어와서 갈 수가 없었다. 이 일련의 사건에 대해 서경에 천둥 번개가 친 것은 서경이 길지가 아니라는 증거이며 서경에 행차하게 되면 곡식을 짓밟아 농사를 망치게 될 것이므로 행차를 말리는 김부식(金富軾)의 상소가 이어진다. 이는 바로 뒤에 등장하는 1135년(인종 13) 정월에 묘청이 서경에서 반란을 일으키는 것을 암시하는 일종의 복선이라고 볼 수 있다.

제3, 4구는 『평양지』에서는 「고사」가 아니라 「산천」의 '대동강' 항목에 나오는 기름 넣은 떡(油餠)과 관련된 내용이다. 고려 인종이 서경에 행차했을 때 묘청(妙淸)과 백수한(白壽翰) 등의 무리가 떡 안에 익힌 기름(熟油)을 채워 넣고 강에 던져서 수면 위로 떠오른 기름으로 오색빛이 나게 하면서 인종에게는 이것은 용이 침을 뱉어서 만든 오색구름이므로 상서로운 조짐이라고 아뢰어 조사하게 되었는데 결국 떡을 찾아내어 속임수라는 것을 알아냈다는 일화이다. 묘청의 난은 쉽게 진압되지 못해서 「고사」에 묘청의 난은 상당히 자세하게 기술되어 있다. 전체적인 내용은 김부식이 반란을 진압하는 과정에 대한 것인데 1136년 2월에 완전히 진압되는 것으로 끝났다. 김부식의 군대가 이들을 진압하기까지 1년이 걸렸다. 사태가 장기전으로 흘러가면서 서경의 백성들도 이 소용돌이에 휩쓸렸다. 반란군은 군량이 다 떨어지자 노약자와 부녀자를 추려서 성 밖으로 내쫓았는데 굶주려서 여윈 이들의 참혹한 모습이 중간 중간에 계속 기술될 정도로 피해가 컸다.

25

장락궁 터에 풀피리 소리 슬픈데

춘방의 옛 곡조 물은들 누가 알랴

서남쪽 골짜기에는 무산이 푸른데

오직 아가씨들의 죽지사만 들리네.

其 二十五

長樂宮墟草笛悲

春坊舊曲問誰知

西南峽口巫山碧

惟有兒娘唱竹枝

✿

평양의 역사—고려의 멸망

고려는 개성의 송악산 남쪽 기슭에 도읍을 정하고 궁궐을 지었고, 이외에도 서경(평양), 남경(서울), 동경(경주) 등 3경을 비롯한 여러 곳에 이궁(離宮)을 지었다. 특히 고려에서 서경은 풍수지리상뿐만 아니라 북방경영의 거점으로도 매우 중시되어 태조 때부터 대도호부를 설치했고, 뒤이어 서경으로 승격되면서 제2의 수도로서 각종 시설이 지어졌다. 서경의 이궁에 대한 구체적인 자료는 거의 없지만 고려 태조 이래 평양의 만수대(萬壽臺) 밑에 장락궁(長樂宮)이 있었으며 국왕이 장락궁에 행차했다는 기록도 자주 보인다. 1081년(문종 35)에 문종이 서경의 궁궐이 오래되어 허물어진 것이 많다며 수리를 명했고, 또 서경 동북쪽 10여 리 되는 지점에 궁궐을 짓게 하였다. 1116년(예종 11)에는 을밀대 부근에 용언궁(龍堰宮)을 새로 지어 행차할 때 서경의 장락궁, 구제궁에 들렀으며, 1128년(인종 6)에는 묘청의 풍수도참설에 따라 평양에서 북쪽으로 30리 떨어진 임원역(林原驛)에 대화궁(大花宮)을 만들었다. 장락궁은 조선시대에는 영숭전(永崇殿)으로 바뀌어 조선 태조의 어진을 모시는 곳이 되었는데, 영숭전은 내성 안에 있다.

'춘방구곡(春坊舊曲)'이 무엇인지 실체는 알 수 없다. '춘방' 자체만 보면 세자 시강원의 별칭이고 '춘방곡' 용례는 거의 발견할 수 없다. 신광한(申光漢)의 시 「누대 위에서 또 엄종사의 시에 차운함(樓上又次嚴從事韻)」에 "춘방의 옛 곡조는 고려 때 울렸고, 오래된 절 작은 종소리에 영명사임을 깨닫네(春坊舊曲聞麗代, 古寺微鐘記永明)"가 제25수와 거의 비슷한 의미로 쓰인 예이다. 필사본에는 "춘방의 별곡은 지금은 없어지고 오직 우리나라 사람이 쓴 죽지사를 부른다. 훌륭하게도 이미 죽지사를 부르고 있는데, 어찌 해야 「관산융마」 부르는 것을 그치게 할 수 있을까?(春坊別曲今無. 惟唱東人竹枝詞, 好個女娘旣唱竹枝, 那得斷唱關山戎馬乎)"라는 설명이 있지만, 의미는 여전히 분명하지 않다.

26

명나라 장수가 왜군을 격파한 뒤에
황폐해진 강산은 낙조를 띠고 있네.
평양에 유람객들 행락 벌이는 곳
지금이 대명시절이 아님을 알지 못하네.

其二十六
征東提督破倭歸
剩水殘山帶落暉
平壤遊人行樂處
不知今日大明非

❋

평양의 역사–임진왜란의 기억

　신광수가 임진왜란 이후 평양의 모습을 『평양속지』를 통해 보았는지,
아니면 이전에 평양에 갔을 때 직접 보고 들은 것인지는 알 수 없다. 그
러나 분명한 것은 임진왜란과 병자호란, 이 두 차례의 전란이 평양의
많은 부분을 바꾸어 놓았다는 점이다.

　임진왜란 때 평양은 격전지였다. 1592년 6월부터 1593년 1월까지 네
차례의 평양성 전투가 벌어졌는데 조선군은 세 차례에 걸쳐 철저하게

패배했다. 1592년 6월 1차 전투에서『평양속지』에는 12일에 왜군이 성 밖에 진을 치고 모란봉에 올라가 성 안의 상황을 관망하다가 성에 들어갔다는 기록이 나온다. 7월 2차 전투에서는 명나라의 원군이 와서 조·명 연합군이 진격했으나 패배하였고, 8월 3차 전투에서는 대규모의 조선군 병력을 모아 평양성에 진격했지만 탈환은 수포로 끝났다. 명나라 원군과 조선군과 승병까지 합류한 1593년 1월 4차 전투는 대규모의 군력을 동원한 만큼 치열하게 진행되었고 양측의 사상자가 늘어나면서 협상 끝에 왜군이 평양성에서 철수하는 것으로 끝났다. 평양성을 탈환하자 선조는 의주를 떠나 남쪽으로 내려왔다. 이 네 차례의 전투는 왜군에게 점령당한 평양성 수복이 목적이었는데 상세한 기록이 남아 있는 4차 전투의 경우 조·명 연합군이 서쪽 외성에서 공격을 시작하여 중성을 함락한 뒤 내성으로 돌입하여 왜군을 만수대와 을밀대로 압박하는 방향으로 전개되었다. 1593년 1월 6일에 조명 연합군이 공격을 시작하자 왜군이 모란봉에 조총 부대를 배치하였다는 기록을 볼 수 있는데 평양성을 점령한 입장에서는 모란봉 일대를 사수하는 것이 중요했다. 조선군이 세 차례의 전투에서 극심한 피해를 입고 결국 평양성 수복에 실패했던 것도 평양의 지형적인 특징과 무관하지 않을 것이다.

전란 이후 가장 큰 변화는 무엇보다도 평양성의 증축이었다. 내성에 근접해 있으며 고도가 높은 금수산의 모란봉을 성 밖에 두면 모란봉에서 성을 염탐하기도 쉽고 성을 점령하기도 쉽기 때문에 모란봉을 둘러 북성을 쌓는다는 아이디어는 1714년(숙종 40)에 평안감사 민진원(閔鎭遠)에 의해 실현되었다. 북성은 을밀대 서북쪽 모퉁이에서 모란봉을 둘러

조·명 연합군의 평양성 탈환을 묘사한 「평양성 탈환도」, 한남대학교 중앙박물관 소장

부벽루를 지나 본성의 동쪽 암문으로 이어져 있는 형태로 구축되었다.

전쟁의 기억이 평양 사람들에게 남긴 상처는 컸다.『평양속지』「고사(古事)」에서는 임진왜란 때 평양에서 있었던 일들을 최대한 상술하고 있다. 예컨대 선조가 평양을 경유하여 피난을 떠났을 때 임금의 피란을 만류하며 평양성에서 사수하자고 주장한 사람들을 처형한 일, 진흙탕에 옷을 적시며 황급하게 떠나는 선조를 보고 흐느끼는 사람들, 왜적이 대동강의 지형을 파악하고 급습하여 조선군을 궤멸하고 모란봉을 점거하여 성을 쉽게 점령한 반면, 조선군대가 무력하게 패주하는 모습과 명나라 구원병이 평양을 다시 수복하는 과정이 서술되어 있다.

조선 문인들이 평양에 와서 임진왜란 때의 평양성 전투를 떠올릴 때 평양성을 수복했다고 마냥 기뻐하지 못했던 것은 그 과정에서 희생이 너무 컸기 때문이다. 그러나 한편으로 평양성 전투로 인해 명나라에 대한 감정은 더욱더 남다르게 되었다. 이들에게 평양은 앞선 '문명'의 상징인 명나라 사신들이 거쳐 가면서 찬사 또는 시문으로 흔적을 남긴 곳이었고, 명나라 구원병과 함께 왜적에게 뺏겼던 것을 다시 수복한 곳이었다.

27

청양관 안에 있던 고니시 히는
비늘 몸에 피가 철철 철갑옷으로 새 나왔지.
그날의 칼자국 아직도 기둥에 남았건만
장군은 계월향을 데리고 돌아가지 못했네.

其二十七
靑陽舘裏小西飛
血濺鱗身透鐵衣
當日劍痕猶着柱
將軍不與桂仙歸

❀

평양의 역사-평양성 전투와 계월향

임진왜란 때 김경서[金景瑞, 초명은 응서(應瑞)] 장군과 기생 계월향(桂月香)의 이야기는 『평양속지』에 자세히 나와 있다. 『평양속지』에는 일본 장수의 이름을 "유키나가(行長)의 부장(副將)"이라고 했지만 이름을 명시하지 않았고 야사에는 '고니시 히(小西飛)'라고 전한다는 주를 달았다. 조선의 사료에 나오는 '小西飛'는 고니시 히다노카미(小西飛弹守)를 줄여서 쓴 것으로 고니시는 하사받은 성이다. 나이토 조안(内藤如安)이라고도 하는데 나이토는 어머니의 성이고 조안은 세례명인 요한을 음차한 것이다.

사건은 평양부 기생 계월향이 평양성을 함락한 고니시 히에게 잡히면서 시작된다. 고니시 히는 계월향을 좋아했던 모양으로 계월향은 달리 해를 입지는 않았지만 성을 탈출할 수도 없었다. 계월향은 친척들 안부를 물어보겠다고 간청하여 겨우 허락을 받고 서성(西城)에 올라가서 오빠가 어디 있냐고 외쳤다. 김경서가 그 외침을 듣고 가서 계월향을 만났다. 계월향은 자기를 성에서 나오게 해 주면 목숨이라도 바쳐 은혜를 갚겠다고 했다. 김경서는 계월향의 오빠로 가장하여 성으로 들어갔고 같이 나올 계획을 세운다. 『평양속지』에서 김경서와 계월향이 탈출하는 장면은 상당히 긴장감 있게 묘사되어 있다.

계월향은 왜장이 밤에 잠에 곯아떨어지기를 기다렸다가 김경서를 이끌고 장막 아래로 들어갔다. 왜장이 의자에 걸터앉아 자다가 두 눈을 뜨고 쌍검을 어루만졌는데 얼굴 전체가 홍조를 띤 것이 마치 사람을 벨 것 같았다. 김경서가 칼을 뽑아 베자 왜장의 머리가 땅에 떨어졌지만 그 상태에서도 왜장은 쌍검을 던져 하나는 벽에 꽂혔고 하나는 기둥에 꽂혔는데 칼날이 반이나 박혔다. 김경서는 왜장의 머리를 들고 문을 나섰고 계월향은 옷깃을 잡고 뒤를 따랐다. 김경서는 둘 다 살아서 탈출할 수 없을 것 같아서 칼을 휘둘러 계향의 목을 베고 성을 넘어 돌아갔다. 이튿날 아침에 적은 왜장이 죽은 것을 알고 크게 놀라 군기가 어지럽고 위축되었다.

계월향 초상, 1815년. 국립민속박물관 소장

전쟁이 끝난 이후 계월향은 의기(義妓)로 알려졌다. 조면호(趙冕鎬, 1803~1887)가 쓴 「제의열사(題義烈祠)」에는 1835년(헌종 1)에 평양부 기생들이 연판장을 돌려서 관찰사가 허락하여 성 북쪽에 계월향을 제향하는 의열사를 세웠는데, 1921년 4월 26일의 《동아일보》 기사에 따르면 당시에도 평양 기생들이 일 년에 두 차례 제사를 지냈다고 한다. 한용운의 시 「계월향(桂月香)에게」에서 "대동강에서 낚시질하는 사람은 그대의 노래를 듣고 모란봉에서 밤놀이하는 사람은 그대의 얼굴을 봅니다. 아이들은 그대의 산 이름을 외우고 시인은 그대의 죽은 그림자를 노래합니다"라고 했듯이 계월향은 나라를 위해 순사했던 의기로 식민지 시기에도 여전히 명성을 떨치고 있었다.

그런데 고니시 히는 1598년에 일본으로 돌아갔고 1600년에 세키가하라 전투에서 패하여 참수되었으므로 이 기록과 맞지 않는다. 또 이 기록에서 계월향의 죽음은 여전히 석연치 않다. 최근 연구에서 지적했듯이 왜장을 안고 물에 뛰어든 논개와는 달리 계월향은 왜장이 이미 죽은 뒤에 탈출하는 과정에서 김경서 장군에게 죽었는데, 이 점을 이해하기는 쉽지 않다. "둘 다 살아서 탈출할 수 없을 것 같아서" 계월향의 목을 베고 혼자 탈출한 김경서 장군을 어떻게 봐야 할 것인가. 바로 이 점 때문에 계월향과 김경서 장군에 대한 후일담이 추가적으로 만들어졌다. 이능우본 『임진록』에서 계월향(월천)이 왜장의 아이를 임신했기 때문에 반드시 죽어야 할 이유가 생겼다거나 『임진록』의 이본인 백순재본 『흑룡일기(黑龍日記)』에서 김경서가 강홍립과 싸우다가 죽는 것은 계월향을 죽였기 때문에 보복을 당했다는 구절이 등장한 것이 단적인 예일 것이다.[62]

28
조천의 물길이라 뱃노래 들리니
지국총 소리 어찌 그리 한스럽나.
해질 무렵 보통문 밖에는
중국 가는 사신을 전송하는 이 많았지.

其二十八
朝天水路錦帆歌
至匊忽聲恨若何
普通門外斜陽處
長送燕雲使者多

❀

평양의 풍경─보통문의 사신 전송

보통문은 평양성 서북쪽 방향으로 통하는 관문으로서 국방상·교통
상 중요한 위치에 있었으므로 고구려 시대부터 고려와 조선 시대에 이
르기까지 매우 중시되었다. 이 시에서 묘사하는 장면은 보통문 밖에서
사신을 전송하는 것으로, '보통문에서의 손님 전송(普通送客)' 자체는 평
양 8경 중 하나로 꼽혔다. 제27수에서 김경서 장군과 기생 계월향의 일
화를 다루었으므로 제28수에서 보통문으로 시선이 이동하는 것이 자연

스럽게 연결되지 않는 느낌도 있다. 굳이 연결점을 찾는다면 임진왜란 때 고니시 유키나가(小西行長)가 평양을 점거했을 때 명나라 장군 이여송(李如松)이 보통문으로 진격해 들어왔다는 점을 생각해 볼 수 있다. 그러나 제28수에서는 더 이상 임진왜란에 대한 내용은 없다. 또 다른 연결점은 한스럽고 안타까운 정조이다. 제1구의 조천하는 물길, 제2구의 '지국총' 소리는 모두 이 지방의 배따라기 곧, '선유락(船遊樂)'을 나타낸다. 해로를 통해 남경(南京)으로 사신이 가는데, 돌아오지 못하는 경우가 많았다고 한다. 이 시를 배따라기[발도가(撥棹歌), 선유락]의 한 장면으로 이해한다면,[63] 보통문은 평양성의 서쪽에 있는 문이기 때문에 수로로 가든 육로로 가든 대개 보통문을 거쳐 의주로 향해 가는데, 연경으로 가는 사신들을 송별하는 자리에서 배따라기가 연행되었다는 것이다.

박지원은『열하일기』에서 북경에 도착한 조선 사신 일행이 다시 건륭제의 고희 잔치에 참석하기 위해 일행을 나누어 열하로 가면서 이별하는 괴로움을 이렇게 썼다.

우리나라는 땅이 좁아서 살아서 멀리 이별하는 일이 없으므로 그렇게 심한 괴로움을 겪을 일은 없다. 다만 뱃길로 중국에 들어갈 때가 가장 괴로운 정경이었던 것이다. 그러므로 우리나라 대악부(大樂府) 중에 이른바 배따라기곡(排打羅其曲)이 있으니 우리 시골 말로는 배가 떠난다는 것이다. 그 곡조가 몹시 구슬퍼 애끊는 듯하다. 자리 위에 그림배를 놓고 동기(童妓) 한 쌍을 뽑아 소교(小校)로 꾸미되 붉은 옷을 입히고 주립(朱笠), 패영(貝纓)에 호수(虎鬚)와 백우전(白羽箭)을 꽂고 왼손에 활시위를, 오른손에 채찍을 쥐고 먼저

보통문, 『사진으로 보는 북한 국보유적』

군례(軍禮)를 마치고 첫 곡조를 부르면 뜰 가운데 북과 나팔이 울리고 배 좌우의 여러 기생들이 채색 비단에 수놓은 치마를 입은 채 일제히 어부사 (漁父辭)를 부르며 음악의 반주에 맞춰 둘째 곡조 셋째 곡조를 부르되 처음 격식과 같이 한 뒤에 또 동기를 소교로 꾸며 배 위에 서서 배 떠나는 포를 놓으라고 노래한다. 이내 닻을 거두고 돛을 올리는데 여러 기생들이 일제히 축복의 노래를 부른다. 그 노래에 '닻 들자 배 떠난다. 이제 가면 언제 오리. 만경창파에 가는 듯 돌아오소(碇擧兮船離. 此時去兮何時來. 萬頃蒼波去似回)' 하였으니, 이는 우리나라에서는 제일 눈물지을 때이다.[61]

제27수에서 평양의 역사 회고가 일단락되었다. 제29수부터는 평양과 관련된 인물들의 일화가 이어진다. 그래서 어떻게 보면 제28수에서 사신을 전송하는 보통문, 여기에서 연상되는 배따라기를 언급하는 것은 앞뒤의 맥락과 단절된 것 같은 느낌도 준다. 그러나 제28수는 애절한 정서라는 측면에서 계월향이 등장한 제27수와 연결된다. 동시에 배따라기를 부르는 기생들의 존재를 상기시키면서 제29수에서 기생들과 풍류를 즐겼던 유명한 문인들의 일화로 이어지고 있다.

29

문장의 성세를 되돌리기 어려우니

임제가 예전에 퉁소를 불며 왔다네.

무슨 일로 호남의 진사 백광훈은

당시 조룡대(釣龍臺)라 잘못 불렸던가.

其二十九

文章盛代更難廻

林悌曾吹口笛來

何事湖南白進士

當時錯道釣龍臺

평양의 일화―풍류시인

평양이 기생으로 유명하다면 문인 풍류가 빠질 수 없다. 평양 기생과
문인들의 일화는 상당히 많지만, 제29수에서는 임제(林悌, 1549~1587)
와 삼당파(三唐派) 시인 중 한 사람인 백광훈(白光勳, 1537~1582)의 일화
를 가져왔다.

자유분방한 풍류남이었던 임제는 평안감사도 어찌지 못하는 콧대
높은 평양 기생 일지매(一枝梅)의 이야기를 듣고 생선 장수로 가장하여

평양에 갔다. 한밤중에 일지매가 거문고를 타자 옥퉁소로 화답하였는데 그 소리에 일지매가 옥퉁소를 부는 생선 장수가 사실은 그 유명한 임제임을 알아차렸다는 이야기이다.

임제와 일지매가 호탕한 문인 풍류를 보여주는 사례라면 제29수에서 백광훈의 일화를 가져온 것은 문인 풍류와는 맥락이 닿지 않는다. 『지봉유설(芝峯類說)』에 따르면 백광훈이 시인으로 유명했기 때문에 공산(公山)에 갔을 때 공산군수와 기생들이 그를 맞으러 기다리고 있었는데 막상 실물을 보니 보잘것없는 외모라 실망하면서 명성만 높을 뿐 볼 것 없는 조룡대(釣龍臺)에 비유했다는 것이다. 그런데 공산이나 조룡대는 모두 공주와 부여에 있는 산과 바위이기 때문에 평양과 전혀 관계가 없다. 때문에 신광수가 백광훈의 형인 백광홍(白光弘, 1522~1556)과 착각을 한 것이 아닌가 추측된다. 백광홍은 1555년에 평안도평사가 되어 평안도의 풍물을 읊은 가사 「관서별곡(關西別曲)」을 지었다. 『지봉유설』에도 관련된 언급이 있다.

백광홍은 호남 사람이다. 평안도평사가 되었을 때 풍정에 절제가 없어서 영변의 기녀를 사랑한 것으로 병을 얻어 체직되어 돌아갔다. 뒤에 관서로 유람 가는 사람을 송별하며 지은 시에 "그대 백상루 아래에서 물어보면, 비녀 꽂은 기녀 중에 몽강남이 있으리라(君到百祥樓下問, 笄中應有夢江南)"라고 했다. 오래지 않아 죽었다. 대개 어딘가에 얽매이지 않는 호탕한 선비가 미인에게 매혹되어 이렇게 그리워하였으니 "십 년 만에 양주의 꿈에서 깨어났다(十年一覺楊州夢)"[65]라고 한 것과도 다르다. 지금까지도 관서의 기생들은 그의 풍류를 사모하여 말끝마다 "백(白) 서기(書記)는", "백 서기는"이라고 한다. 시에서 '계(筓)' 자는 적절하지 않다.[66]

신흠(申欽)은 『청창연담(晴窓軟談)』에서 백광홍이 평양에서 주색에 빠져 노닐다가 끝내 그렇게 죽었고 그가 지은 「관서별곡」이 한참 유행하였으며, 그 뒤에 최경창(崔慶昌)이 평양에 가서 백광홍이 좋아한 기생에게 이런 시를 지어주었다는 후일담을 전했다.

浿水煙花依舊色	대동강가 꽃 경치는 예전과 같고
綾羅芳草至今春	능라도 무성한 풀 지금껏 봄빛이건만
仙郎去後無消息	낭군은 가신 뒤로 소식 전혀 없기에
一曲關西淚滿巾	관서별곡 노래에 눈물이 수건을 적신다.

30

하얗게 센 머리로 독서하던 황고집은
도둑도 말 돌려보내고 길에서 읍한다네.
도리담 곁 돈씨의 비석에는
노 감사 떠난 뒤 이끼가 꼈구나.

其三十
白首讀書黃固執
偸兒還馬路中揖
桃李潭邊頓氏碑
盧監司去綠苔澁

❁

평양 사람의 행실―황고집과 돈씨녀

'황고집'으로 알려진 황순승(黃順承)은 여러 자료에서 언급될 정도로
당시에 꽤 유명했던 것 같다. '고집'이라는 별명은 융통성 없는 원칙
주의자라는 의미로, 여러 일화가 전한다. 임창택(林昌澤, 1682~1723)은
「황고집전(黃固執傳)」을 썼는데 그 글에는 명절날 성묘를 하려고 새벽에
말을 타고 길을 나선 황순승이 보통문 밖에서 강도를 만났을 때의 이
야기가 수록되어 있다. 말은 가져가도 되지만 제사를 지내야 하니 옷은

줄 수 없다는 황순승의 말에 그를 알아본 강도가 그냥 가려고 하자 황
순승이 강도란 자고로 물건을 보고 그냥 두고 갈 수는 없으니 가져가
라고 했다는 것이다.[67] 『평양속지』의 '효열(孝烈)' 항목에도 황순승이 나
오는데 황순승의 지극한 효성에 초점을 두고 있다. 이 글에 따르면 부
모가 세상을 떠난 뒤에 평생 고기를 먹지 않아서 '고집'이라는 별명이
생겼다고 한다.

돈씨(頓氏)는 『평양지』에 나오는데 아버지가 봄날에 얼음 위에서 낚시
를 하다가 물에 빠져 죽자 슬퍼하며 물가에 뛰어들어 죽었는데 그 다음
날 두 시신이 서로 껴안은 모습으로 물 위에 떠올랐다는 것이다. 당시
평안감사였던 노직(盧稷)이 무덤을 만들어주고 비를 세웠는데 그곳의
이름이 도리담(桃李潭)이라고 한다. 『평양지』에서는 '효열' 항목에서 돈
씨의 딸을 언급하면서 시문에 다시 노직의 「돈씨비사(頓氏碑詞)」를 싣고
있다.

展彼小女 有令有德	저 소녀는 아리땁고 착하네.
自免於懷 猶愛是篤	품에서 벗어나도 사랑이 독실하였지.
父兮其漁 于江之深	아비가 강 깊은 곳에서 낚시하다가
氷隨波陷 身逐魚死	얼음이 깨져 빠져서 몸은 물고기 따라 죽어 버렸네.
無生可見 有死寧隨	살아서 볼 길이 없어서 차라리 죽어서 따르려 했나.
將身忽浮 聞者涕洟	몸을 던져 홀연히 떠오르니 사람들 눈물 흘렸네.
事畢迎神 操同抱尸	일이 끝나고 제사를 지내니 두 시신이 꼭 안고 있었네.

善豈提覺 生自能知　　선한 일을 어찌 깨달아 아는 것이랴. 나면서 알았
　　　　　　　　　　으리니

沈哀未泄 剩馥猶留　　깊은 슬픔을 표출하지 않아도 남겨진 향기가 남아
　　　　　　　　　　있네.

古巷寥寥悠悠　　　　옛 마을은 쓸쓸하고 아득하여라.

欲攷其行 有石于丘　　그 행적을 찾아보려 하니 무덤에 비석이 있네.

31

종루에 해질 때 취한 사람들 많고
관솔불 푸른 연기에 풍년가 울리네.
감영 앞 아이들 웃으며 물어본다.
올해 방채한 것은 어떨 것 같냐고.

其三十一

鍾樓日暮醉人多
朱火靑烟樂歲歌
營下兒童笑相問
今年防債政如何

✿

태평성세의 풍경—민간의 풍요

　평안감사가 선정(善政)을 펼쳐서 얻어진 평양의 태평성세란 결국 풍
족한 민간의 삶으로 귀결되기 마련이다. 제31수는 풍요로운 모습이 구
체적으로 어떻게 현실화되는지를 잘 보여주고 있다. 제31수에서는 세
가지 풍경을 보여주었다. 하나는 해가 질 때까지 술을 마신 사람들, 두
번째는 민가에 밥 짓는 연기, 세 번째는 방채에 대해 웃으며 이야기하
는 감영의 관속들의 모습이다.

제1구와 제2구에서 풍년으로 넉넉하게 먹고 마실 수 있는 사람들의 모습을 그대로 보여주었다면, 제3구와 제4구에서는 백성들의 경제적 부담의 근원을 다루고 있다. 방채(防債)는 빚을 막는다는 뜻이다. 중앙에서 대동법과 균역법을 시행하면서 백성들에게 부세를 경감하고 균역을 천명했지만 감영에서는 여러 사업과 경비 등 지방 차원의 재정을 확보할 필요가 있었기 때문에 새로운 방안을 모색해야 한다. 그 일환으로 감영채[監營債, 영채(營債)]를 발행했는데 이는 감영에서 주관하는 수익사업이었다. 『정조실록』 1781년(정조 5) 6월 10일에 영의정 서명선(徐命善)은 영남감영의 사례를 이야기하고 있다. 영남감영에서 향촌민을 대상으로 영채를 발행하고 이자를 붙여 받아 이를 민역(民役)과 감영의 경비로 사용하였는데,[68] 이로 인한 폐단이 극심했던 것이다. 『정조실록』 1780년에 영남 암행어사 이시수(李時秀)가 올린 보고서에 이미 이러한 내용이 나와 있다.

금년에 빚을 놓았다가 1년 만에 회수하는데, 빚을 놓을 때 먼저 이자를 떼고 받을 때는 원래의 수량대로 받습니다. 명목상으로는 비록 해마다 빚을 받고 놓지만 실제는 한 번 진 빚이 영원히 남아 있는 것입니다. 그 이자 돈을 사용하는 곳은 쓰지 않을 수 없는 공적인 비용이기는 하나 태반은 영부(營府) 위아래 사람들의 사적인 비용으로 쓰이고 있습니다. 수십여 년 동안 빚을 체납하는 바람에 옛날에 빚을 썼던 사람들이 지금 모두 다 늙었거나 또 죽었습니다. 그래서 애당초 빚을 낸 연월도 모르는 그들의 아들이나 또는 손자들로 하여금 해마다 수납하도록 하는데, 다 갚은 뒤에 이자와 본전을 비교해 보면 또 두세 배나 됩니다. 그리고 가산이 망하여 갚지 못하면 그들의 일가에게 떠넘기고, 그 일가의 상환 능력이 부족하면 또 그들의 이웃에게 떠넘깁니다. 그러다 보면 잡아들인 죄수가 감옥에 가득하고 매를 맞는 죄인이 뜰에 꽉 차 있어서 근심하고 괴로워하는 기색과 울부짖는 소리가 촌락마다 발생하고 있습니다.[69]

이러한 폐해를 해결하기 위해 감영의 영채를 혁파해야 한다는 의견이 받아들여졌으나 다른 한편으로 지방의 재정손실을 보충하는 문제가 남아 있었다. 경상감영의 경우 영채를 막는다는 취지로 여러 환곡을 하나로 통합한 방채곡(防債穀)을 창설했는데, 방채곡은 본래 정조 1년(1777) 경상감사 이연상이 영채의 부족분을 보충하기 위해 1만 석을 출자하여 창설한, 일종의 재정지원금이었다.

평안도의 사례는 구체적으로 알려진 바 없으므로 「관서악부」에서 '방채'가 경상도의 '방채곡'과 같았는지 확인할 수 없다. 그러나 제3구와 제4구에서 감영 사람들이 방채에 대해 웃으며 이야기하는 장면은 앞의 1, 2구의 경제적으로 여유로운 백성들처럼 감영도 경제적으로 넉넉하기 때문에 굳이 도민들에게 빚을 놓을 필요가 없다는 의미로 읽을 수 있다. 선정(善政)의 결과는 방채(放債, 돈놀이)가 아니라 방채(防債)여야 하기 때문이다.

32

설렁줄 소리 고요하고 아전들 낮잠 자니
녹사청의 일이란 신선처럼 누워 있는 것.
완평 대감 생사당 뒤에는
이백 년 온 길에 맑은 바람 불어오네.

其三十二
鈴索聲稀吏晝眠
綠莎廳事臥神仙
完平大監生祠後
一路淸風二百年

✹

태평성세의 풍경−일 없는 관청과 감사 이원익

　제32수에서는 태평성세에 감영은 어떤 모습인지를 그려내고 있다.
감사가 고을을 잘 다스려 평안해진다면 아무 할 일도 없으리라는 발상
은 순박한 정치를 표상하는 요순(堯舜)시대부터 내려온 정치관이라고
할 수 있다. 다툼도 없고 처리할 일도 없어 설렁줄을 잡아당겨서 아전
을 부르지 않아도 되어 감영의 관리들이 사무를 보던 녹사청에서 신선
처럼 한가롭게 누워 있어도 된다.

태평성세에서만 가능한 한가로운 관청의 상징으로 가장 이상적인 지방관인 이원익(李元翼, 1547~1634)을 내세웠다. 이원익은 이조판서 때 임진왜란이 일어나자 평안도 도순찰사가 되어 왕의 피란길에 호종하고, 이듬해 평양 탈환작전에 공을 세워 평안도 관찰사가 되었다. 『평양속지』에서는 관찰사 명단을 열거하면서 이원익에 대해서는 최대한 자세하게 서술했는데, 전란 때 유민(流民)들을 안정시키고 적을 평정하

이원익 초상, 17세기 초, 충현박물관 소장

였으며 부역을 공평하게 하고 문(文)과 무(武)를 장려하여 마을을 잘 재건했다고 평가했다. 이러한 조치들로 인해 당시 백성들의 신뢰를 얻어서 조정으로 돌아갈 때 백성들이 생사당(生祠堂)을 설립했다는 것이다. 생사당은 창광산(蒼光山) 동쪽에 있는데, 살아 있는 사람을 받들어 제사를 지낸다는 생사당 설립의 영광을 이원익만 누린 것은 아니지만 최소한 평양의 백성들에게는 상징적인 존재였음이 틀림없다. 그러나 이 일에 대해 이원익은 아전들이 사리사욕을 위해 백성들에게 부담을 지워 사당을 세웠다고 생각해서 사당을 철거하고 자신의 초상화를 가져왔다.[70]

33

포정문 앞 대동강 강물 맑은데
맑은 물처럼 다스린다는 감사의 명성.
지금껏 도내에는 아무 일 없이 맑아서
은화나 비단이 감영 근처 얼씬 못하네.

其三十三
布政門前浿水清
政如清水使家聲
于今道內清無事
銀貨盆紬莫近營

❋

태평성세의 풍경-청렴한 감영

포정문은 감사가 업무를 보던 포정사(布政司)의 정문이다. 지방관이
정치를 잘한다는 것은 구체적으로는 여러 가지 의미를 담고 있겠지만,
사신들이 경유하는 곳이자 군사지역으로 재정의 독립성을 갖춘 평안도
에서 지방관의 미덕은 청렴이었다. 조선후기 여러 소설이나 연희에서
무절제하고 모든 일을 제멋대로 하는 평안감사의 캐릭터는 평안감사가
한 도(道)의 절대 권력자라는 사실과 동시에 평안도의 재정이 상당히

부유했다는 사실을 알려주고 있다.

이런 측면에서 채제공은 기대할 만한 인물이었다. 정약용은 『목민심서』에 채제공이 이천부사(伊川府使)였을 때 감사에게서 "어떤 덕정을 행하였기에 이천의 물이 맑게 되었는가(行何德政, 伊水爲淸)"라는 업무 평가를 받았다는 사실을 썼다. 「관서악부」에서는 태평성세를 가져다줄 이상적인 감사의 모습을 열거하고 있는데, 이는 『경국대전』에 규정되어 있던 조선시대 지방관의 7대 임무, 곧 농잠 권면(農桑盛), 인구 증가(戶口增), 유학 진흥(學校興), 군정 정비(軍政修), 공평한 부역(賦役均), 분쟁 감소(詞訟簡), 부정부패 제거(奸猾息)의 범주 안에 있다.

제3구의 '아무 일 없이 맑다(淸無事)'라는 표현은 청탁과 부정을 막고 청렴한 관청을 만드는 일이 평안감사에게 최우선으로 요구되던 것임을 보여준다. 평안감사의 사치는 오래전부터 지적되어 온 일이었다. 명종 대 서엄(徐崦)의 상소문에는 관료들의 탐욕이 백성들을 얼마나 피폐하게 하는지를 논하는 맥락에서 "재상이나 문사치고 명주를 요구하지 않는 자가 없어 수령들이 관곡미 몇 말을 주고 공공연하게 여염에서 거두어들이므로 황해도와 평안도의 백성들이 고달프다"[71]라는 구절이 있다. 제4구의 '분주(盆紬)'가 바로 평안도와 황해도에서 나는 명주로, 19세기 관료문인 신좌모(申佐模)가 당시 평안감사에게 보낸 편지에 농담처럼 관서지방의 분주는 우리나라 최고이니 보내줬으면 좋겠다는[72] 부탁을 할 정도로 유명한 특산물이었다.

34

바다같이 깊은 군영 언제나 열려 있어
객들이 말을 달려 겹겹 문으로 들어간다.
옛 친구와 가난한 친족은 원망 없이 돌아가니
지금 감사는 연릉(延陵)의 종외손이라 하네.

其三十四
如海深營不禁闊
客來馳馬入重門
故交貧族歸無怨
今使延陵從外孫

❋

태평성세의 풍경-청렴한 감사

「관서악부」에서는 화려하고 부유한 평양의 모습을 배경으로 하고 있지만, 바로 그 이유 때문에 가장 이상적인 평양의 풍경은 감사가 청렴하고 검소한 미덕을 지킬 때 가능하다는 점을 역설한다. 제1구는 바다처럼 깊은 감영인데도 출입을 막지 않는다는 상반된 내용인데, 이 구절은 당나라 시인 최교(崔郊)의 시 「가버린 여종에게 주다(贈去婢)」의 "제후의 집은 한 번 들어가면 바다처럼 깊으니, 이제 나는 지나가는 행인이 되었구나(侯門一入深如海, 從此蕭郎是路人)"를 변용한 것이다. 이 구절의 의미는 한때 좋아했지만 남의 집에 들어간 여종과는 아는 체 할 수도 없는 사이가 되었다는 것이다. 그러나 이 시에서는 바다처럼 깊은 제후의 집처럼 감영도 대단한 곳이지만 사람들이 손쉽게 드나들 수 있는 탈권위적인 장소로 변모했다는 점을 강조하고 있다.

그래서 감사의 친족들이나 친구들도 드나들 수 있지만, 이들은 감사를 만나고서도 선물 하나 받지 못한 채 집으로 돌아간다. 감사가 청렴하기 때문이다. 누구나 감영에 들어갈 수 있을 정도로 문지방이 낮아졌지만 뇌물이나 비리가 없는 감영이 되는 것은 감사가 얼마나 청렴하려는 의지를 견지하느냐에 따라 달라질 것이다. 그러면서 다시 제4구에서는 채제공이 전면에 부상한다. 채제공이 청렴하다면 이것은 청렴한 선조의 피가 흐르고 있기 때문이다. 제4구에 나온 '연릉(延陵)'은 이만원(李萬元, 1651~1708)이다. 이만원은 1693년에 평안도관찰사가 되었는데 생사당이 세워졌고, 1796년(정조 20)에 청백리에 뽑혔다고 한다. 채제공의 모친이 이만성(李萬成)의 딸인데 채제공의 외조부 이만성의 맏형이 이만원이기 때문에 '연릉종외손(延陵從外孫)'이라는 표현을 썼다.

35

낮잠에서 깨자마자 담배를 찾으니
백통 장죽이 키보다 한참 길구나.
붉은 입술로 삼등초를 살짝 빨아
올리려다 다시 너덧 번 문지르네.

其三十五
午睡初廻素淡婆
白銅長竹過身多
朱唇細吸三登草
欲進飜成四五摩

❁

감사의 한가한 하루-담배 피우기

　감사가 잘 다스려서 경제적으로 풍족하고 분쟁도 줄어들어 처리할 일
이 없게 된다면 감사의 하루는 어떠할 것인가. 제35수, 제36수, 제37수
에서는 한가로운 감사의 일상과 아취를 보여주고 있다.
　제35수는 감사의 일상을 보여주면서 자연스럽게 삼등초를 등장시키
고 있다. 그리고 이 장면에 나와 있는 구체적인 묘사에도 여러 의미가 들
어 있다. 이유원은 『임하필기』에서 담배를 피우기 좋은 여덟 가지 상황에

대해 이야기한 적이 있다. 잠자리에서 일어났을 때, 식사를 마쳤을 때, 시름에 잠겼을 때, 무료할 때, 냄새날 때, 사색할 때, 비 올 때, 놀 때[73]라고 했는데, 이 시에서도 낮잠을 자고 난 다음에 담배를 찾는 것으로 시작한다.

삼등초(三登草)는 평안도 삼등현에서 생산된 담배이다. 담배는 전국 각지에서 생산되었는데 특히 전라도 진안과 평안도 삼등의 담배가 품질이 우수해서 진삼초(鎭三草)라고 불렸고 중국 사신에게 주는 품목에 포함되었다. 삼등뿐만 아니라 성천, 강동, 평양 등도 담배 산지로 부상하여 평안도에서 재배한 담배는 '향초(香草)' 또는 '서초(西草)'로 불렸다. 이옥(李鈺)의 『연경(烟經)』에서는 평안도산 담배가 향기롭다고 했다.[74] 신광수는 채제공이 평안감사로 있을 때 보내준 여러 선물에 대해 감사하는 시를[75] 지었는데 그중에 삼등초가 있었으며, 신좌모 역시 유치숭(俞致崇)에게 삼등초를 보내주면 좋겠다는 편지를[76] 썼다.

조선후기 흡연의 양태에는 신분에 따른 차이가 반영되어 있다. 담뱃대는 담배를 담아 불태우는 담배통과 입에 물고 빠는 물부리, 그리고 담배통과 물부리 사이를 연결하는 설대로 구성되며, 설대가 긴 것을 장죽, 설대가 없거나 짧은 것을 곰방대라고 부른다. 양반들은 곰방대를 사용하는 평민들과 구별 짓기 위해서 긴 장죽을 사용했고, 백통이나 오동으로 담배통을 치장하기도 했다.[77]

이 장면에서도 평민과 다른 양반의 흡연 모습이 잘 반영되어 있다. 백동으로 꾸민 장죽은 키보다 길다. 그런데 이렇게 담뱃대가 길면 필연적으로 도와줄 사람이 필요하기 마련이다. 혼자서 담배통에 불을 붙이

담배썰기, 김홍도, 『단원풍속도첩(檀園風俗圖帖)』

면서 물부리를 빠는 것이 쉽지 않기 때문이다. 당시에는 주로 잎을 말
아서 담뱃대에 담은 뒤에 피우는 방법과 잎을 잘게 썰어 담뱃대에 넣어
피우는 방법으로 담배를 피웠다.[78] 제3구와 제4구는 담배 시중드는 기
생이 담배를 피우다가 감사를 위해 담뱃잎을 문질러서 담배통에 더 넣
는 모습을 묘사한 것이다. 담배를 '문지른다(摩)'는 행동은 다소 낯선데,

『연경』에서 "손으로 문지르면 꿀에 담근 양 진액이 배어나오고, 황금빛 가운데 붉은 색깔이 살짝 나타나는 것이 최상품", "손으로 만졌을 때 부서지는 것이 가장 나쁜 품질"이라고 한 것을 보면[79] 담배를 감별하는 행동으로 보인다. 신광수의 장남 신우상(申禹相)은 「남차별곡10해(南茶別曲 十解)」에서 남녀가 담배를 나눠 피우는 모습을 생생하게 묘사하였다.

纖手拭尖筒　섬섬옥수로 담뱃대 닦아
與郎開口受　낭군께 올리니 입 벌려 받으시네.
涎沫許相通　흘린 침 서로 통하니
暗識滋味厚　이 좋은 재미를 은근히 알겠지요.

36

버들가지 문에 늘어지고 대낮이 긴데
박산향로 향 스러지고 돗자리가 서늘하네.
공문서를 쓰고 나서 한가롭게 있다가
닥나무 종이에다 대동강의 시를 쓴다.

其三十六
柔柳垂門白日遲
博山香歇簟凉時
題罷等閑公牒外
蠻牋自寫浿江詩

❀

감사의 한가한 하루—향 피우고 시 짓기

향은 옷에 좀벌레를 막고 은은한 향기를 배게 하는 실제적인 필요에
의해 피우게 되었으나 불교나 유교 등 종교의례에 사용되면서 상징적
의미를 가지게 되었다. 그런데 이와는 별개로 문인들이 늘 가까이 두는
문방구이기도 했다. 중국 송대 홍추(洪芻)의 『향보(香譜)』에 이미 문인들
이 독서할 때 향을 사용했다는 기록이 나오며, 송대에 취미를 더한 '문
방청완(文房淸玩)'을 통해 문인들의 이상을 일상에서 재현하는 것으로

인식되었다. 곧 도교적 또는 유가적 사유를 담은 이 문방구를 사용함으로써 차와 향을 음미하며 독서하는 은일처사의 생활을 자처했던 것이다. 문인들은 향을 피우면 정신이 맑아지며 생각이 분명해진다고 생각했으므로 책을 읽거나 시문을 지을 때 향을 가까이 하게 되었다.[80] 박산향로는 접시 형태에 원추형의 산 모습을 한 뚜껑이 있는 향로이다. 뚜껑의 산은 바닷속의 선산(仙山)을 본떠 도교적 세계관이 반영되었다고 하는데, 감사의 문인 취미를 보여주는 대목이다.

만전(蠻牋)은 글자 그대로 해석하면 '오랑캐의 종이'라는 뜻으로, 당나라 사람들이 고려 종이를 가리키는 말이다. 고려 종이는 깨끗하고 질기며 매끄러웠기 때문에 중국에서도 책 표지를 장정할 때 고려지를 썼다고 한다.[81]

37
깊은 방에 제비가 쌍쌍이 날아들고
발 너머에 천천히 떨어지는 해당화.
앞 강물은 본래 인삼 우러났다기에
맛난 물 길어 낮에 마실 차를 끓이네.

其三十七
深院雙雙燕子斜
隔簾閒落海棠花
前江自是人蔘水
汲取中冷煎午茶

❀

감사의 한가한 하루-차 마시기

제비가 날아들고 해당화가 떨어지는 전형적인 여름 풍경이 펼쳐진
다. 제37수에서는 한가한 여름날 낮에 차를 마시는 감사의 모습을 보
여주었다. 문인의 차 문화의 범주는 다소 방대해서 차를 마시는 그 자
체가 아니라 차를 끓이는 것과 관련된 모든 일들이 관심의 대상이 된
다. 소식이 「과거시험장에서 차를 끓이다(試院煎茶)」에서 "그대는 보지
못했는가? 예전에 이생이 손님 맞기를 좋아해서 손수 차를 끓일 때, 잘

타는 불과 새로 길어온 샘물을 중시했던 것을(君不見昔日李生好客手自煎, 貴從活火發新泉)"이라고 한 것처럼 차를 끓이는 방법도 크게 염두에 두었는데, 제37수에서는 찻물에 대해서 다루고 있다.

이는 대동강물이 인삼수로 불릴 정도로 차를 끓이면 맛이 좋다는 것을 부각하기 위해서이다. 제4구의 '중령'은 '중령천(中冷泉)'을 가리키는데, 중국 강소성 진강현(鎭江縣) 서북쪽의 금산사(金山寺) 밖에 있는 샘이다. 이 샘물의 원천은 양자강 속에 있다가 강물과 함께 흘러나온다고한다. 『다경(茶經)』을 쓴 당대 문인 육우(陸羽) 이후 유명한 차 품평가 유백추(劉伯芻)가 전국 각지를 돌아다니며 샘물을 맛본 뒤 차를 다리기에적합한 샘물을 일곱 등급으로 나누어 평가했는데, 그가 천하제일로 꼽은 샘물이 중령천이었다.

이색이 「전다즉사(煎茶卽事)」에서 "아침밥을 먹은 뒤 흰빛 꽃 자기잔내고, 낮잠을 잔 뒤에 돌냄비가 솔 소리 들린다(花瓷雪色朝飡後, 石銚松聲午睡餘)"라고 한 것과는 달리 제37수에서는 차를 마시는 여유를 그렸을때 당연히 뒤따라 나올 구체적인 물품들이 빠져 있다. 어떤 차를 마시는지, 어떤 다구(茶具)를 썼는지와 같은 묘사는 없다. 화려한 밤잔치에서 술을 마시며 풍류에 젖을 줄 알았던 감사의 일상은 뜻밖에도 고요하고 평화롭다. 공무를 처리한 뒤 여유로울 때 감사는 고요하게 차를 달이며 운치를 느낄 줄 아는 인물로 묘사되고 있다.

38

푸른 모시와 흰 모시로 지은 치마 저고리
단오에 함께 입어 화사하게 빛이 나네.
오동꽃 핀 별채에 매어 놓은 그네는
허공으로 밀어 올려 몸을 붙여 나네.

其三十八
青苧裙和白苧衣
一時端午着生輝
桐花別院鞦韆索
推送空中貼體飛

❋

평양의 풍속-단오의 그네뛰기

이어 제38수부터는 평양의 독특한 풍속을 스케치하고 있다. 감사가
도임한 초엽이므로 여름의 세시풍속 중에서 단오의 풍속을 주로 보여주
고 있다. 단오에 민간에서는 그네타기를 많이 한다고 하는데, 이규보의
시를[82] 보면 고려시대에 이미 단오 때 그네를 타는 풍속이 있었음을 알
수 있다. 중국에서는 한식(寒食)에 그네를 타는데 어째서 우리나라에서
는 단오에 그네를 타는지 의아해하는 서술은 여러 문헌에서 산견된다.

단옷날 민간의 풍습은 창포를 끓인 물에 세수를 하고 액운을 몰아내기 위해 부적을 붙인다. 지방에 따라 씨름을 하기도 했는데, 그래도 "추천은 평안도가 으뜸이요 씨름은 역시 경상도"[83]였다. 지금까지 평양에 도임한 뒤에 선정을 베풀어 한가한 일상을 보내는 감사의 사적인 나날을 보여주었다면, 이제 평양 고유의 풍속으로 눈길을 돌린다.

단옷날 평양에서 볼 수 있는 독특한 풍경은 모두 새 모시옷을 입는다는 점이다. 모시로 된 푸른 치마와 흰 저고리를 입고 그네를 타는 모습을 인상적으로 묘사하고 있다. 제4구에서 별원의 그네뛰기는 감영에서 기생들에게 그네를 타게 하는 모습처럼 보이는데, 김종직(金宗直)의 시에서 그 구체적인 모습을 볼 수 있다.[84]

粉黛三行齊應召	석 줄의 미인이 일제히 부름에 응하여
蒲萄架下共鏘翔	포도 시렁 아래로 함께 공손히 나가서
弓彎迭蹴秋千索	활등처럼 구부려 교대로 그넷줄을 차니
似逐流鶯過短墻	꾀꼬리 쫓아 짧은 담장을 넘는 것 같네.

39

시골 아낙 비단 치마에 옥가락지 끼고
단옷날에 대성산에서 묘제를 지낸 뒤
해 지는 장경문 앞길에서
모두 삿갓을 깊이 쓰고 돌아오네.

其三十九
村女紗裙玉指環
天中祭墓大城山
夕陽長慶門前路
皆着深深荻笠還

❋

평양의 풍속-단오절사

제39수는 단오를 맞이하여 지내는 조상제사인 단오절사(端午節祀)의
모습을 그렸다. 단옷날에는 새옷으로 갈아입고 음식을 장만하여 가
묘(家廟)에 제사를 지낸다. 절사는 사당에 지내기도 하고 산소에 올라가
서 지내기도 하는데 우리나라는 산소에서 제사를 지내는 묘제(墓祭)가
발달하였다.

이 시에 따르면 단오절사를 지낼 때 평양의 독특한 풍속은 성 안의

부녀자들이 단오에 옷을 잘 차려입고 산소에 갈 때 모두 삿갓을 쓴다는 것이다. 대성산(大城山)은 평양부 북쪽 20리에 있는 해발 270미터 높이의 산으로 구룡산(九龍山) 또는 노양산(魯陽山)이라는 이름을 가지고 있다. 『신증동국여지승람』에는 가물 때 기우제를 지내면 영험이 있다고 했으며, 경치가 아름다워 '평양팔경' 중 하나로 꼽히기도 했다.

여자들은 외출할 때 얼굴을 가려야 했기 때문에 여러 형태의 머리 가리개를 썼다. 여성이 쓰던 가리개에는 너울, 장의, 쓰개치마 등이 있지만 평안도나 함경도 여인들은 삿갓이나 방갓(方笠)을 썼다. 방갓은 삿갓 모양의 큰 갓이나 네 귀가 움푹 패고 다른 부분은 둥그스름하다. 조선시대에는 대개 상인(喪人)이 외출할 때 썼으나 평안도나 함경도에서는 큰 삿갓이나 방갓을 두 손으로 잡고 다니면서 길을 가다 사람을 마주칠 때 갓을 앞으로 약간 숙여 얼굴을 가렸다.

40

높다란 트레머리에 붉은 장식 분홍색 치마

줄지어 선 예쁜 기생들 유행 따라 치장했네.

쌍쌍이 나는 흰 나비인가 다투어 몰려가

석류나무 꽃 아래에서 숨바꼭질하는구나.

其四十

桃鬟鶴額粉紅裳

列侍輕盈時體粧

爭趁雙飛白蝴蝶

石榴花下提迷藏

❁

교방－아리땁게 치장한 기생

　제40수에서는 아름다운 평양 기생의 모습을 형상화하고 있다. '도환(桃鬟)'은 글자 그대로 보면 복숭아 같은 머리처럼 보이는데 이상은(李商隱)의 시 「연대(燕臺)」 중 제1수 '춘(春)'의 한 구절에 나오는 단어이다. "따뜻한 봄볕이 느긋하던 날 복숭아나무 서편, 높이 올린 머리는 복숭아꽃과 나란했지(暖藹輝遲桃樹西, 高鬟立共桃鬟齊)"를 보면 '고환(高鬟)'은 높게 올린 머리 모양이다. 같은 뜻으로 우리나라의 문헌에서

김홍도, 「큰머리여인」, 서울대학교박물관 소장

는 '고계(高髻)'라는 단어로 더 많이 등장한다. 고계는 풍성하게 높이 올린 머리 모양 전반을 가리키는 말로, 가체머리나 트레머리를 가리키기도 한다. 트레머리는 서북 지방에서 흔히 볼 수 있고 기생들이 주로 하던 머리 모양으로 인식되었는데[85] 이 시의 묘사도 트레머리의 형태에 가깝다. 트레머리는 다래로 엮어서 머리에 얹어 꽂이와 끈으로 본머리에 고정하는 머리 스타일이다.

　김홍도의 「큰머리여인」이 이 트레머리를 보여주는 예라고 할 수 있는데, 다래와 본머리를 속비녀를 꽂아 연결한 뒤 붉은 댕기를 달아 포인트를 주고 있다. 아마도 이 시에 나온 '학액(鶴額)'이 이것을 가리키는 것이 아닌가 한다. '학액'은 용례를 발견할 수 없는데 축자적인 의미는 학 모양의 이마이다. 학 머리에 빨간색 무늬가 있기 때문에 머리 위에 붉은 장식을 한 모습이라고 추측된다. 석류꽃 피는 6월의 어느날 나풀거리는 나비처럼 기생들이 당시에 유행한 풍성한 트레머리를 하고 숨바꼭질하는 장면을 소묘처럼 그려 냈다. 제40수가 어떤 상황을 배경으로 하고 있는지 이 시만 보면 명확하지 않으나, 제38수부터 제40수까지 "평양 단오"로 묶어서 읽은 경우도 있다.[86]

41

어젯밤 송도 상인들이 왔다 가고
오늘밤 연경 역관이 돌아왔네.
남경의 좋은 비단과 이궁정은
하나하나 기생끼리도 시샘하는 것.

其四十一
昨夜松都估客來
今宵燕使譯官廻
南京別錦泥宮錠
面面同坊已暗猜

✿

기방—사치품

　제41수에서는 평양의 기방의 주요 손님들과 사치품을 선물 받는 장
면을 그렸다. 평안도는 중국과의 접경지역으로, 조선에서는 원칙적으
로 사행을 갈 때 역관의 무역만을 허용했으나 17세기 중엽에 중국으로
간 사행단이 오가는 과정에서 역관 또는 지방관아의 무역별장과 결탁
한 상인들이 밀무역을 시작함으로써 책문무역이 시작되었다. 중국에
서 사치품도 대거 유입되었는데, 제3구는 상인들이 중국과 무역해서

들여온 사치품을 언급하고 있다. 당시에 중국산 비단은 고급품으로 인식되었고 기생들이 반길 만한 선물이었다. 다만 '이궁정(泥宮錠)'은 용례를 발견할 수 없다. 발음이 비슷한 이궁정(離宮錠)은 종기 등을 치료하는 약인데, 연경에 갔을 때 중국 관리가 이 약을 선물로 주었다는 또 다른 기록이 있으므로 당시 구하기 힘들었던 고급 비단과 효험 있는 약재를 상인들에게 선물로 받았던 것이 아닐까 추측된다.

42

서울 간 선상기들 진연에 참석할 때

주인은 모두 기루의 풍류남아라지.

당의에 산호 노리개를 주렁주렁 찼으니

돌아오는 길 몸치장에 만금깨나 들었네.

其四十二

京上歌兒進宴時

主人皆是狹斜兒

唐衣盡佩珊瑚穗

西路身裝直萬貲

❋

교방-선상기

　제42수는 교방에서 선상기(選上妓)로 뽑혀 서울에 갔다가 돌아온 기
생들의 모습을 그려 냈다. 지방에서 기생들을 뽑아 중앙의 교방에서
가무희를 교습하는 선상기 제도는 고려시대에 생겨난 것으로 조선시
대에도 기본적으로는 고려시대 교방의 전통을 계승했다. 『경국대전』에
는 매 3년마다 여러 고을의 관비를 선상한다는 규정이 있었고, 이들은
장악원에서 악사들에게 전문적인 가무악을 전습받았다. 그러나 영조대

『속대전』에는 정기적으로 선상하는 규정이 사라지고 연회가 있으면 일시적으로 선상하는 방식으로 제도가 바뀌었다. 궁중 연향에 선상되었다가 돌아온 선상기들이 장악원에서 배운 궁중 정재는 이런 방식을 통해 지방의 교방에 전파되었다.[87]

이 시는 당의에 산호 노리개를 찬 선상기들의 화려한 모습과 함께 이들이 평양으로 돌아올 때 이렇게 성대하게 치장을 할 수 있었던 것은 유흥가의 단골손님 덕분이라는 사실을 보여준다. 제2구의 협사(狹斜)는 좁고 비탈진 골목을 뜻하지만 대개 기방을 가리킨다. 당의(唐衣)는 저고리 위에 덧입는 옷으로 저고리 모양으로 소매가 좁고 길이가 무릎까지 온다. 궁중의 평상복으로 민간에서는 예복으로만 입었다. 여기에 밀화, 비취, 산호 같은 값비싼 노리개를 찼다면 분명 교방의 다른 기생들보다 돋보였을 것이다.

43

성천의 어린 기생 일지홍은

금수 간장이라 시를 잘 한다네.

나는 듯 빠른 말로 삼백 리 오니

교서랑이 비단 장막 속에 있었네.

其四十三

成都少妓一枝紅

錦繡心肝解語工

飛馬駄來三百里

校書郎在綺羅中

❀

교방-기생 일지홍

성천의 기생 일지홍(一枝紅)이 시를 잘 쓴 것은 꽤 알려졌던 듯 여러 문헌에서 이 사실을 언급하고 있다. 이규경(李圭景)의 『오주연문장전산고(五洲衍文長箋散稿)』에서도 일지홍이 시에 능했다고 했으며 이유원의 『임하필기』에서는 일지홍을 '시기(詩妓)'로 수식하였다. 이덕무(李德懋)의 『청장관전서(靑莊館全書)』에서도 어사 심염조(沈念祖)가 일지홍의 시를 보고 난 뒤에 시를 지었는데 성당(盛唐)의 시풍이라고 감탄하였다. '금수심간

(錦繡心肝)'은 이백(李白)이 오장육부가 모두 비단으로 되어 있지 않다면 어떻게 말할 때 무늬를 만들고 글을 쓸 때 안개가 걷히게 할 수 있느냐는 찬사를 들었다는 일화에서 유래되었는데 글을 멋지게 잘 쓴다는 뜻이다.

제3구와 제4구에서는 성천 기생 일지홍을 평양으로 데려왔는데, 마치 당나라의 기녀였던 설도(薛濤) 같다는 내용이다. 설도는 시를 잘 썼으며 당대 최고의 문인인 위고, 원진, 백거이, 두목, 유우석 등과 함께 교유하며 시를 썼는데 당시에 위고가 황제에게 주청하여 교서랑이 되게 하려고 해서 결국 여의치는 못하였으나 사람들이 그녀를 '설교서(薛校書)' 또는 '여교서(女校書)'라고 불렀다는 일화를 가져왔다.

채제공이 실제로 일지홍을 봤는지는 알 수 없지만, 신광수는 일지홍에게 시를 준 적이 있는 것으로 봐서 실제로 만난 적도 있었던 것 같다. 문집에 실려 있는 3수의 시는 다음과 같다.

1

環珮何年別楚宮	패옥 찬 미인이 언제 초왕의 궁궐을 떠났던가.
後身名是一枝紅	무산선녀의 후신이니 이름은 일지홍이네
書生不作襄王夢	서생이라 양왕의 운우지정을 이루지 못하고
只有行雲入望中	그저 흘러가는 구름만 물끄러미 바라본다.

2

| 巫峽流傳絶妙辭 | 무산의 이야기 절묘한 표현으로 전해졌으나 |

未聞神女昔能詩　　신녀가 시 잘 썼다는 이야기는 들은 적 없네.

仙樓舊客今頭白　　강선루의 옛 객이 지금은 늙어버렸는데

何不花開我到時　　그 예전 내 갔을 땐 어찌 꽃피지 않았던가.

3

凌波仙襪降巫山　　미인의 고운 발길이 무산에 강림했으니

雲雨綾羅錦繡間　　능라도와 금수산에서 운우의 정 맺었나.

風流已讓關西伯　　풍류는 이왕 평안감사에게 양보했으니

乞與花牋當玉顏　　꽃편지 보내주면 얼굴 본 듯 여기리라.[88]

44

은촛대 금술잔이 한밤에도 밝은데
모란의 목청에 들보 먼지 다 날려갔네.
지금 흰 머리로 비파 타는 여인이
교방에서 제일가는 명성을 떨쳤었지.

其四十四
銀燭金樽子夜淸
樑塵飛盡牧丹聲
如今白首琵琶女
曾是梨園第一名

❋

교방-기생 모란

　제44수는 노래 잘하는 관서의 기생 모란(牧丹)에 대한 이야기이다.
한밤까지 이어지는 잔치에서 기생 모란이 노래를 부르고 있다. 제2구
의 '양진비(樑塵飛)'는 옛날에 노래를 잘했던 노(魯)나라의 우공(虞公)이라
는 사람의 노래가 매우 맑고 처량하여 노래를 하면 들보의 먼지를 날릴
정도였다는 평가에서 나온 단어이다. 이유원의 『임하필기』에서도 모란
이 가곡을 너무 잘 불러서 아직도 모란이 부르던 곡조가 전해지고 있다

는 기록이 있다.[89]

신광수도 채제공이 보내 준 몇 가지 선물에 감사하는 시를 쓰면서 모란에 대해 언급한 적이 있다.

十五年前騎一騾	십오 년 전 한 필 노새 타고
西關草草布衣過	허둥지둥 평안도를 포의로 갔었네.
淸江白堞高吟遍	맑은 강 흰 성 위에서 두루 시를 읊었고
落日朱欄獨倚多	해질 무렵 붉은 누각에 홀로 기대 있었지.
玉椀雖空桂糖酒	옥술잔에 계당주는 비록 없었지만
蘭舟猶載牧丹歌	목란배에 모란의 노래 같이 실었지.
如今寂寞成陳跡	적막하게 지금은 옛 추억 되었지만
無計重游奈老何	다시 갈 기약 없으니 늙음을 어이 하랴.[90]

모란은 채제공이 평안감사로 갔던 1774년에는 제3구에서처럼 이미 늙어버린 상황이었지만 제4구에서는 전성기 때 모란이 얼마나 대단했는지를 강조하고 있다. 신광수의 옛 기억 속의 모란도 그런 모습이었을 것이다. 신광수가 1760년, 1761년 두 차례 평양에 갔을 때 모란에 대해서 여러 차례 시를 썼는데 모란이 인상적으로 다가왔던 것은 자신이 지은 과체시에 곡조를 붙인「관산융마(關山戎馬)」를 잘 불렀기 때문이다.

聲如哀玉牧丹歌	애옥같이 처량한 모란의 노래
四十三州冠綺羅	평안도 고을 기생 중 제일이네.

明月大同江上夜　　밝은 달 한밤중 대동강변에서

關山一曲聽如何　　관산융마 노래를 들으면 어떨까.[91]

위의 시는 신광수가 영릉참봉으로 있던 1762년에 쓴 것이다. 행장(行狀)을 보면 신광수가 한성시에 합격하고 나서 과체시「관산융마」가 가사(歌詞)로 불렸다고 했지만 15년쯤 뒤에 평양에 가서 직접 기생들이 자신의 시를 부르는 것을 목도했을 때의 감회는 남달랐을 것이다. 3년 뒤 신광수가 중앙 관청에서 근무하고 있을 때 모란이 서울로 왔다는 소식을 듣고 지은 시 역시「관산융마」에 대한 것이었다.

頭白名姬入漢京　　이름난 백발의 기생이 상경하여

淸歌能使萬人驚　　청아한 노래로 사람들을 놀라게 했네.

練光亭上關山曲　　연광정에서 부르던 관산융마

今夜何因聽舊聲　　오늘 밤 어찌하면 그 옛 소리 들을까.[92]

45

운모창 사이로 잔치가 무르익어
쌍쌍이 염불하는 기생들의 목소리.
앞에서 도화선 들고 왔다 갔다 하면서
보는 사람마다 시주 달라고 떼쓴다.

其四十五
雲母窓間曲宴深
雙雙念佛少娘音
當前進退桃花扇
面面生要施主金

❋

교방−연행

운모는 평양의 토산물이고, 운모창은 운모로 만든 창이겠지만, 운모
창과 신선 세계를 결부시켜 쓴 용례도 발견할 수 있다. 유몽인(柳夢寅)
은 허성(許筬)의 십초정(十貂亭) 시에 차운하면서 "옥황상제의 운모 창문
을 두드리고 싶다(欲叩玉皇雲母窓)"라고[93] 했고, 김택영(金澤榮)도 "지난
밤 꿈속에 요대에 갔었는데, 닫혔던 운모 창문 반쯤 열려 있었네(前宵一
夢到瑤臺, 雲母窓扉鎖半開)"[94]라는 표현을 썼다.

운모창이 잔치가 열리고 있는 곳의 화려함을 수식하는 단어라면 그 다음 구절은 모두 기생들의 연행 장면을 묘사한 것이다. 제2구에서는 마치 염불하는 듯한 기생들의 노래 소리, 제3구와 제4구에서는 시주금을 달라고 도화선을 들고 오가는 기생들의 모습을 담았다.

　　기생들이 염불하는 소리를 낸다는 제2구의 의미는 확실하지는 않지만 서도 소리의 선율의 특징을 나타낸 것이 아닌가 한다. 서도 소리의 특징을 서술할 때 주로 "위의 음은 흘러내리고 가운데 음은 심하게 떨며 아래 음은 곧게 뻗는 특이한 가락"이라고 하는데 서도 소리는 수심가, 엮음수심가, 긴아리, 아주애원성 등의 평안도 민요와 긴난봉가, 산염불, 자진염불, 몽금포타령 등의 황해도 민요를 포괄하는 명칭이다. 염불 같은 불교적 요소는 고려시대 팔관회와 연등회의 영향으로 인해 만들어진 것으로 보인다. 기생들의 부채인 도화선은 신광수의 시 「미인도(美人圖)」에서 나온 바 있다. "도화선으로 반쯤 몸을 가린 채, 갖은 교태 부리며 봄을 아쉬워한다(桃花扇底半面身, 自是嬌多解惜春)"[95]에서처럼 45수에서도 도화선을 들고 교태를 부리며 시주를 청하듯이 사례금을 청했다는 의미일 것이다.

46

쌍쌍이 추는 검무에 온 당이 서늘한데
등잔불 앞 손 맵시는 비바람 치는 듯.
열 셋에 배운 추강월의 춤 솜씨를
동헌에 와서 밤마다 볼 수 있다네.

其四十六
雙廻劍舞滿堂寒
手勢燈前風雨闌
十三能學秋江月
來作東軒夜夜看

✽

교방－검무

　김창업(金昌業)이 『노가재연행일기』에서 자신이 어릴 때에는 검무를 보지 못했는데 수십 년 사이에 팔도에 두루 퍼져 있다고 말했으나,[96] 대체로 검무는 신라시대 황창검무(黃昌劍舞) 이래 궁중과 각 지방의 교방을 통해 전승되었다고 보고 있다. 각 지방마다 고유한 특징이 있기 때문에 현전하는 진주, 통영, 해주, 밀양, 호남, 경기, 평양의 검무도 각각 차이가 있다. 평양검무의 주요 춤사위는 앉은춤, 사위춤, 칼춤으로 구성

「부벽루연회도」에 나타난 헌선도, 포구락, 처용무, 검무, 무고, 국립중앙박물관 소장

되어 있고 기본적인 인원은 2열 4행 8검무로 인원에 따라 가감이 있지만 반드시 짝수로 맞추어야 한다. 옷은 궁중의 검기무(劍器舞)처럼 치마저고리 위에 청색 전복을 착용하고 전대를 매었으며 패랭이 모양의 전립을 썼다.[97] 『진연의궤』에는 "여기(女妓) 4인이 전립(戰笠)을 쓰고 전복(戰服)을 입고 각자 검 두 자루씩 가지고 2대(隊)로 나뉘어 마주 보며 춤을 춘다"라고 했다. 연행 기록에는 평안도에서 검무를 보았다는 내용이 종종 있지만 구체적인 정보는 그다지 많지 않다. 신광수의 경우 검무를 잘 춘 평양 기생 추강월(秋江月)에게 다음의 시를 준 적이 있다.

「연광정연회도」에 나타난 향발, 사자무, 학춤, 연화대, 선유락, 국립중앙박물관 소장

靑鬖戰笠紫羅裳	푸른 술 단 전립에 붉은 비단 치마
第一西關劒舞娘	관서에서 제일가는 검무 추는 아가씨
落日魚龍來極浦	해 질 녘에 어룡이 포구로 오는 듯
晴天風雨集虛堂	맑은 하늘 비바람이 빈 당에 모인 듯
蛾眉顧昐能生氣	고운 얼굴 돌아보면 생기가 일게 하고
珠袖翻回合斷腸	구슬 소매 펄럭이면 애간장을 끊어놓네.
更下蘭舟歌一曲	다시 목란 배로 가서 노래 한 곡 부르니
水光山色遠蒼蒼	강물빛과 산색이 아득히 푸르구나.[98]

제1구에서 추강월의 복식은 검무를 추는 기생들의 복식과 다르지 않다. 여기에서 특별히 전립과 붉은 치마를 강조하는 것은 평양검무가 칼을 전립 위에서 돌리며 회전할 때 나는 듯이 펼쳐지기 때문이다. 그렇다면 검무를 당시 사람들은 어떤 마음으로 보았을까. 17세기 문인 이응희(李應禧, 1579~1651)가 검무를 구경하고 쓴 시에서 검무를 묘사한 끝에 "천하에 검을 잡을 사람 무수히 많아도, 몇 명의 남아가 강개한 의분을 풀었나. 나도 밤중에 검을 어루만져 보니, 한 번 용천검 잡고 변방을 평정했으면(紛紛天下握劍多, 幾箇男兒攄慷慨. 我亦中夜撫劍人, 一把龍泉平四塞)"[99]이라고 감회를 밝혔던 것처럼 쌍을 이루면서 육박전 하는 동작을 보면서 감정이 격앙되었고 그러면서 의기충천한 무인의 모습에 자신을 투영했던 것 같다. 이의현(李宜顯, 1669~1745) 역시 연행 가는 길에서 검무를 보면서 당시 사행길의 울분을 달랬다.[100]

제3구, 제4구에서 검무의 춤사위를 '어룡'과 '풍우'로 표현했는데, 윤기(尹愭)의 시구 "한낮에 두 소매 사이에선 눈서리 내리고, 맑은 날 당에는 비바람이 친다(白日雪霜雙袖際, 晴天風雨半堂中)"[101]에서도 볼 수 있다. 채제공도 의주에서 검무를 보고 "한 쌍의 어린 기생 몸이 날렵해, 춤추는 검이 허공에 높게 여름날 눈을 흩뿌리네(一雙少妓最輕身, 飛騰舞劍生夏雪)"[102]라고 했다. 검무의 역동적인 춤사위와 힘찬 기세를 표현하기 위해 자주 구사하는 표현이다.

47

풍악 울리고 밝은 달 비추는 연광정 잔치

사롱 씌운 붉은 등불이 서까래마다 달려 있네

맑은 강을 두루 비춰 대낮과 같으니

금빛 물결과 그림 천장이 이어져 일렁이네

其四十七

笙歌明月練光筵

紅燭紗籠掛百椽

遍照澄江如白日

金波藻井蒻相連

❁

교방-평양의 야연(夜宴)

제47수에서는 감사의 밤 잔치가 얼마나 화려한지를 묘사하고 있다.
한밤중에 열리는 연광정의 잔치에는 풍악소리가 요란하고 서까래마다
등이 걸려 있다. 깜깜한 밤의 대동강은 수많은 등불로 환해서 물결이
금빛으로 일렁이는 장면을 그렸다.

관등은 평양에서만 있었던 것은 아니었다. 고려시대 팔관회와 연등
회의 관등 행사는 조선시대에 종교적 행사로서의 권위는 사라졌지만

민간에서는 꾸준히 지속되었다. 밤에 상시적인 조명 기구가 없었던 전근대 시기에 이 장면은 얼마나 대단하게 느껴졌을까. 감사의 밤 잔치의 화려함과 비견할 수 있는 장면이 평양의 사월 초파일 관등 행사일 것이다. 조선시대에 사월 초파일 등놀이는 서울, 개성, 평양, 황해도 평산과 신천, 경기도 수원, 충청도 논산 등에서 성황을 이루었다고 한다. 평양에서는 종로거리가 불꽃바다를 이루었고 모란봉이 등산(燈山)으로 변하였으며 대동강은 방석불로 장식한 배가 강물과 어울려 그림과 같이 아름다웠다고 한다. 등놀이는 주로 대도시에서 열렸고, 또 필연적으로 경제적인 여유가 있어야 가능한 일이었으므로 지방민들에게는 이것을 보는 것이 평생 소원이었을 것이므로 관련된 효도 설화가 전해지는[103] 것도 당연한 일일 것이다.

평양 출신인 김동인(1900~1951)은 「눈을 겨우 뜰 때」라는 소설에서 평양의 사월 초파일 등놀이를 이렇게 묘사한 적이 있다.

강 좌우편 언덕에 달아놓은 불, 배에서 빛나는 수천의 불, 지걱거리며 오르내리는 수없는 배, 배 틈으로 조금씩 보이는 물에서 반짝이는 푸른 불, 언덕과 배에서 지껄거리는 사람의 떼, 그 지껄거림을 누르고 때때로 크게 울리는 기생의 노래, 그것을 모두 싼 어두운 대기에 반사하는 빛, 강렬한 사람의 내음새, 불꽃[煙火]…… 유명한 평양 사월 초파일 불놀이의 경치를 순서 없이 벌려 놓으면 대개 이것이다.

48

바람 불어 붉은 난간에 비단 장막 날리고
교방의 새 가락은 흥겹게 들끓어 오르네.
중당에서 차례대로 정재가 끝나고
무동이 학 타고 내려와 복숭아를 바친다.

其四十八
風動朱闌錦幕高
敎坊新樂沸嘈嘈
次第中堂呈舞了
小童騎鶴獻仙桃

❀

교방-헌선도 공연

제48수에서는 누정의 잔치에서 연행되는 공연의 한 장면을 보여주고
있다. 제2구 "교방의 새 가락"을 보면 원래 평양 교방의 연행 레퍼토리
가 아니라 선상기를 통해 궁중 정재가 새로 소개되고 있다는 사실을 알
수 있다. 이때 연행한 정재는 『평양지』에 제시된 연행 목록과 일치하지
는 않는다. 『평양속지』에서는 현전하지 않는 목록만을 다시 적시했으나
19세기 문인 이만용(李晩用, 1792~1863)의 「이선악가(離船樂歌)」에서는

읍지에 수록되지 않은 헌선도와 검무도 교방에서 공연되었음을 보여주었다.

제4구의 '헌선도(獻仙桃)'는 임금의 장수를 축수하기 위해 서왕모(西王母)가 하늘에서 내려와 장수의 비결인 반도(蟠桃)를 바치는 내용의 춤이다. 송나라 교방에서 연행되던 이 춤은 고려 때 들어와서 궁중에서 자주 연행되었다. 『진연의궤』에 따르면 헌선도를 연행하기 위해 나무로 3개의 복숭아를 만들고 구리쇠로 가지와 잎을 만들어서 은쟁반에 담고 이것을 탁자에 설치한다. 복숭아를 바치는 것이 주 내용이기 때문에 이를 인도하는 역할을 죽간자(竹竿子)를 든 사람이 한다. 죽간자를 든 두 사람이 선구호를 알리고 서로 향해 서면 여기(女妓)가 쟁반을 서왕모에게 전하고 서왕모가 창사(唱詞)를 하면서 춤이 시작되고 그 사이에 여러 춤을 연행한 다음에 죽간자를 든 사람이 앞을 보고 춤을 다 끝냈다는 의미로 후구호를 하는 것으로 끝난다.[104]

49

집집마다 등불 아래에서 옷상자 챙기니
살랑살랑 얇은 비단은 사향을 넣었네.
내일이면 부벽루에 잔치가 열릴 터라
각별히 옷치장에 신경 쓰느라 바쁘네.

其四十九
家家燈下撿衣箱
襲襲輕紗染麝香
浮碧樓中明日宴
別般裝束整齊忙

✿

잔치 준비

앞에서 누각에서 열리는 연회에 그때 연행하는 여러 정재, 기생들의
모습을 보여주었다면, 제49수에서는 다시 평양의 민간으로 시선을 돌
리고 있다. 내일 열릴 부벽루 잔치를 구경하려고 집집마다 옷상자를 꺼
내 옷차림에 신경 쓴다는 내용은 전후 맥락과 긴밀하게 연결되지 않는
것처럼 보인다. 앞의 시에서는 주로 잔치의 정경을, 제50수에는 대동강
선유(船遊)로 평안감사를 위한 잔치가 끝없이 열리는 장면을 묘사했기

때문이다.

바로 그 점에서 제49수는 의미가 있다. 평양에서 열리는 잔치는 감사를 위한 것이지만 동시에 평양 지역민이 구경할 수 있다는 사실을 보여주기 때문이다. 아름다운 기생들, 잘 짜인 연행을 모두 같이 향유할 수 있다.

50

강산은 안개와 비가 날마다 희뿌연데

흰 물새는 물고기 문 채 오락가락.

천 말이나 되는 홍로주와 계당주를

봄놀이 위해 놀잇배에 쌓아 두었네.

其五十

湖山烟雨日空濛

白鳥含魚西復東

紅露桂糖千斗酒

春游多在畫船中

❀

대동강 선유─술

제50수와 제51수는 대동강 선유(船遊)의 풍경을 묘사하였는데, 제50
수에서는 본격적인 뱃놀이가 펼쳐지기 전의 상황을 그리고 있다. 안개
비가 내려 몽롱한 분위기를 띠는 대동강에 물새가 날아들고 강에 띄운
배에는 이후의 난만한 흥취를 암시하는 듯 술통을 가득 실었다. 어떤
필사본에는 이 시 아래에 "한 편의 관서도이다. 인생이 여기에 이르면
한창 유쾌하리라(一本關西圖. 人生到此, 方得快意)"라는 평이 달려 있다.

어쩌면 화려한 잔치보다 술을 싣고 뱃놀이하는 것이 더 현실적인 낭만으로 느껴졌음 직하다.

이 시에서는 배에 실은 홍로주와 계당주가 강조되고 있는데, 평양을 중심으로 한 관서지방의 특산주이기 때문이다. 때문에 '관서감홍로(關西甘紅露)' 또는 '평양감홍로(平壤甘紅露)'로 불리기도 한다. '감홍로'는 글자 그대로 맛이 달고 붉은 빛깔을 띠는 소주라는 뜻이다. 『임원십육지(林園十六志)』에서는 "세 번 고아서 만든 소주로 만든 만큼 맛이 매우 달고 맹렬하며 술 빛깔이 연지와 같아 홍로주 중에서도 으뜸"이라고 했다. 진도지방의 홍주처럼 소주에 어떤 재료를 넣어서 만드는 혼성주(混成酒)의 일종인데, 감홍로는 멥쌀과 누룩과 꿀과 지초로 빚은 소주이다. 감홍로와 같은 방법으로 만들되, 계피가루와 설탕가루를 넣고 만드는 것은 계당주(桂糖酒)라고 한다. 최남선은 『조선상식문답』에서 '조선의 3대 명주' 가운데 관서감홍로를 으뜸으로 꼽고 그 다음으로 전라도의 이강고(梨薑膏)와 죽력고(竹瀝膏)를 들었다.

신광수는 채제공이 보내준 홍로주를 받고 고마운 마음을 시로 썼는데, 평양의 홍로주가 얼마나 유명했는지 잘 알 수 있다.

甘露關西味	관서의 홍로주 맛
逢君白首知	그대 만나서 늘그막에 알게 됐네.
不宜寒士口	빈한한 선비 입에는 안 맞으니
眞可達官脾	진실로 현달한 관리의 입맛인가.
雲外金莖氣	구름 너머엔 이슬 기운 맑지만

人間火傘時　　　인간 세상은 불 우산이 덮인 듯

江樓十年恨　　　강가의 누각 향한 십 년의 한이

今破一盃爲　　　이제 한 잔의 술로 사라지는구나.[105]

51

따뜻한 날 산들바람에 목란배 저어
기생들을 가득 싣고 물결 거슬러 가네.
물결 아래 붉은 화장 그림자 부서지는데
몸 앞뒤에다 온갖 꽃으로 장식을 둘렀네.

其五十一
輕風暖日木蘭橈
滿載靑娥逆浪遙
蕩碎紅粧明水底
繞身前後百花嬌

❀

대동강 선유-기생

　　대동강 뱃놀이를 위해 먼저 홍로주와 계당주를 배에 실었다면 이제
예쁘게 단장한 기생들을 태우면 모든 준비는 끝난다. 제1구의 "따뜻한
날 산들바람(輕風暖日)"은 전형적인 봄날의 풍경 묘사이다. 이첨(李詹,
1345~1405)의 시 「춘유(春遊)」에서는 "매화 핀 따사로운 날 버드나무는
바람에 나부끼는데, 숨어 있던 봄 생각이 일렁이네. 봄의 진면목을 알
고자 하여, 산과 개울을 두루 돌아다니네(梅花暖日柳輕風, 春意潛藏浩蕩中.

欲識東君眞面目, 遍尋山北又溪東)"[106]라고 했는데, 따뜻한 날에 봄 놀이를 떠나는 마음을 잘 드러낸 작품이다.

제51수의 다음 구절은 서거정(徐居正, 1420~1488)이 예전에 배를 타고 부벽루로 갔던 일을 추억하는 시[107]와 유사한 표현을 썼다. 이 대목은 장편 고시 중 한 부분으로, 서거정은 예전에 부벽루를 자주 왕래하면서 풍류를 즐겼다고 회고하면서 "목란배 노 저어 붉은 물결 가르며, 화려한 배에 이팔청춘 미인을 가득 실었으니, 비파 소리가 하늘에 진동하고, 현란한 장구 소리에 봄기운이 드넓었네. 비단을 쌓아올린 듯 온갖 꽃이 만발한데, 동이 가득한 술을 황금술잔으로 마셨으니, 큰 술잔 휘저어 남김없이 들이키면, 누가 밀지 않아도 취해서 미인에게 엎어졌네 (蘭槳桂棹截紅浪, 靑娥皓齒載畫舫. 鵾絃纖撥殷晴空, 羯鼓百技春浩蕩. 百花爛熳雲錦堆, 十千美酒黃金罍. 船十分掉已空, 醉倒玉人非人推)"라고 형상화한 바 있다.

제3구에서 배를 저어 물결이 흩날리는 정취와 수면 위로 비친 아리따운 기생들의 모습을 간접적으로 그려냈다면, 제4구에서는 기생들의 모습을 직접적으로 묘사했는데 '백화교(百花嬌)'라는 단어는 다소 모호하다. 봄에 핀 온갖 꽃으로 장식을 한 모습 또는 꽃같이 교태 어린 몸짓으로 해석할 수 있다.

52

절 아래 푸른 강에 비로소 배를 매고
강 풍경 보려고 서둘러 누각에 오르네.
'긴 성'과 '큰 들'은 누구의 시구던가.
이색의 시 옆에다 억지로 붙여두었네.

其五十二
寺下靑潭初繫舟
爲看江景急登樓
長城大野何人句
李穡詩邊許强留

❀

부벽루 1

　대동강 선유를 하다가 강을 보기 위해 배에서 내렸는데, 제2구에서
서둘러 오른 누각이 바로 부벽루이다. 부벽루는 영명사 남쪽에 있어서
처음에는 '영명루'라고 하였으나 고려 예종이 이 누각이 대동강 푸른 물
위에 둥실 떠 있는 것 같다고 생각해서 '부벽루'라고 이름을 바꾸었다. 부
벽루 하면 떠오르는 가장 유명한 시는 단연 이색(李穡)의 「부벽루(浮碧樓)」
였다.

昨過永明寺	어제 영명사를 지나다가
暫登浮碧樓	잠시 부벽루에 올랐네.
城空月一片	빈 성엔 달 한 조각
石老雲千秋	오래된 바위엔 천고의 구름
麟馬去不返	기린마는 가서 돌아오지 않는데
天孫何處遊	천손은 어디에서 노니는지
長嘯倚風磴	길게 휘파람 불며 돌계단에 기대니
山青江自流	산은 푸르고 강은 절로 흐른다.

이 시는 '천고(千古)의 절창(絶唱)'으로 인식되었다. 허균의 말을 빌리자면 "수식하거나 고심한 흔적 없이 저절로 음률이 맞아서 읊으면 신일(神逸)하다"[108]는 것이었다. 이 작품이 수작(秀作)이라는 것은 중국 사신의 평가를 통해서 거듭 입증되었다. 예겸(倪謙)은 이 시를 읽고 이 사람과 같은 시대에 살지 못한 것이 안타깝다고 탄식했고, 허국(許國)은 이 시를 보고 오랫동안 되뇌다가 "당신 나라에 어찌 이러한 시가 있단 말인가?"라며 경탄했다.

이색의 시와 함께 많이 회자된 것이 김황원(金黃元)이 부벽루에서 쓴 유명한 시구 "장성 한쪽에 물이 넘실거리고, 큰 들 동쪽 끝에 산들이 점점이 있네(長城一面溶溶水, 大野東頭點點山)"였다. 이 시는 몇 가지 이유 때문에 주목받았다. 첫 번째 이유는 미완성작이었기 때문이다. 김황원이 부벽루에 올라 그동안 평양에 대해 쓴 제영시를 보다가 마음에 차지 않아 현판을 불사르고 하루 종일 고심하다가 겨우 이 두 구를 생각해냈지만,

결국 완성할 수 없어서 통곡하며 떠났다는 일화[109]는 이 시구에 신비감을 부여하였다. 그런 이유에서 이 구절을 이어 한 편의 시를 완성하겠다고 도전하는 사람들도 나타났다.

백광홍(白光弘)의 시 「관서별곡(關西別曲)」 "봄 산은 점점이 보이고 물은 출렁거리는데, 성 위의 누대는 얼마나 되나. 창문에서 이원제자 풍악소리 나는데, 집은 짙푸른 수양버들 속에 있구나(春山點點水溶溶, 城上樓臺望幾重. 綠窓歌咽梨園子, 家在垂楊一色濃)"[110]에서 앞의 두 구는 김황원의 시구에 착안한 것이었다.

이만수(李晚秀, 1752~1820), 홍의호(洪義浩, 1758~1826), 홍석주(洪奭周, 1774~1842)는 중국으로 사행을 갈 때 이 구절을 보고 각각 연구(聯句)를 지어 뒤에 덧붙임으로써 7언 율시 한 수로 완성시켰다.

萬戶樓垰天半起	수많은 누각이 반공에 솟아 있어
四時歌吹月中還	사시사철 풍악소리 달빛 속에 돌아오네. (이만수)
雲煙不盡江湖上	강위에 구름과 안개는 끝없이 끼는데
詩句長留宇宙間	시구는 하늘과 땅 사이에 길이 전하네. (홍의호)
黃鶴千年人已遠	황학 타고 간 사람이 멀어진 지 천년이라[111]
夕陽回棹白雲灣	석양에 흰 구름 낀 물굽이로 배를 돌린다. (홍석주)[112]

유명한 시인 신위(申緯)는 여러 시구를 조합하여 시를 만들었다.

終古笙歌咽綠窓	예전부터 피리 소리 푸른 창을 울렸는데

書生何事怨盈腔	서생은 무슨 일로 가슴속에 원한이 찼나.
長城捲去靑山疊	장성에 겹쳐진 것 첩첩의 푸른 산이요
大野飛來白鳥雙	큰 들에 날아오르는 것 쌍쌍의 흰 새라네.
日日離情堤上草	날마다 이별의 정이 언덕의 풀처럼 자라고
年年別淚臉邊江	해마다 이별의 눈물이 뺨가에 강을 이룬다.
詩腸到此無端豔	시심(詩心)이 이곳에선 이유 없이 고와져서
澆盡甘紅露一缸	홍로주 한 항아리를 남김없이 기울이네.[113]

신위는 이 시에서 정지상의 시 「서도(西都)」의 "푸른 창 붉은 문에 흐
느끼는 노랫가락(綠窓朱戶笙歌咽)", 「송인(送人)」의 "비 개니 긴 언덕에 풀
빛이 짙푸르다(雨歇長堤草色多), "이별의 눈물이 해마다 푸른 물결을 보
탠다(別淚年年添綠波)"와 함께 김황원 시 구절을 변용하여 삽입하였다.

김황원의 시구가 유명한 또 다른 이유는 평양의 전경(全景)을 가장
잘 보여준다고 여겨졌기 때문이다. 누각에서 바라보면 대동강과 그 뒤
로 아스라한 산들이 보일 것이기 때문에 이 시구가 핍진하다고 느껴졌
을 것이다. 이 구절에 대해 "전체의 형국을 모사해서 천고의 격언이 되
었다"라는 평가가 일반적이었다.[114]

이후에는 이러한 평가에 대해 회의적인 시각도 생겨났다. 대표적으
로 박지원은 '용용(溶溶)'이 큰 강의 형세를 표현하기에는 부족하고 '동두
(東頭)', '점점(點點)'의 산이 거리가 40리에 불과한데 어찌 큰 들판이라
고 말할 수 있겠냐면서 좋다고 볼 수 없다는 입장을 보였다.[115] 박지원
이 시어의 형상화가 실제와 맞아 떨어지는지를 문제 삼았다면, 김택영은

'허(虛)'와 '실(實)'의 배합을 고려할 때 실경 묘사에서 생생한 정취(活趣)가 없다는 점에서 이 시를 평양 제일의 시구로 보는 것은 "시골 학당에서 논한 것이 전해진 것"이라고 신랄하게 비판하였다. 김택영의 관점에서 허와 실이 가장 잘 결합한 시구는 정지상의 시 「송인」의 "해마다 이별 눈물 푸른 물결에 더하네(別淚年年添綠波)"와 김창흡의 시 「밤에 연광정에 올라 조정이의 시에 차운하다(夜登練光亭次趙定而韻)」의 "술잔 돌리니 은하수가 흐르네(杯行星漢流)"였다.[116] 그럼에도 정지상의 시는 염정(艶情)만 묘사했고 김창흡의 시는 연회의 경관을 묘사했다는 점이 한계로 지적되었다. 어떤 특정한 상황이나 단면을 포착한 것이 아니라 평양의 전경을 형상화하는 시를 우위에 두는 상황에서 김황원의 시구는 평양의 풍경을 대표하는 구절로 자리 잡았던 것이다.

53

백 척의 높은 누대가 우뚝하게 서 있는데
물결치는 난간은 강물에 거꾸러져 일렁인다.
흡사 당나라 때 윤주의 감로사 같아서
강 너머 길손이 남조인 듯 바라보네.

其五十三
層臺百尺倚岧嶤
水打欄干倒影搖
渾似潤州甘露寺
隔江行客望南朝

❀

부벽루 2

　제53수는 장소를 적시하지 않았지만 앞뒤 시의 동선, 또 제1구와 제
2구가 성현(成俔)의 「기도팔영(箕都八詠)」 중 '부벽루에서 달을 구경하다
(浮碧玩月)'의 "화려한 누각이 날아오를 듯 붉게 우뚝 솟으니, 강에 비친
그림자 허공에 흔들거리네(彩翬跂翼紅崢嶸, 上下倒影搖空明)"와 흡사해서
부벽루를 가리키는 것처럼 보인다. 김극기(金克己)의 시 「부벽루(浮碧樓)」
에도 "중국 사신들은 곳곳마다 '감로'라고 하지만, 이 맑은 누각과 비교

하면 부질없는 명성일 뿐(華人處處稱甘露, 比較淸軒浪得名)"이라는 구절이 있는데 같은 맥락에서 제3구에 '감로사'가 등장한 것 같다.

이 시에서 제3구 '윤주 감로사'는 두 가지 의미를 가지고 있다. 윤주 감로사는 중국 강소성 진강(鎭江) 북고산(北固山)에 있는 절로, 고려 때 이자연(李子淵)은 원나라에 갔을 때 윤주 감로사에 올라 그곳의 아름다운 경치에 반하였다. 우리나라에서 윤주와 비슷한 곳을 찾던 이자연은 개성부 오봉봉(五鳳峯) 아래에 감로사를 지었다고 한다. 경치가 좋다는 의미에서 변계량은 개성의 감로사 중창(重創)을 바라면서 "강산 구경에 누가 다시 윤주를 꿈꾸랴. 아름다운 경치를 보려는 마음은 끝이 없으리라(遊觀誰復夢潤州, 賞心美景無時窮)"[117]라고 했고, 남효온(南孝溫)도 개성의 감로사를 두고 "산빛 강물소리 거울처럼 선명하니, 윤주 감로사가 명성을 독차지하지 못하리(嶽色江聲鏡裏明, 潤州甘露未專名)"[118]라는 표현을 썼다.

윤주 감로사에서 연상되는 또 하나의 의미는 세상사의 흥망성쇠를 느끼게 한다는 것이다. 권한공(權漢功)의 「감로사 다경루」 시의 "북고산에 올라 윤주를 바라보니, 한 병 술로 고금의 시름 씻기 어렵네(北固登臨望閏州, 一尊難洗古今愁)"[119]는 패망한 왕조에 대한 회한을 담고 있다. 부벽루 근처에 고구려 동명왕의 유적인 기린굴과 조천석, 구제궁이 있었다는 사실을 감안하면 부벽루에서 사라진 옛 왕조에 대한 감회가 더 절실했을 것이다.

54

비장한 악기 소리가 푸른 산을 울리니
아마 삼도와 십주 안에 들어온 것 같아라.
아쉬워 말게. 밝은 달 누각에서 묵게 되면
한 해가 다 가도록 돌아가려 하지 않을테니.

其五十四
豪竹哀絲響碧山
只疑三島十洲間
莫憐明月樓中宿
終歲敎人不肯還

❄

부벽루 3

'호방한 관악기와 구슬픈 현악기(豪竹哀絲)'는 두보(杜甫)의 시 「취해서 말에서 떨어지니 여러 공들이 술을 가지고 문안 오다(醉爲馬墜諸公携酒相看)」의 "또 이때에 고기와 술 산처럼 쌓였으니, 잔치 자리에 비장한 관현악 소리 울린다(酒肉如山又一時, 初筵哀絲動豪竹)"에서 나온 구절로 비장한 악기 소리를 뜻한다. '삼도(三島)'는 삼신산(봉래산, 방장산, 영주산)의 별칭이고 '십주(十洲)'는 한나라 동방삭이 지었다는 『해내십주기(海內十

洲記)』에 나온 말로 신선이 사는 곳이다. 대동강가에 있는 이 누각이 마치 신선이 사는 곳처럼 환상적인 풍경이라는 점을 강조한다. 제3, 4구는 부벽루를 떠나는 것에 대한 아쉬움을 토로한 대목이다. 부벽루 위치에 대해 김이만(金履萬, 1683~1758)은 뒤에는 모란봉이 있고 앞에는 능라도가 있으며 좌우에는 주암과 청류벽이 있고 근처에는 영명사, 기린굴 같은 동명왕의 유적이 있어서, 연광정이 더 확 트이고 화려한 경관일지는 모르지만 고아한 느낌은 부벽루가 더 낫다는 표현을 한 적이 있다.[120]

55

푸른 풀 덮이고 주춧돌 깨진 구제궁
궁녀들 시난날 붉은 꽃처럼 고왔겠지.
지금 대동강에 봄놀이 나온 기생들
큰 길에서 삘기 뽑아 풀싸움을 하네.

其五十五
青莎斷礎九梯宮
宮女如花昔日紅
伊今浿上春遊妓
鬪草抽茅輦路中

❀

평양 유람―구제궁 터

부벽루를 둘러본 뒤 그 옆에 있는 영명사를 향한다. 앞서 언급했듯이
영명사는 동명왕의 궁궐이라고 하는 구제궁(九梯宮)이 있었던 곳이다.
'구제'는 사다리 9개를 이은 것과 건물의 크기가 같다고 해석되기도 한
다. 예전에는 왕궁이었지만 이제는 터만 남고 흔적이 사라진 것을 보
고 느낀 무상함이 풀이 무성하게 나고 주춧돌이 깨진 모습으로 형상화
되었다. 예전에 궁궐이었다면 그곳에 있었을 궁녀들이 지금 이곳에서

놀이를 하고 있는 기생들의 모습에 겹쳐진다. 예전이었다면 범접도 못했을 연로(輦路, 임금이 행차하는 길)에 기생들이 노는 풍경으로 과거와 현재가 강렬하게 대비되어 비애에 젖는다. 풀싸움은 단옷날에 하는 놀이인데, 궁궐이 황폐해지고 풀이 우거져서 그 풀을 뽑아 풀싸움을 하는 상황은 영조대의 유명한 시인 최성대(崔成大)의 「송경사(松京詞)」 "저녁 무렵 풀싸움하며 궁궐터 지나가는데, 풀잎의 나비 은비녀에 올라 앉네(向晚宮墟鬪草去, 葉間蝴蝶上銀釵)"에서도 볼 수 있다.

56
문 앞에 강 마주한 영명사의 중은
고요히 가사 걸치고 등불 아래 예불하네.
행인들이 지난 왕조의 일을 물어보면
그저 빈 뜰의 흰 탑만을 가리키네.

其五十六
門臨流水永明僧
寂寞架裟禮佛燈
行人試問前朝事
惟指空庭白塔層

✿

평양 유람-영명사

제56수는 번화한 도시 평양에 있는 고적한 영명사에 대한 내용이다.
제55수의 구제궁 터에 영명사가 있기 때문에 함께 언급하였다. 영명사
는 고구려 광개토대왕이 평양에 세운 9개의 절 가운데 하나라는 전설이
있는 절이다. 이런 맥락에서 영명사를 보면서 과거 왕조를 떠올리는데,
고려 왕들이 평양에 와서 영명사에 행차했기 때문이기도 하다.
「관서악부」가 널리 알려진 것에 비해 「관서악부」를 언급한 자료는

찾기가 힘들다. 그 가운데 유만주(兪晩柱)의 평가는 매우 흥미롭다. 유만주는 『흠영(欽英)』에서 「관서악부」 몇 수를 인용한 뒤 짧은 평을 남겼다. 먼저 산천의 형세와 풍요(風謠), 물산에 대해 언급하지 않았다고 비판했다. 또 "내가 보기에 가장 잘못 쓴 부분이 영명사 중이다. '고요히 가사 걸치고 등불 아래 예불하네(寂寞裂裟禮佛燈)'가 어찌 평양의 본모습이란 말인가? 사람과 풍물을 막론하고 대체로 조리가 있었는데, 이 부분에서 이를 어김으로써 격을 잃었다"[121]라고 하면서 제56수가 시의 전체 분위기와 맞지 않다고 지적했다.

영명사와 구제궁에 대한 서술은 다소 엇갈리고 있다. 대부분의 문헌에서는 구제궁 터에 영명사가 있다고 서술하고 있어서 구제궁이 없어진 뒤 영명사를 세운 것 같지만, 고려시대에는 구제궁과 영명사가 공존하고 있었다. 김부식이 구제궁에서 조회하고 물러나와 영명사에서 쉰다는 제목의 시[122]를 지었고 『고려사절요』에서도 왕이 구제궁을 유람했다가 영명사에 행차하였다는 표현이 등장한다. 이 기록은 『평양지』와 한치윤의 『해동역사』에서 고구려 동명왕이 건립한 구제궁이 평양의 영명사 안에 있었다고 한 것과도 완전히 일치하지는 않는다.

57

기린말 길게 백옥경을 향해 울었으니

지금도 흰 구름 밟고 떠다니리라.

청산의 옛 굴이 삼천 년이 되었는데

언제나 천손이 평양으로 돌아올까.

其五十七

麟馬長嘶向玉京

至今應踏白雲行

靑山古窟三千歲

何日天孫返浿城

❁

평양 유람–기린굴

부벽루 서쪽 영명사의 위편에 기린굴이 있다. 동명왕이 기린마를 타
고 이 굴로 들어갔다가 조천석(朝天石)으로 나와 승천했다는 전설의 유
적이다. 제3구, 제4구는 이색의 시 「부벽루(浮碧樓)」의 "기린마는 가서
돌아오지 않으니, 천손은 어느 곳에 노니는가(麟馬去不返, 天孫何處遊)"라
는 구절을 바탕으로 만들어졌다.

고구려 동명왕이라는 실존 인물의 유적이지만, 말을 타고 하늘로

기린굴, 『사진엽서로 보는 근대풍경』 5

올라갔다는 내용은 받아들이기 어려울 정도로 비현실적이다. 문학작품
에서는 기린굴의 이야기를 대개 수용하였고 역사 또는 지리적 문헌에
서도 평양에 대해 쓸 때 함께 언급되었다. 신뢰할 만한 이야기라기보다
는 흥미로운 전설쯤으로 여겨졌으나 조선후기에 들어 이 이야기의 비
현실성에 대한 비판이 자주 제기되었다. 안정복(安鼎福)은 고구려의 사
적으로 전하는 이야기가 허황됨에도 불구하고 계속 수록되고 있다는
점, 또 이첨(李詹)이 "전설이 담소할 거리를 주니, 과객이 굳이 진위 따
져 무엇하랴(流傳足可供談笑, 過客何煩辨僞眞)"라고 말한 것에 대해서도 비
판하였다.[123]

　다른 한편에서는 현실감을 불어넣으려는 시도도 있었다. 『평양지』에
는 1547년 평양에 홍수가 났을 때 장경문 밖의 언덕이 무너져 기린굴

기단이 드러나서 조천석으로 향하는 길도 분명히 알 수 있었지만 나중에 어리석은 백성들이 뽑아버려 그 장소를 모르게 되었다고 했다.[124] 『평양속지』에는 1714년에 북성을 만들 때 '기린굴'로 불렸던 곳에서 흙을 가져오면서 파 보았더니 층계와 평평한 대, 연못 흔적 등이 발견되었다고 했다.

58

구름 사이 단정한 모란봉은

흡사 새로 단장한 미인의 얼굴 같네.

예로부터 평양의 미인이 빼어난 것은

대개 명산의 수려한 기운 모여서라네.

其五十八

雲間端正牧丹峯

恰似新粧玉女容

古來平壤傾城色

多是名山秀氣鍾

❋

평양 유람—모란봉

　부벽루 뒤쪽 북성을 두른 산이 금수산(錦繡山)이다. 후대로 갈수록 금수산과 모란봉을 같게 생각하지만, 원래는 금수산에서 최승대(最勝臺)가 있는 봉우리가 모란봉이었다. 1714년에 북성을 쌓을 때 흙을 운반해와서 높이가 10미터 정도 높아졌다고 한다. 1716년에는 감사 조태로(趙泰老)가 산마루에서 조금 내려온 곳에 오승대(五勝臺)라는 정자를 세웠는데 언제부터인지 오승대가 최승대로 불리게 되었다. 20세기 초에 현재 최승대의 위치로 이전되었다.[125] 금수산은 평양의 진산(鎭山)으로, 작은 산이지만 고려 시대에는 왕이 행차하던 곳이었다. 『평양지』에는 관련된 일화를 수록했는데 왕이 "북두칠성 서너점(北斗七星三四點)"이라고 썼더니 어떤 서생이 나아가 "남산의 만수는 십천 년(南山萬壽十千壽)"이라고 대를 맞추자 왕이 대단하게 여기고 장원으로 발탁하였다고 한다. 앞 구에서 숫자 7이 뒤의 3과 4를 더한 것인데, 뒤의 구 역시 10,000이 10과 1,000을 곱하면 나오는 숫자이기 때문에 이 대구는 적확하다고 평가받았다.

금수산은 비단실로 수놓은 듯 경치가 뛰어나서 '금수(錦繡)'라는 이름이 붙었고, 봉우리의 모양이 모란꽃처럼 생겨서 '모란(牧丹)'이라는 이름이 붙었다. 제58수에서 모란봉을 단장한 여자의 모습에 비유하는 것은 자주 발견할 수 있는 표현이다. 그러나 산의 정기가 모여 인물을 만들어 냈다고 할 때는 대개 재주 있는 인물을 송축할 때여서 평양에 미인이 많은 이유를 여기에서 찾는 것은 다소 의외이다.

59

선연동 안의 풀은 푸른 치마 같은데
예나 지금이나 한 많고 정 많은 무덤.
부벽루와 연광정의 춤추고 노래하던 곳
예전에 운우지락을 즐기던 곳이었지.

其五十九
嬋娟洞裏草如裙
多恨多情今古墳
浮碧練光歌舞席
昔年爲雨更爲雲

❀

평양 유람—선연동

칠성문(七星門) 밖으로 가면 선연동이 있다. 선연동 안에는 무덤이 많은데 평양 기생들이 죽으면 모두 이곳에 묻었기 때문에 '선연(嬋娟)'이라는 이름이 붙었다. '선연'은 곱고 아름답다는 뜻이다.

이 시는 권필(權韠)의 시 「선연동」의 시구를 대거 가져왔다. 전체 시는 "해마다 봄빛이 황량한 무덤에 이르니, 꽃은 새로 단장한 듯, 풀은 치마와 같네. 수많은 꽃다운 넋 흩어지지 않고 날아, 지금도 비가 되고

다시 구름이 되네(年年春色到荒墳, 花似新粧草似裙, 無限芳魂飛不散, 至今爲
雨更爲雲)"인데 「관서악부」 제59수의 "풀은 치마 같다(草如裙)", "비가 되
고 다시 구름이 된다(爲雨更爲雲)"는 거의 그대로 차용한 것이다.

선연동이 기생으로 유명했기 때문에 문인들의 시와 일화가 꽤 많이
남아 있다. 가장 유명한 것이 심수경(沈守慶)의 일화이다. 평양에 있을
때 특별히 아꼈던 평양 기생 동정춘(洞庭春)이 조정에 돌아간 심수경에
게 만나지 못하는 괴로움을 토로하면서 차라리 죽어서라도 함께 묻혔
으면 좋겠다고 하자 심수경이 머지않아 선연동으로 가겠다면서 절구
한 수를 지어 보냈는데, 그중에 "장부가 죽음을 끝내 면하지 못한다면,
원컨대 선연동 속 혼이 되었으면(男兒一死終難免, 願作嬋娟洞裡魂)"이라는
구절이 있었다. 그러고 나서 얼마 뒤에 동정춘이 병사하여 심수경이 다
시 시를 지었는데, "선연동에 묻힌다는 농담이 예언이 되었으니, 저승에
서 같이 있자는 맹세를 저버려 부끄럽다(嬋娟戲語還成讖, 愧我泉原負舊盟)"
라는 구절이 들어 있었다. 나중에 심수경이 충청도절도사가 되었을 때
권응인(權應仁)이 "인생에 뜻 맞는 곳 남북이 따로 없으니, 선연동의 혼
이 되려고 하지 마오(人生適意無南北, 莫作嬋娟洞裏魂)"라고 가요를 지었
다. 이때 심수경은 홍주 기생 옥루선(玉樓仙)을 좋아할 때여서 자기 상황
에 적절하다고 여겼다. 35년쯤 지난 뒤 심수경은 다시 홍주에 갈 일이
있었는데 그때 옥루선의 생사를 물어보면서 추억에 젖었다.

60

기녀 부축받아 취한 채 누각을 내려와서

북쪽 물가로 배를 돌리니 해가 지려 하네.

강 가운데 멀리 푸른 산빛이 드리우니

모두 옅게 그린 탁문군의 눈썹 같아라.

其六十

侍兒扶醉下樓遲

北渚廻船欲暮時

中流遠到靑山色

皆是文君淺畫眉

❖

평양 유람-대동강

선연동에 갔다가 다시 북성을 거쳐서 부벽루를 통해 내려와야 대동
강가에 이르고 날이 더 저물기 전에 돌아가기 위해 배를 타야 한다. 이
곳에서 대동문으로 곧장 내려가도 되지만 이 시에서처럼 북쪽까지 거슬
러 올라가 배를 돌린다면 부벽루 바로 앞에 있는 큰 섬 능라도 때문에
북쪽의 주암까지 빙 둘러서 내려오는 게 관례이거나 주암과 능라도 전
경을 보기 위해 우회하는 방법을 택했을 수도 있다. 『서경잡기(西京雜記)』

에서는 탁문군에 대해 "매우 아름다워 눈썹은 마치 먼 산을 바라보는 듯하고 뺨은 늘 부용 같았다(卓文君姣好, 眉色如望遠山, 臉際常若芙蓉)"라고 했다. 이 위치에서 볼 수 있는 산은 북성 일대의 금수산, 강 맞은편의 목멱산(木覓山), 문수산(文繡山)이다.

61

앵무배와 노자표로 흥이 다하지 않아

배를 타고 다시 주암 근처에 이르렀네.

그때 주천이 끊이지 않았다면

온 강물이 모두 다 울금향이 됐으련만.

其六十一

鸚鵡鸕鷀興未央

移舟更近酒巖傍

當日酒泉如不絶

滿江都是欝金香

평양 유람-주암

제60수에 이어 배를 돌리기 위해 강물을 거슬러 올라가면서 본 주암
에 대한 내용이다. 제1구의 '앵무(鸚鵡)'와 '노자(鸕鷀)'는 모두 술잔으로
이백이 지은 시 「양양가(襄陽歌)」의 "노자표, 앵무배, 백 년 삼만 육천 일
동안 하루에 삼백 배씩 기울이리라(鸕鷀杓鸚鵡杯, 百年三萬六千日, 一日須
傾三百杯)"에서 나온 말이다.

평양부 동북쪽 10리쯤에 있는 주암(酒巖)에 대해 『평양지』에서는 바위

사이에서 술이 흘러나왔다는 전설이 있고 그 흔적이 아직도 남아 있다고 했다. 위치가 다소 치우쳐 있고 주암이라는 이름에 흥미를 가진 사람들이 술과 결부시켜 시를 지었을 뿐 구체적으로는 허봉(許篈)이 주암의 형상에 대해 둥글게 휘어졌고 웅크린 범처럼 기괴한 형상이라고 한 것[126] 외에는 알 수 없다. 제61수에서 술이 계속 나왔더라면 좋았으리라는 시상전개는 주암에 대한 시에서 흔히 볼 수 있는 내용이다. 울금향(鬱金香)은 향초로 술을 담그면 황색 또는 적갈색을 띠는데 이는 곧 좋은 술을 가리키는 말이다. 이백은 울금향으로 만든 술에 대해 「객중행(客中行)」이라는 시를 썼는데, 제61수를 이해하는 데도 도움이 된다.

蘭陵美酒鬱金香　　난릉의 좋은 술 울금향
玉碗盛來琥珀光　　술잔에 가득한 호박색.
但使主人能醉客　　주인이 나그네를 취하게만 해준다면
不知何處是他鄕　　타향살이 어딘들 고향 아니랴.

62

능라도 고운 풀밭 백사장이 평평한데

연미에 배를 대니 오리가 놀라네.

으슥한 곳에 비단 자리를 옮겨 깔아놓고

버드나무 그늘 아래에서 세악을 울린다.

其六十二

綾羅芳草白沙平

燕尾停橈裊鳬驚

移鋪綺席深深處

楊柳陰中細樂聲

✿

평양 유람-능라도

배를 주암에서 돌려 내려오면 부벽루 바로 앞에 능라도(綾羅島)가 있다. 이 섬은 둘레가 12리로 아래에 백은탄(白銀灘)이라는 여울이 있다. 능수버들로 유명한데 대동강 물결 위에 능수버들이 마치 비단을 펼쳐놓은 듯 아름답다는 의미에서 '능라도'라는 이름이 붙었다. 성천(成川)에서 떠내려왔다는 전설도 있다.

'연미(燕尾)'는 제비 꽁지라는 뜻이다. 성현(成俔)의 「부벽루기(浮碧樓記)」

에서 "강물이 제비 꽁지처럼 둘로 나뉘고, 그 가운데 사람이 살 만한 곳이 있는데 '능라도'라고 한다(燕尾分爲二派 其中可居洲曰綾羅島)"라고 한 것을 보면 '연미'는 특정 지명이 아니라 능라도 중에서 주암과 가까운 쪽을 가리킨다. 능라도에 올라가 자리를 잡고 능수버들 아래에서 악기를 연주하게 했는데, 제4구의 '세악(細樂)'은 가야금, 거문고, 해금, 대금, 장구, 단소가 동원된 일종의 실내악이다.

63

청류벽은 그림 병풍 늘어놓은 듯
강 위로 석양은 반쯤 사라질 듯.
온종일 노래하고 춤추던 부벽루는
배 멈추고 돌아보니 성 너머에 있네.

其六十三
清流壁面畫屏鋪
江上斜陽半欲無
終日碧樓歌舞地
佳船回首隔城隅

❋

평양 유람−청류벽

청류벽(淸流壁)은 연광정과 부벽루 사이에 있는 장경문(長慶門) 밖에서
주암 근처까지 성벽 밖에 펼쳐져 있는 절벽이다. 맑은 물이 감돌아 흐
르는 벼랑이라는 의미에서 '청류벽'이라는 이름을 붙였다고 한다. 능라
도에서 배를 타고 대동문으로 올 때 오른쪽으로 청류벽을 볼 수 있다.
청류벽은 높고 가파르지만 절경(絶景)으로 이름났다. 명나라 사신 허국
(許國)은 부벽루와 청류벽, 섬과 봉우리는 모두 천연의 산수이므로 인공

적인 소주와 항주보다도 훨씬
낮다고 했다.

　신광수는 채제공이라면 대
동강 유람을 하고 내려오면서
그림같이 아름다운 청류벽의
절경을 보면서 부벽루에서의
풍류를 추억하리라고 생각했
다. 그런데 청류벽은 아름다
운 절벽일 뿐만 아니라 대동
강 하류 능라도 부근에 있는
여울인 백은탄(白銀灘)이라고
하는 능라도로 인해 갈라진

청류벽, 『조선향토대백과』

대동강의 물줄기가 만나는 지점이어서 물놀이하면서 천렵(川獵)하기에
도 좋은 곳이었다고 한다. 『평양속지』를 편찬한 평안감사 윤유(尹游)는
이곳에서 물고기를 잡아 회를 쳐서 술과 함께 먹는 정취를 시조로 이렇
게 읊었다.

　청류벽(淸流壁)에 배를 매고 백은탄(白銀灘)에 그물 걸어
　자남은 고기를 눈살같이 회쳐 놓고
　아희야 잔 자로 부어라 무진(無盡)토록 먹으리라.

64

느릿느릿 석양빛이 푸른 물가에 가득한데
삼현육각 풍악소리가 배 가까이서 들리네.
남쪽으로 안개 낀 넓은 강물을 바라보면서
하늘 가운데 두둥실 대동루가 떠 있네.

其六十四
溶溶落日滿滄洲
別曲三絃在近舟
南望水烟空潤處
中天浮下大同樓

✿

평양 유람-대동문루

　대동강에 배를 띄우고 부벽루 및 북성 일대와 주암, 능라도, 청류벽
을 본 뒤에 다시 대동문루로 돌아왔다. 해가 지는 저녁 무렵에 돌아오
는 배에서는 여전히 풍악소리가 울린다. 『관서악부』 필사본에서는 제
64수에 대해 "풍경 속의 그림이고 그림 속의 풍경이다(境中畵, 畵中境)"
라는 평을 써 놓았다.
　대동문은 2층 누각에 자성(子城)이 딸려 있다. 홍건적의 침입으로 불

탔으나 조선이 건국된 뒤 다시 만들었고, 장삿배가 대동문 앞에 정박하여 물자를 교역하는 등 평양성으로 들어가는 대표적인 성문이었다. 평양 지형을 풍수적으로는 떠나는 배(行舟)의 형상이라고 했다는데, 남쪽으로 튀어나온 모양이기 때문에 대동강이 강동현(江東縣)에서 서남쪽으로 흘러내려 오다가 능라도를 지나는 지점에서 남쪽으로 굽어 흐르고 다시 성을 따라 서쪽으로 흐르다가 바다로 들어간다. 한양에서 평양으로 갈 때는 일반적으로 중화현(中和縣)을 거쳐 영제교(永濟橋)를 지나 강가에 뻗어 있는 긴 숲인 십리 장림(十里長林)을 통과한 뒤에 배를 타고 대동강을 건너 대동문을 통과해서 입성한다.

그런데 중화현에서 왼쪽으로 길을 개어 대동강을 건너 남문으로 가지 않고 왜 오른쪽으로 돌아 동문인 대동문으로 가는 길이 발달되었을까. 대동강은 서해와 가까이 있어 밀물과 썰물의 영향을 받는 감조하천(感潮河川)이었고 그래서 하류에 비해 조류의 영향을 덜 받고 강폭도 조금 더 좁은 대동문 쪽이 배로 건너기에는 좀더 수월했을 것이다. 배를 타고 건너면 곧장 대동문을 통해 성으로 들어갈 수 있다는 이점도 있었다.

감사 안윤덕(安潤德, 1457~1535)이 2층의 대동문루의 이름을 '읍호루(挹灝樓)'로 바꾸었다. 통행금지를 알리던 큰 종이 있고, 대동문 안 좌우에 행랑이 있었다.

65

조천 하던 옛일을 돌은 알 터이니
옛 나라 상전벽해라도 물색은 변함없네.
성 아래 온 강엔 달이 밝은 밤인데
어찌하여 기린마 오지 않는지.

其六十五
朝天舊事石應知
故國滄桑物不移
城下滿江明月夜
豈無麟馬往來時

❀

평양 유람-조천석

위의 제64수는 대동문에서 출발해 북성 일대를 유람한 뒤 다시 돌아
오는 대동강 선유의 일반적인 경로를 보여준 것 같다. 제65수부터는 동
선이 일정하지 않기 때문에 평양의 여러 명소를 열거한 것으로 보인다.

조천석(朝天石)은 대동문과 부벽루 사이에 있는 장경문 아래에 있다.
기린굴과 마찬가지로 동명왕과 관련된 유적이다. 동명왕이 기린마를
타고 기린굴을 경유하여 조천석으로 나와 승천해서 그 말발굽 자국이

여전히 돌 위에 남아 있다는 이야기가 전한다. 조천석은 밀물 때는 잠기고 썰물 때 완전히 드러난다고 한다. 다소 신비스러운 이 전설 때문에 조천석에 대한 전설은 믿을 수 없다고 생각했지만 그러면서도 말발굽 자국은 언급한다거나 바람이 불어치는 강물소리를 학 울음소리나 신선의 패옥소리 같다는 시적 상상력을 동원하기도 했다.

66

긴 성 동북쪽 가장 높은 대
을밀선인은 다시 돌아오지 않네.
삼국 강산에 청풍명월 좋은 밤
감사만 가끔 옥퉁소 부는구나.

其六十六
長城東北最高臺
乙密仙人不復廻
三國江山風月夜
使家時捻玉簫來

＊

평양 유람-을밀대

　기자묘 근처에 있는 을밀대(乙密臺)는 금수산 정상에 있는데, 평탄하
고 트여 있다고 한다. 그런데 금수산에서 가장 높은 곳이 어딘지에 대
해서는 기록에 따라 편차가 있다. 금수산에서 가장 높은 곳을 을밀대라
고 하는 기록도 있고 모란봉이라고 보는 기록도 있다. 중국 사신 당고
(唐皋)의 「연광정기(練光亭記)」를 보면 금수산 산꼭대기에 을밀대가 있고
또 다른 봉우리인 모란봉이 있다고 했고, 박사호는 『심전고』에 을밀대

가 모란봉 아래에 있다고 썼다.『조선지명편람』에서는 최승대(最勝臺)가 가장 높은 봉우리이며, 최승대를 원래 모란봉이라고 했는데 금수산이라는 이름을 모란봉으로 바꾸어 부르게 되면서 최승대[숙종 때 세운 오승대(五勝臺)]가 있는 봉우리를 최승대라고 부르고 을밀대가 있는 봉우리는 을밀대라고 부르게 되었다고 한다.[127]

따라서 금수산에는 최승대(오승대, 모란봉), 을밀대 등이 있는 여러 봉우리가 있는데 가장 높은 봉우리는 최승대(모란봉)였다고 볼 수 있다.

을밀대와 사허정(四虛亭)이 별개의 건물인지 동일한 건물인지도 역시 서술마다 편차가 있다.『신증동국여지승람』과『평양지』에서는 을밀대와 사허정을 동일하게 보고 있지만, 중국 사신 당고의「연광정기」를 보면 을밀대 위에 사허정이 있다고 했는데, 역시『조선지명편람』에 따라 을밀대와 사허정을 동일한 누대라고 판단해도 무방할 것이다.『평양속지』를 보면 18세기 무렵에는 사허정은 없어지고 취승대(聚勝臺)를 세웠다고 한다.

을밀대를 소재로 한 시에서는 을밀선인(乙密仙人) 또는 선계의 분위기를 언급하기도 한다. '을밀선인'이 하늘에서 내려온 장소 또는 을밀장군(을지문덕 장군의 아들)이 싸워서 지켰던 곳이라고 한다. '을밀선인'에 대한 구체적인 정보는 찾기 어렵지만 을밀장군과 관련된 내용은『조선지명편람』에 있다. 외적이 침입하여 치열하게 싸우다가 전사하기 전에 을밀장군이 외적을 물리칠 때까지 자신을 계속 지휘처에 세워달라는 유언을 남겼는데, 사람들이 지휘처로 정했던 곳에 정자를 세우고 을밀대라는 이름을 붙였다는 것이다.

을밀대, 『조선향토대백과』

을밀대는 1714년에 지은 북성의 한 부분이기도 하다. 북성은 을밀대
서쪽 모퉁이에서 모란봉을 둘러 부벽루를 지나 내성의 동쪽 암문으로 연
결되도록 만들었다. 조위가 꼽은 평양 팔경에 '을밀대 봄 구경(密臺賞春)'
이 들어간다. 높아서 전망이 좋기 때문이다.

67

장림 나루터 백은탄의 서쪽으로
선창으로 가는 십 리 길이 아득하네.
중국 사신이 타던 배는 보이지 않고
눈길 가득 풍광 보며 시를 품평하네.

其六十七
長林渡口白銀西
十里船槍古道迷
仙舟不見唐天使
滿目風烟獨品題

❀

평양 유람−백은탄

  백은탄(白銀灘)은 능라도와 반월도(半月島) 사이에 있던 여울이다. 급
류가 흘러서 한겨울에도 얼지 않는다는 기록이 있다. '백은(白銀)'에 대
해서는 여울의 물보라가 하얗기 때문이라는 것이 대부분의 해석이다.
북한의 자료에 따르면 모란봉 꼭대기에 나라에 큰 일이 있으면 저절로
울리는 은종을 감추어 둔 여울이며, 1990년에 능라도와 반월도를 이으
면서 이 백은탄은 없어졌다고 한다.[128]

제67수에서는 백은탄보다는 백은탄 근처에 있었던 부두를 떠올렸고 더 나아가 중국 사신들이 배에서 내리던 곳이라는 점에 착안하여 이들은 이제 없지만 이들이 남긴 시를 감상한다는 내용으로 끝맺고 있다. 명나라 사신들은 평양에 와서 '평양승적(平壤勝蹟)'으로 몇 곳을 선정하고 시를 썼는데, 그 안에 백은탄이 포함되어 있었다. '평양승적'은 명나라 사신 당고(唐皐)와 사도(史道)가 평양의 좋은 곳을 선정한 것으로, 처음에는 21곳이었다가 문묘를 빼거나 같은 맥락에서 사당을 빼는 식으로 20곳 또는 16곳으로 그 사이에 편차가 있었다.[129]

68

성 가까운 남포엔 만 그루 버들가지가

그림배에 흔들흔들 일부러 드리우네.

봄바람 불어 힘없이 나부낀다고 해도

미인의 부드럽고 가는 허리와 어찌 같으랴.

其六十八

南浦依城萬柳條

垂垂故入畫船搖

東風遮莫吹無力

爭似佳人宛轉腰

✿

평양 유람–남포

현재 북한의 남포시(南浦市)는 대동강 하류 연안에 위치해 있고 평양
시로 통하는 관문도시이다. 고려 초까지 평양에 속해 있다가 묘청의 난
을 진압하고 평양을 6개 현으로 나누면서 분리하였지만 조선 시대에도
남포는 평양에 속해 있었다. 남포라는 명칭은 삼화현 남쪽에 서해바다
를 끼고 있는 포구라는 의미이지만, 고려 말기에는 증남포(甑南浦)로 불
렸고 20세기 들어와서 행정구역으로 지정되었다. 청일전쟁 때 일제가

청나라군대를 진압하기 위해 남포에 상륙했다는 의미에서 '진남포(鎭南浦)'라고 하였으나 광복 이후 다시 남포시로 바꾸었다.

『평양지』에서는 남포가 평양부의 서남쪽 5리에 있는 당포(唐浦)를 가리키며, 남포가에 영귀루(詠歸樓)가 있다고 했다. 『해동지도』로 보면 위치는 대략 외성 밖 거문(車門) 근처이다. 현재의 남포시가 서해에 훨씬 근접해 있지만, 평양부에서 서해로 갈 때에는 이곳에서 배를 탔을 것이므로 정지상의 「송인」에 나온 '남포(南浦)'도 당포였을 것이다. 정지상 시의 '남포'가 이후에 이별을 표상하는 지명으로 인식되었으므로 제68수에서도 남포에서 이별의 상징인 버들가지에 초점을 두고 있다.

바람이 불어 나부끼는 버들가지는 부드럽고 연약한 느낌을 주기 때문에 가냘픈 여인을 묘사하는 소재로 활용되었다. 그래서 제3구와 제4구에서도 가늘고 부드러운 버들가지에서 '세류요(細柳腰)', 곧 미인의 가는 허리를 떠올린다.

69

예부터 우리나라는 문장이 성대했으니
들보 가득 사롱에 덮인 글씨 그 몇 곳인가.
그때 남포에서 님을 전송하던 노래는
천년의 절창 정지상의 시이네.

其六十九
從來東國盛文章
幾處紗籠滿畵樑
當日送君南浦曲
千年絶唱鄭知常

평양 유람—남포

　남포를 이야기할 때 정지상을 빼놓을 수 없다. 「관서악부」 108수에서
도 끊임없이 정지상의 「송인」을 떠올리게 하는 구절이 등장한다. 제2구
는 당나라 시인 왕파(王播)의 고사이다. 왕파는 젊은 시절 가난해서 양주
(楊州) 혜소사(惠昭寺) 목란원(木蘭院)에 기식하면서 중들을 따라 잿밥을
얻어먹었다. 중들은 오래 머무는 왕파가 싫어서 밥때를 알리는 종을
밥을 다 먹고나서 울렸다. 왕파는 과거에 급제하여 20여 년 뒤에 양주

태수가 되어 이 절을 찾았다. 과거에 자신을 박대하던 그곳에서 뜻밖에도 자기가 적어둔 글에 먼지가 쌓일까 푸른 비단으로 덮어둔 것을 보면서 복잡한 마음이 되어 목란원에 대한 시 2수를 지었다. 그중 제2수에 그간의 사정이 담겨 있다. "당에 오르면 밥 다 먹고 동서로 각기 흩어져서, 스님네들 식사 후에 종 치는 게 부끄러웠지. 이십 년 동안 얼굴에 먼지 가득 분주하다가, 이제야 비로소 푸른 깁에 싸인 시를 얻었네(上堂已了各西東, 慚愧闍黎飯後鐘. 二十年來塵撲面, 如今始始得碧紗籠)."

왕파의 시를 비단으로 덮어두었다는 표현은 평양을 노래한 훌륭한 시로 호평받으면서 연광정에 걸려 있었던 정지상의 시를 언급하는 것으로 이어진다. 정지상의 「송인」은 다음과 같다.

雨歇長堤草色多　비 그친 긴 둑에 풀빛이 짙은데
送君南浦動悲歌　님 보내는 남포에 슬픈 노래 울리네.
大同江水何時盡　대동강 물은 언제나 마르려나.
別淚年年添綠波　이별 눈물이 해마다 푸른 물결에 더하는데

70

천하의 이름난 구역은 외성이니
강 따라 십 리 길 그림처럼 밝네.
황혼에 말 위에서 등불 들고 돌아가는 길
달빛 아래 풍악소리가 사람을 홀리네.

其七十
天下名區是外城
沿江十里晶圖明
黃昏騎火歸時路
歌吹迷人月下聲

✿

평양 유람—외성

외성(外城) 하면 떠오르는 것은 정전(井田)을 비롯하여 기자와 관련된 유적들로, 외성은 그런 기풍 아래 인현서원(仁賢書院)이 있고 공부하는 선비들이 모여 사는 곳이어서 책 읽는 소리가 항상 들렸다. 그런데 기자의 유적이 있다는 점만으로 외성은 중국 사신들이 반드시 방문했기 때문에 평양을 유람할 때 빠뜨릴 수 없는 곳이 되었다.

외성은 말만 외성이지 성곽이 없어진 지 오래되었기 때문에 평탄하고 트여 있는 곳이었다. 정전과 물맛이 좋다는 기자정(箕子井), 일영지(日影池), 월영지(月影池) 같은 연못에 영귀정(詠歸亭)도 있었다. 또 대동강가에 있기 때문에 풍경이 좋은 곳으로 여겨졌다. 거리로 따지면 배를 타고 대동문으로 돌아갈 수 있겠지만 대개 육로를 이용했다.

71

맑은 밤 달빛 비친 못에 풍기는 연꽃 향
작은 배는 가기(歌妓) 하나 실으면 딱 맞네.
하얀 널다리에 붉은색 닻줄 가늘게 매고
연못 정자 남북으로 천천히 당겨 오간다.

其七十一
淸夜荷香月色池
小船恰受一歌兒
白板橋頭紅細纜
水亭南北繞牽遲

평양 유람－애련당

애련당(愛蓮堂)은 보통 "풍월루(風月樓) 북쪽 연지(蓮池), 연꽃이 있는
연못 안"에 있다고 한다. 평양성 동쪽 모퉁이로 앞에는 거리가 있고 뒤
에 연못이 있다고 하며 연선점[延仙店, 또는 영선점(迎仙店)]의 옛터라고
하는데 서울대학교박물관 소장 「평양도십폭병풍」을 보면 대동문 근처
에서 애련정을 발견할 수 있다.
　애련당에 대해 묘사한 민제인(閔齊仁, 1493~1549)의 「애련당기(愛蓮

堂記)」와 이의봉(李義鳳, 1733~1801)의 『북원록(北轅錄)』을 통해 애련당의 모습을 어느 정도 재현해 볼 수 있다. 대동문 안 연꽃을 심은 연못은 사각형이고 그 규모는 사방으로 20보(步)쯤 된다. 연못 가운데에는 섬이 있다. 1542년(중종 37)에 감사 민제인이 서윤(庶尹) 이원손(李元孫)에게 섬 위에 정자를 짓도록 해서 3칸 규모의 건물을 만들었다. 건물은 팔각형으로 채색을 했고 돌로 장식하고 난간을 둘렀다. 나중에 서윤(庶尹) 유주(柳澍)의 글씨로 '애련당' 현판을 달았다. 애련당은 중간에 없어졌다가 1715년에 다시 복구하였고 1804년 화재로 소실되었다가 1890년에 중건되었다. 그러나 일제 식민지 초기에 일본의 어떤 부호가 애련당을 통째로 밀반출하여 일본의 자기 집에 가져다 두었다고 한다.

애련당에 가본 사람들은 그윽하고 호젓한 분위기라고 좋아했다. 허봉(許篈, 1551~1588)은 『조천기(朝天記)』에서 애련당에 누워 있는데 바람이 불자 연못 가득 자라난 연잎의 향기로 심신이 씻은 듯이 청량해졌다는 소회를 피력한 적이 있다.

다리를 통해 섬에 들어갈 수 있지만, 연못에 떠 있는 배를 타고 들어갈 수도 있다. 이의봉은 애련당의 아취를 자랑하는 평양부 주민의 말을 이렇게 옮겨 왔다.

바야흐로 이슬에 달빛 어린 좋은 날에 연꽃 향기가 날아들 때, 이팔청춘의 여인이 노란 저고리에 붉은 치마를 입고 비단 닻줄을 당기면서 또는 노를 저으면서 청아하게 노래 부르고 멋지게 춤을 춘다. 이들이 연못을 돌며 기울어진 연잎과 연꽃 사이에서 위아래로 나타났다 사라졌다 하는 것이

애련당, 「평양팔폭성도」, 송암미술관 소장

애련당의 장관(壯觀)이다.[130]

민제인은 애련당의 아취를 밝은 달빛, 작게 맺힌 이슬, 스며드는 진한 연꽃 향기, 연잎에 떠 있는 거울같이 투명한 연못으로 설명했다. 고요하고 깨끗한 이곳에서 거문고에 맞춰 부르는 노래를 들으며 술을 마신다면 이보다 더한 호사는 없을 것이다.

제71수에 묘사된 애련당의 정경도 크게 다르지 않다. 달이 환한 어느 날 밤, 연꽃 향기가 물씬한 애련정에 앉아 있다. 기생에게 연못에 띄운 작은 배에 타라고 하면 능파교와 애련정 사이를 잇는 닻줄을 잡고 천천히 움직이면서 노래를 부를 것이다. 호젓하고 작은 애련정과 아주 잘 어울릴 청아한 목소리로.

72

총채에 파리 사라지고 귀뚜라미 우는데
서늘한 바람이 난간 서쪽에 막 불어온다.
홀연히 들려오네. 취기 어린 양양의 노래
피리와 노래를 재촉하며 큰 제방을 내려간다.

其七十二
白拂蠅稀絡緯啼
涼風初起出欄西
忽聞酒後襄陽曲
催唳笙歌下大堤

❀

평양의 가을

「관서악부」에서 여름은 상당히 서정적으로 그려졌지만 그래도 찌는
듯한 무더위와 날아드는 날벌레에 시달리는 여름은 분명 괴로웠을 것
이다. 제72수는 귀뚜라미 울고 선선한 바람이 부는 평양의 가을 풍경에
대한 것이다.

이 시는 귀뚜라미 소리가 들리고 서늘한 바람이 불어오는 어떤 가을
날에 제방을 내려가면서 악기에 맞춰 부르는 양양의 노래를 듣는다는

내용인데, 이백의 「양양곡 4수(襄陽曲四首)」를 바탕에 깔고 있다.

襄陽行樂處　　양양은 놀고 즐기는 곳
歌舞白銅鞮　　백동제를 노래하고 춤추네.
江城回淥水　　강가의 성엔 맑은 물 감돌고
花月使人迷　　꽃과 달이 사람들을 매혹하네.

山公醉酒時　　산공이 술에 취했을 때는
酩酊高陽下　　고양 연못 아래서 잔뜩 취하여
頭上白接䍦　　머리 위에 하얀 두건을
倒著還騎馬　　거꾸로 쓰고서 말에 올랐네.

峴山臨漢江　　현산은 한수가에 있어서
水綠沙如雪　　물은 푸르고 모래는 눈 같은데
上有墮淚碑　　산 위에 있는 타루비는
青苔久磨滅　　푸른 이끼 덮여서 닳은 지 오래라네.

且醉習家池　　습가네 연못에서 취한다 해도
莫看墮淚碑　　타루비일랑은 바라보지 말게.
山公欲上馬　　산공이 말에 오르려 할 때
笑殺襄陽兒　　양양의 아이들, 배를 잡고 웃었으니.

이백의 「양양곡 4수」에서 제2수에 나오는 산간(山簡)은 죽림칠현 중 한 사람인 진(晉)나라 산도(山濤)의 다섯째 아들이다. 부친을 닮아 소탈하였고 술을 아주 잘 마셔서 풍류가 있는 일화를 남겼다. 이 4수에는 술에 취한 산간의 풍류 이외에 양양의 태수로 있었던 정남대장군 양호(羊祜)의 타루비(墮淚碑)도 언급되어 있다. 양호가 어질게 이곳을 다스려 양양 사람들이 양호가 죽자 그를 사모하고 애도하는 마음에 비석을 세웠는데 보는 사람마다 눈물을 흘린다고 해서 '타루비'라는 이름이 붙었다. 「양양곡 4수」를 떠올리게 하는 제72수에서 평안감사에게 기대하는 것은 이 두 가지 인물형 모두일 것이다. 풍류를 알면서도 선정을 베푸는 이상적인 지방관에 대한 기대가 담겨 있다.

73

여인네 치마 잡고 붉은 연꽃 따는데
밝은 달밤 남호는 더욱 아름답네.
붉은 연꽃 따고 나니 이미 썰물이 되어
이슬과 서리가 한밤 돌아가는 배에 한가득.

其七十三
牽裙女伴採紅蓮
明月南湖更可憐
採得紅蓮潮已落
二更霜露滿歸船

✿

평양의 가을밤 1

제73수에서는 밤에 배를 타고 연꽃을 따러 나온 여자들의 모습을 그
렸다. '채련(採蓮)'은 연을 따는 행위이지만, '채련'할 때 떠오르는 전형적
인 풍경은 여름과 가을 사이에 젊은 여자들이 작은 배를 타고 가서 같
이 노래를 주고받으며 연밥을 따는 것이다. '연'은 연꽃과 연밥, 연줄기
를 모두 가리킬 수 있기 때문에 다소 모호한 부분이 있다. 줄기는 땅밑
에 있어서 딴다고 표현할 수는 없다. 먹기 위해서 연밥을 딴다면, 예쁘

기 때문에 연꽃을 딴다. 제1구의 "연꽃을 딴다(採紅蓮)"는 중국 제량 (齊梁)시대 민가풍 악부시인 「서주곡(西洲曲)」의 "문을 열어도 님이 오지 않아, 문을 나서 붉은 연꽃을 따네(開門郞不至, 出門採紅蓮)" 구절을 떠오르게 한다. 이 악부시의 또 다른 구절 "남당 가을에 연꽃을 딴다. 연꽃은 사람 머리 위까지 자랐네(採蓮南塘秋, 蓮花過人頭)", "가련(可憐)"도 유의 깊게 볼 대목이다. '남호(南湖)'는 실제 '남포(南浦)'를 가리킬 수도 있지만, 동시에 채련곡에서 관습적으로 등장하는 단어이기도 하다. 이 시에 담겨 있는 그리움과 발음이 비슷하기 때문에 관습적으로 '련(蓮)'에서 '련(憐)'을 연상하며 사랑, 그리움의 감정을 읽어낸다는 점까지 고려하면 제1구와 제2구는 연꽃 따는 풍경에 사랑과 그리움이라는 감정을 녹여 냈다.

제3, 4구에서는 연꽃을 다 딴 다음에 돌아가는 모습이다. '이경(二更)'이면 밤 9시에서 11시까지이고 돌아가는 길에는 이슬과 서리가 내린다. 소식의 「나물을 뜯으며(撷荼)」의 한 구절 "가을 되어 서리와 이슬이 동쪽 동산에 가득(秋來霜露滿東園)"처럼 서리와 이슬은 여름이 지나고 완연한 가을이 되었음을 알린다. 평양의 가을밤 풍경을 연꽃 따는 모습으로 보여주고 있다. 이식(李植)의 시에서도 유사한 분위기를 볼 수 있다.

南湖昨夜采蘋多   어젯밤 남호에서 마름을 많이 뜯더니
城畔月明聞棹歌   성 모퉁이 달 밝은 밤 뱃노래 들리자
仍約情儂下江去   님과 약속하고 강을 내려가는데
大同門外欲風波   대동문 밖에 풍파가 일어날 듯.[131]

74

굳게 잠긴 성문에 오경의 북소리 잦아들자
붉은 치마 아낙들 동무 따라 맑은 샘물 긷네.
모두 양갓집의 조신한 규수들이라
남들이 볼까 두려워 달밤에 몰래 나왔네.

其七十四
銀鑰城門五皷殘
茜裙隨伴汲淸灘
摠是良家隱身女
月中偸出畏人看

❀

평양의 가을밤 2

오경(五更)은 새벽 3시에서 5시 사이의 시간이다. 이른 새벽에 나와서
물을 긷는 여인들의 모습을 담고 있는데 『관서악부』 필사본을 보면 "성
안 여자들은 밤에 옷을 차려입고 나와 물을 긷는다(城中婦女夜盛粧汲水)"
라는 설명이 있다. 평양에서 볼 수 있는 독특한 풍경이라는 뜻일 것이
다. 박미(朴瀰)도 「서경감술(西京感述)」 제28수에 같은 장면을 이렇게 시
로 나타냈다.

「평양감사향연도」 중 「월야선유도」 부분도. 전 김홍도, 국립중앙박물관.

汲水女兒頭戴盆　물 긷는 아낙은 머리에 동이 이고

相將何用入關門　어떻게 관문으로 들어가려 하는가.

不煩雙手攀苔堞　두 손으로 성가퀴의 이끼를 잡을 것도 없이

穩上層層十丈垣　층층 열 길의 담을 편안히 올라가네.[132]

　이 시 뒤에는 "평양에서 물을 긷는 여자는 반드시 머리 위에 물동이를 인 채 성을 넘어 왕래하는데 빠르고 민첩한 모습이 볼 만하다(西京汲女必頂汲盆, 踰城來往而其趫捷可賞)"라는 주가 있다.

75

달빛 어둑할 때 불놀이 하는 마을 사람들
성 어귀에 준비해 놓은 수많은 나뭇가지.
관선에서 한 차례 울린 북소리 가시기도 전에
하늘 가득한 유성처럼 온 강에 떨어진다.

其七十五
投火坊民月黑時
城頭擺待百千枝
一皷官船聲未絶
滿天星落滿江馳

❀

평양의 가을밤 3

'투화(投火)'를 글자 그대로 번역하면 불을 던지는 것이기 때문에 정확히 어떤 형태의 불놀이를 뜻하는지 분명하지 않다. '불놀이'라고 할 때 가장 먼저 떠올릴 수 있는 것은 불꽃놀이다. 불꽃놀이는 주로 궁중에서 했다. 화약을 재어 포에 넣고 밤중에 임금과 고위 관료들이 보는 가운데 터뜨려서 요란한 소리와 함께 내뿜는 불꽃을 구경하는 것이다. 그러나 민간에서는 화약과 포가 동원되는 불꽃놀이를 할 수는 없었으므로 다른 방식의 불놀이를 만들어 냈다.

　불을 사용한 놀이는 여러 가지가 있겠지만 이 시에서처럼 강물에 불을 던지는 것이라면 가장 유명하고 전국적으로 퍼졌던 것은 줄불놀이였다. 장대를 설치하고 줄을 연결한 뒤 줄에 숯봉지를 매달아 놓는다. 그러면 숯봉지가 타들어 가면서 떨어지는 불꽃을 구경할 수 있다.[133] 안동의 줄불놀이는 현재도 행사가 열릴 만큼 유명한데, 그 모습은 지금 보아도 장관이다.

　그러나 이 시가 묘사한 것이 줄불놀이였다면 '줄'이 비중 있게 등장했을 것이다. 성 어귀에 수많은 나뭇가지가 있고 관선에서 북소리가 울릴 때 일제히 던진다는 것, 그래서 마치 유성처럼 강 전체에 떨어진다는 사실로 미루어보면 화살에 불을 붙여 북소리가 들리면 일제히 대동강을 향해 쏜 것이 아닐까 추정된다. 『관서악부』 필사본에는 을밀대가 투화 장소였다고 하는데, 불화살을 쏘는 것이라면 현실적으로 가능하다. 불놀이는 정월대보름, 사월 초파일과 함께 소동파의 적벽 뱃놀이를 본 따 7월 16일에 많이 했다.

76

여뀌꽃과 마름꽃 피는 칠월의 가을
기망 밝은 달 동호에 붉은 배를 띄우네.
퉁소 소리가 청류벽을 찢는 듯하여
달빛과 강물 소리가 모두 시름겹네.

其七十六
蓼蘂蘋花七月秋
東湖旣望赤欄舟
洞簫吹裂淸流壁
月色江聲盡欲愁

✿

평양의 가을밤 4

가을을 나타내는 대표적인 자연물이 여뀌꽃과 마름꽃이다. 붉은 여뀌꽃과 하얀 마름꽃이 가득한 가을밤에 대동강에 배를 띄운다. 선선해서 유람하기 좋은 계절이기도 하겠지만 7월 16일[기망(旣望)]은 소동파의 적벽 유람을 모방하여 뱃놀이하는 관습이 있었기 때문이다. 소동파는 유배지인 황주(黃州)의 장강[長江, 양자강(揚子江)]에 배를 띄워 적벽(赤壁)에서 선유(船遊)하면서「전적벽부(前赤壁賦)」를 지었다. 이 부(賦)에는 적벽대전을 회고하며 느끼는 인생의 무상함, 현재 뱃놀이의 즐거움, 탈속적인 분위기가 잘 나타나 있어서 문인들에게는 낭만적인 뱃놀이의 모델이 되었다.

제2구의 '동호'는 '남포', '남호'와 통용되는 것 같다. 『평양지』에는 정지상의 시의 한 구절 "님 보내는 남포에 슬픈 노래 울린다(送君南浦動悲歌)"를 보고 여기는 동호(東湖)인데 왜 남포라고 쓴 것인지 묻는 사람이 등장한다. 남포의 위치는 대략 거문(車門) 근처로 추정된다. 7월 16일의 적벽놀이를 따라 우리나라에서도 여러 곳에 '적벽'이라는 지명이 있는데, 평양에서는 청류벽을 보면서 적벽을 떠올렸을 것이다.

제3, 4구에서는 가을에 뱃놀이하는데 구슬픈 통소 소리에 달빛도 쓸쓸해 보이고 강물 소리도 우는 것 같다는 소회를 밝혔다. 「관서악부」에는 제60수에서 제64수까지 대동문에서 북성 일대를 경유하여 주암에서 되돌아오는 경로로 대동강 선유를 하는 장면이 이미 나왔다. 제76수에서 다시 대동강 선유가 시작되고 있는데, 분위기는 전혀 다르다. 여름 낮에 풍악소리를 울리며 기생을 데리고 여럿이 함께한 대동강 선유가 왁자지껄하고 흥에 겨운 분위기였다면, 가을밤의 대동강 선유에서는 좀 더 울적한 분위기가 나타난다.

77

거문에서 서쪽으로 보이는 석호정에선

세 고을의 여러 산이 물 위에 비쳐 푸르네.

날 저물어 봉황대에 배를 대노라니

술 실은 배에 물결 쳐서 취기가 가신다.

其七十七

車門西望石湖亭

三縣羣山水上靑

日暮鳳凰臺下泊

酒船風浪攪人醒

대동강 선유–석호정

제77수에서 다시 대동강 선유가 시작된다. 그러나 제60수에서 제64
수까지가 대동문에서 북성 일대를 경유하여 주암까지 갔다가 되돌아
오는 여정이었다면, 이제는 평양부 서쪽 일대를 배를 타고 유람한다.
부벽루로 가는 선유만큼이나 이곳도 유명했다. 거문 앞에서의 뱃놀이
(車門汎舟)는 기성팔경(箕城八景) 중의 하나였다.

석호정은 거문에서 대동강 하류 방향, 곧 평양강(平壤江) 건너편 서쪽

에 있는 건물이다. 판관(判官) 이백복(李百福)이 창건하였고 나중에 문인 이진(李進)이 이곳에 우거하면서 '협선정(挾仙亭)'이라고 고쳐 불렀다고 한다. 어느 순간 정자가 없어졌지만 1724년(경종 4)에 사람들이 돈을 모아서 규모를 더 크게 재건하였으므로 이 당시에는 실제로 볼 수 있었을 것이다.

제2구의 삼현(三縣)은 평양부의 인근 세 개의 현을 가리킨다. 맞은편인 석호정에서 보이는 세 현은 강서현(江西縣)과 증산현(甑山縣), 영유현(永柔縣)이다. 봉황대(鳳凰臺)는 평양부 서남쪽 10리에 있는 다경루(多景樓)의 서쪽에 있다고 하는데, 지도로 확인해 보면 평양부 외성에서 보통강(普通江) 건너편인 고순화면(古順和面)에서도 서쪽 끝에 있다. 이백의 「금릉 봉황대에 올라(登金陵鳳凰臺)」에 "세 산의 봉우리는 하늘 높이 솟아 있고, 두 줄기 물길은 갈라져 백로섬이 되었네(三山半落靑天外, 二水中分白鷺洲)"라는 구절 때문이기도 하겠지만, 이 일대도 '삼산이수(三山二水)'의 승경지로 알려졌다.

78
강바람 선들선들 바다 구름 어둑한데
누런 갈대 아득하고 벽지도는 깊숙하네.
만고의 예전에 삼한의 홍학사를
오랑캐가 와서 이곳에서 잡아갔다지.

其七十八
江風獵獵海雲陰
黃葦茫茫碧島深
萬古三韓洪學士
胡人來向此中擒

❋

대동강 선유-벽지도

배를 타고 이른 곳은 벽지도이다. 벽지도의 위치는 평양부 서남쪽 25리에 있다고 하는데, 여러 지도를 종합해 보면 잉차곶면(芿次串面)과 봉황대 앞에 있는 추자도(楸子島)를 가리키는 것으로 보인다. 이곳의 분위기는 가을의 청량함과는 거리가 멀고 비장함마저 느껴진다. 제3, 4구에 나오는 것처럼 심양으로 끌려가 죽은 조선의 홍학사가 붙잡힌 곳이기 때문이다. 홍학사는 병자호란 때 척화론을 폈던 홍익한(洪翼漢)으로,

『지승(地乘)』의 평양윤(平壤尹) 지도, 규장각 소장

오달제(吳達濟), 윤집(尹集)과 함께 삼학사(三學士) 중 한 사람이다.

그런데 홍익한이 체포된 곳이 정말 벽지도인지는 의문이다. 송시열의 「삼학사전(三學士傳)」에는 상당히 자세한 정황이 나와 있다. 병자호란 와중에 평양서윤에 임명된 홍익한은 강화도의 마니산에 있다가 교동을 거쳐 적의 군영을 뚫고 20여 일 만에 평양의 보산성(寶山城)에 도착했다. 보산성에서 군사들을 모아 격문을 써서 사기를 진작시키고 전투 준비를 하던 가운데 남한산성에서 항복함으로써 전쟁은 끝났고 그에 대한 책임으로 체포되어 심양으로 압송되었다. 이 글에서 홍익한이 체포된 곳은 두리도(豆里島)이다. 지도나 다른 문헌에서 두리도를 찾기는 어렵지만 추자도 옆에 발음이 비슷한 두로도(豆老島)는 있다. 『평양속지』에서는 홍익한을 제향하는 서산서원(西山書院) 항목에서 서원의 남쪽 두로도에서 끌려갔다는 표현을 쓰고 있기 때문에 제78수에서 벽지도에서 홍학사의 일을 떠올리는 것은 착오이다.

『평양속지』에 따르면 벽지도는 오히려 낙원으로 여겨졌다. 임진왜란, 정묘호란, 병자호란 때 전란을 피해 달아난 백성들이 결국 살아남았기 때문이었다. 그래서 '소 무릉도원(小桃源)'이라고도 불렸다.

79

풍조진 군악 소리 강 하늘에 가득하니

마치 용양선이 여울을 내려오는 듯.

한번 보산진을 지나 드넓은 창해에 이르면

수루 서쪽으로 유주(幽州)와 연주(燕州)가 보이네.

其七十九

風潮軍樂滿江天

髣髴龍驤下瀨船

一過寶山滄海濶

戍樓西此望幽燕

❁

대동강 선유–풍조진과 대보산

『관서악부』 필사본에서는 "'풍조'와 '보산'이 진(鎭)을 치던 곳의 이름 이다. 사람들의 말소리가 가까운 거리에서도 분간하기 어렵다(風潮寶山鎭戍名. 人語難分咫尺間)"라는 설명을 덧붙였으나 '풍조'와 '보산'이 지명으로 확인되지 않기 때문에 위치를 특정하기는 어렵다. 다만, 지금 껏 평양부의 서쪽 일대를 돌아보는 구성, 또 제78수에서 벽지도를 언급했으므로 평양부를 크게 넘어서지 않는 선에서 '풍조'와 '보산'은 이보다 평양강 하류에 있었을 것이다. 그런데 조선시대 몇몇 평양부 지도에는 벽지도(또는 추자도)에서 평양강 하류 쪽으로 옆에 섬이 있는데 섬의 이름을 '진창(鎭倉)'으로 표기하고 있어서 이곳이 '풍조', '보산'이 있는 곳이 아닐까 생각한다. 배를 타고 간다면 경로상 이곳이 적절하다. 근처에 '보산성(保山城)'이 있는데, 여기가 「삼학사전」에서 홍익한이 도착했다는 보산성(寶山城)일 것이다.

용양선(龍驤船)은 병선의 이름이다. 진(晉)나라의 용양장군(龍驤將軍) 왕준(王濬)이 오(吳)나라를 정벌하기 위하여 큰 배를 만들었는데, 용양장군의 이름을 따서 큰 배를 용양선이라고 한다. 보통 배라면 전복될 수 있는 급류를 큰 배는 안정되게 건널 수 있기 때문에 제1, 2구에서는 평안감사의 도임 이후에 군대가 잘 정비된 것을 이렇게 표현하고 있다. 수로로 중국에 사행갈 때 평안도 증산(甑山) 석다산(石多山)에서 배를 출발한다. 석다산까지는 배로 가는데 그 과정에서 보산성, 진창 이후에 용강현(龍岡縣)에 급수문(急水門)을 통과해야 바다로 들어갈 수 있다. '급수문'은 그 이름처럼 물살이 매우 빨라서 험한 곳으로 유명하다. 송나라에서 고려로 사행온 서긍(徐兢)은 사행기록인 『선화봉사고려도경(宣和奉使高麗圖經)』에서 급수문에 대해 물살이 너무 빨라서 "이곳에 이르러서는 돛을 펼쳐서는 안 되고 다만 노를 써서 밀물을 따라 전진할 뿐"이라고 기록하였다.

'유주'는 중국 유주(幽州)와 연(燕) 지역으로 북경 근처 하북(河北) 지역, 나아가 북경을 가리킨다. 잘 정비되고 기세등등한 군사들과 곧장 바다로 가면 보이는 중국의 대비는 제78수에서 홍익한이 끌려갔다는 사실과 이어져 병자호란의 패배를 설욕하겠다는 비장한 의지를 갖게 한다.

80
장막 친 강가 누각의 백일장
저녁에 누가 장원으로 뽑혔나.
붉은 난간엔 여러 줄로 늘어선 맑은 목청의 기생들
가는 목소리로 이름을 부르며 일부러 길게 늘이네.

其八十
雲慕江樓白日場
夕陽誰是壯元郞
紅欄百隊淸喉妓
細調呼名故故長

❀

백일장

　백일장은 글제를 내어 시문을 짓고 성적이 뛰어난 사람에게 장원을
주어 표창하는 행사이다. 개인에게는 자신의 능력을 시험하고 다른 사
람과 견주어 볼 수 있는 기회였고 위정자들에게는 학문을 장려한다는
취지가 있었기 때문에 지방에서 널리 시행되었다. 백일장을 실시하는
주체는 대체로 관찰사나 수령 같은 관(官)이었고 때로는 지방 유림이
향교나 서원에서 실시하기도 하였다. 조선후기에는 특히 학문 진흥에

관심이 큰 수령이나 관찰사가 백일장을 실시하는 경우가 매우 많았으며 수령이 실시하는 백일장은 '관백(官白)', 관찰사가 실시하는 백일장을 '도백(都白)'이라고 구별하였다.[134] 특히 관찰사가 백일장을 실시할 때는 인근 몇 개의 고을을 묶어서 실시하는 경우가 많았으므로 그 규모도 상당했을 것이다. 제80수에서 백일장이 등장하는 것도 학문 진흥에 관심을 기울이는 것이 이상적인 관찰사의 모습이라고 생각하기 때문이다.

학문 진흥을 기치로 내걸기 때문에 백일장은 향교에서 많이 열리지만 반드시 그런 것은 아니다. 「관서악부」가 실제 상황을 그대로 묘사한 것은 아니라고 해도 강가의 누각에서 천막을 치고 백일장을 실시하는 것이 비현실적인 모습은 아니었을 것이다. 운막(雲幕)은 야외에 쳐 놓은 장막을 구름에 비유한 것이다.

장원에 뽑히면 기생들이 호명한다는 설정은 현실적이라고 볼 수 없다. 학문 진흥이라는 명분으로 각 지방의 수령들이 시험관으로 배석한 가운데 대개 유생들이 백일장에 참가한다면 기생들이 장원으로 뽑힌 사람을 호명하는 의례는 지나치게 격식 없게 느껴진다. 다만 이 장면에서는 평양의 풍류를 보여주는 맥락에서 제3, 4구에 이러한 장면을 넣을 것 같다. 그런데 수령칠사(守令七事) 중 세 번째가 학교의 흥기(學校興)이고 그 연장선 위에서 백일장을 실시했지만 이경석(李景奭)이 조카 이정영(李正英)에게 보낸 답서를 보면 그렇게 격식을 갖추었을지는 의문이다.

만약 봄가을 좋은 때 술과 음식을 공급하고 훈장들에게 제자들을 데리고 오게 하여 꽃을 보고 강가에 가거나 높은 곳에 올라가 멀리 보면서 글을 쓰게 한다면 옛날에 남자들이 바람을 쐬고 시를 읊던 일[135]을 따르는 것이라 좋을 것이다. 예전에 지난 여름에 감사가 정자에 올라가 선비들에게 대동강에 배를 타고 글을 짓게 했다고 들었다. 그 뜻도 좋은데 어떤 식으로 글을 쓰게 했는지 모르겠구나. 이것이 백일장 같은 종류라면 바람 쐬고 시 읊던 그 뜻은 아닐 듯하다.[136]

이경석은 관찰사의 조카이기 때문에 학문 진흥 측면에서 다소 낭만적으로 본 것 같다. 반면에 정약용은 백일장의 폐해를 신랄하게 비판했다. 당장 멀리서 오는 사람이 기일에 맞춰 오려면 일찍 출발해야 하는데 오고 가는 사이에 소요되는 식비, 문방용품 비용이 많아 "백일장을 한다는 명령이 나오면 가난한 노인이 얼굴을 찡그릴" 정도로 부담이 심했다는 것이다.[137]

81

건장한 체격의 관서 무사들이
군율 엄한 군영에서 활쏘기를 한다.
화려한 활에 흰 깃 화살로 과녁 맞춘 사수에겐
별향고(別餉庫)에서 은전 꺼내 상전(賞典)을 베푸네.

其八十一
關西武士好身材
細柳轅門射帳開
雕弓白羽穿楊手
別庫銀錢賞格催

✤

활쏘기

　제81수는 관찰사가 권장해야 할 일 중 하나인 군사훈련, 무예 권장
과 관련된 내용이다. 국경 지역이었던 평안도와 함경도에 사는 남자들
에게는 조선 초기부터 활쏘기와 말타기 훈련이 요구되었다. 『세종실록』
에는 13세 이상 남자에게 모두 활과 화살을 준비해서 추수 이후와 가
을에 보리 씨 뿌리기 전에 연습하게 하고 불시로 검사하고 3년마다 시
험을 쳐서 시상하는 과정을 통해 무예 훈련을 권장하였다.[138] 더욱이 이

지역은 무예를 숭상하는 기품을 가지고 있으므로 조선 초기에는 조정에서 학문에 힘쓰도록 해야 한다는 의견이 제시되었다.[139] 그러나 『평양속지』에서 오랫동안 전란이 없어서 활쏘기 훈련을 등한시한 결과 임진왜란 때 적의 침입에 속수무책이었다고 할 정도로 어느덧 상황은 변해있었다.

그래서 1713년에 감사 민진원이 함경도의 친기위(親騎衛)를 모델로 평안감영에 별무사(別武士) 500인을 두어 매년 4번씩 활쏘기를 시험하여 잘 쏜 17인을 선발하여 4등까지 상을 주었다. 가장 잘 쏜 사람은 과거급제자의 자격을 하사해 줄 것을 청하였고, 무예 시험 전 과목에서 우등으로 합격한 사람에게도 과거 급제자의 자격을 하사하는 방식으로[140] 무예 훈련이 강화되기 시작했다.

전란을 통해서 군사훈련과 정비가 얼마나 중요한지 절감했지만, 역설적이게도 조선후기로 갈수록 평안도에서 학문에 종사하는 사람들이 늘어나면서 조정의 걱정거리가 되었다. 1790년 훈련대장이 서북 지방에서 문학을 숭상하는 폐단이 심해져서 활쏘기를 장려하는 일은 아예 그만둔 것 같다는 내용의 보고서를 올렸고 평안감사를 역임했던 신하들을 불러 의견을 구했더니, 유림(儒林) 행세를 하면서 향교나 서원을 드나들면 군역을 면제받지만 활 쏘고 말 타는 무사(武士)는 무시하는 향리의 분위기, 무과 급제를 해도 문과 급제자에 비해 전망이 좋지 않다는 점, 그래서 요즘 평안도에서 선발한 무사(武士)도 실력이 특출하지 않다는 점이 지적되었다. 이때 채제공은 감사와 병사, 수령들이 무예를 권장해야 하고 만약 선발한 무사의 실력이 그래도 별로라면 해당 감사와 병사, 수령을 처벌해야 한다는 제안을 했다. 제81수는 무예 훈련을 게을리하는 평안도의 당시 상황을 염두에 두면서 평안도의 군력을 강화하기 위해 관심을 가지고 적극적으로 권장하는 것이 관찰사의 덕목이라는 점을 강조하고 있다.

제2구의 세류원문(細柳轅門)은 세류영(細柳營)을 가리킨다. 중국 한(漢)나라 주아부(周亞夫) 장군이 세류(細柳, 지금의 섬서성)에 진(陣)을 쳤을 때 군율이 매우 엄해서, 이곳을 순시했던 문제(文帝)가 군율이 엄한 군영이라는 뜻으로 이렇게 이름을 붙였다. 조궁(雕弓)은 아로새긴 활, 백우(白羽)는 백우전(白羽箭), 곧 흰 깃을 단 화살인데 각각 전거자료가 있다. 사마상여(司馬相如)의 「자허부(子虛賦)」에 "오른쪽엔 하복의 강한 활을 차고 있고, 왼쪽에는 오호의 아로새긴 활을 찼네(右夏服之勁箭 左烏號之雕弓)"라고 했고, 이백의 「호무인행(胡無人行)」에서는 "유성과 같은 백우전은 허리춤에 꽂고, 가을 연꽃 같은 검광(劍光)은 칼집에서 나온다(流星白羽腰間揷, 劍花秋蓮光出匣)"라고 하였다. 버들잎을 맞춘 사수(穿楊手)는 춘추시대 초나라의 대부였던 양유기(養由基)가 활을 매우 잘 쏘아서, 100보 밖에서 버들잎을 쏘아 백발백중했다는 고사에서 온 말이다.

82

궁궐은 아득히 하늘 끝 너머에 있으니
가을이 저물어 서방의 미인을 그린다네.
다시 비장들과 함께 남루로 가서
달빛 환한 난간에서 조촐한 술자리 벌었네.

其八十二
迢迢玉宇隔天涯
秋盡西方有所懷
更向南樓携幕客
曲欄明月小筵排

✿

평양의 가을밤

옥우(玉宇)의 사전적 의미는 옥을 사용해서 지은 건물, 그래서 전설상의 천제(天帝) 또는 신선이 사는 곳을 뜻한다. 그런데 외직을 전전하던 소식(蘇軾)이 중추절에 동생을 그리워하며 사(詞)를 지었는데, "하늘 위 아름다운 집, 너무 높아 추위를 못 견디리라(又恐瓊樓玉宇 高處不勝寒)" 구절이 들어 있었다. 이 사를 보고 신종(神宗)이 "소식이 끝까지 임금을 사랑하는구나"라고 했다고 한다. 이 시에서도 임금이 있는 궁궐을 가리킨다. '서행(西行)'이라고 하면 관서(關西), 곧 평안도로 간다는 의미로 이해되지만, 거의 대부분은 서울로 간다는 의미로 사용된다. 특히 이 구절은 『시경』「간혜(簡兮)」의 "누구를 생각하나, 서방의 미인이네. 저 미인은, 서방에 사는 사람이네(云誰之思, 西方美人, 彼美人兮, 西方之人兮)"를 바탕에 두고 있다. 이 구절에서 서방의 미인은 주나라의 훌륭한 왕을 가리킨다. 위(衛)나라의 현사(賢士)가 주나라의 옛 성왕을 사모하여 노래한 것으로, 어진 이가 쇠미한 세상에서 뜻을 얻지 못하고 미관말직인 악공(樂工)의 자리에 있는 것을 불평한 내용이라고 해석한다. 그러나 서방의 미인은 멀리 있어서 볼 수 없는 것이다. 제1, 2구에서는 감사가 있는 이곳이 한양과 멀리 떨어져 있다는 점과 그럼에도 불구하고 궁궐에 있는 임금에 대한 생각을 잊지 않고 있다는 뜻이다.

막객(幕客)은 감사 등을 보좌하는 비장(裨將)을 말한다. 제3, 4구에서 감사는 주변 사람들과 함께 어느 맑은 가을밤 남루로 가서 술을 마시며 가을의 운치를 느낀다. 평양에 '남루'라는 이름의 누각은 없다. 그러나 남루는 남쪽에 있는 누각이라는 뜻이므로 어디든 쓸 수 있다. 연광정과 주변루(籌邊樓)에서 지은 시에 '남루'라는 표현이 보이지만, 여기에서는 어디가 운치 있는 누각인지가 문제가 아니다. 감사가 자신을 보좌하는 비장들과 함께 남루에 가서 술을 마시는 것은 진(晉)나라의 유량(庾亮)이 무창(武昌)의 총독으로 있을 때 달밤이면 남루(南樓)에 올라 시를 지었던 풍류와 정확하게 대응되고 있다.

제82수에서 가을밤 한양 생각을 하면서 충심(忠心)에 젖는 것, 또 비장들과 누각에 올라가 술을 마시는 것은 여기에서 평양의 여러 명소와 여름, 가을의 풍경이 일단락된다는 뜻이다. 한양 생각과 충심은 제83수 평안도 순력과도 연결된다.

83

청천강 남과 북에 첫 순시 나서는데
관가의 황톳길엔 먼지 하나 일지 않네.
녹색 휘장 드리운 수레가 잠시 머물면
심산의 지팡이 짚은 백발노인이 나왔네.

其八十三
淸南淸北發初巡
黃土官途不起塵
綠帳行車時蹔駐
深山扶杖白頭民

❋

평안도 순력

　제83수부터 감사는 평안도를 순력한다. 관찰사는 관할하는 도내(道內)
의 지방관을 규찰(糾察)하는 중대한 사명을 띠고 있었으므로 끊임없이
도내를 순력하면서 1년에 두 차례 수령을 비롯한 모든 지방관에 대해
평가하여 보고해야 했다. 순력은 관찰사가 봄과 가을에 도내의 각 고을
을 순행하면서 민간의 상황이나 고충을 살피고 수령의 잘잘못을 감찰
하고 판결하기 어려운 송사(訟事)를 처리한다는 명분을 가지고 있었다.

이제(李濟)의 『관서일기(關西日記)』를 통해 평안도관찰사가 순력했던 경로를 확인할 수 있다. 이제는 3월 27일에 감영을 떠났다. 이후 경로는 강서현(江西縣), 28일에 함종현(咸從縣), 증산현(甑山縣), 29일에 영유현(永柔縣), 4월 1일에 숙천부(肅川府), 안주(安州), 2일에 영변부(寧邊府), 3일에 개천군(价川郡), 4일에 은산현(殷山縣), 5일에 자산(慈山), 6일에 순안현(順安縣)까지 갔다가 보통문을 거쳐서 감영으로 돌아왔다. 이 순력으로 평안도에 속한 여러 군현을 다 돌아볼 수 없었으므로 4월 24일에 다시 도내 군현을 순력했다. 이때 경로는 24일에 순안(順安), 숙주(肅州), 25일에 안주(安州), 26일에 가산(嘉山), 27일에 정주(定州), 28일에 선천(宣川), 29일에 철산(鐵山), 의주(義州), 5월 8일에 옥강(玉江), 청성(淸城), 9일에 구령진(仇寧鎭), 삭주(朔州), 창성(昌城), 10일에 창주(昌洲), 벽단(碧團), 11일에 벽동(碧潼), 아이진(阿耳鎭), 12일에 산양(山羊), 이산(理山), 21일에 강변(江邊), 25일에 위원(渭原), 6월 4일에 고산(高山), 5일에 벌등진(伐登鎭), 만포(滿浦), 7월 1일에 고산리진(高山里鎭), 2일에 위원(渭原), 4일에 이산(理山), 5일에 아이(阿耳), 6일에 벽동(碧潼), 7일에 벽단(碧團), 창주(昌洲), 8일에 창성(昌城), 10일에 삭주(朔州), 15일에 구성(龜城), 17일에 태천(泰川), 18일에 박천(博川), 19일에 영변(寧邊), 안주(安州), 20일에 숙천(肅川), 21일에 순안(順安)을 거쳐서 평양에 있는 감영으로 귀환했다.

이제의 경우 봄 순력도 두 번에 걸쳐 행해졌다. 순력했던 곳을 지도로 확인해 보면 1차 순력 8일간은 청천강 이남 지역을, 2차 순력 3개월간은 청천강 이북 지역을 돌아보았는데 의주대로로 의주까지 가서 국경을 따라 위원을 거쳐 만포까지 간 다음에 다시 내려와서 삭주에서 박천, 안주로 오는 길로 감영에 돌아갔다. 관찰사가 도착한 곳에서 주로 했던 일은 해당 고을과 인근 고을 수령들이 와서 인사하는 연명례였다. 공무를 하거나 기민(飢民) 구제책을 시행했고 때에 따라서는 군례(軍禮)를 행하기도 했다.[141] 또 안주의 백상루(百祥樓), 의주의 통군정(統軍亭) 등 어떤 곳에서는 며칠 머물면서 인근 명소를 둘러보았다. 5월에 부임한 채제공이라면 가을에 순력을 떠나야 했다. 「관서악부」에 나온 순력 경로는 질서 정연하게 배치되지 않았고 몇 곳만 나와 있지만, 그럼에도 청천강 남쪽 지역과 북쪽 지역을 아우르고 있다.

제83수에서는 청천강 이남과 이북을 둘러보는 순력을 처음 떠나는데, 흙길에 먼지가 일지 않는다는 점과 관찰사가 가는 도중에 잠시 쉴 때 그 지방 노인도 나와서 환영한다는 사실을 보여준다. '먼지가 일지 않는다(不起塵)'는 "긴 길에 말을 달려도 먼지가 일지 않네(走馬長途不起塵)" 구절 뒤에 "어제부터 큰비가 내리다가 날이 밝자 쾌청하게 개었다(昨日大雨, 曉來快霽)"[142]라는 설명이 있는 용례를 보면 관찰사가 순력을 떠나기에 좋은 날씨라는 의미이다. 제1, 2구가 좋은 날씨에 순력을 떠난다는 내용이라면, 제3, 4구는 관찰사가 선정을 베풀어 심산궁곡의 노인조차도 나와서 환영한다는 것이다. 「관서악부」는 관찰사의 풍류를 다루면서 당연히 선정(善政)으로 평안한 시절을 보내고 있다는 것을 전제로 하고 있다. 그러나 이 점이 문면에 자주 표출되지는 않았다. 그러나 『관서악부』 필사본에서 "제4구를 평한다면 '(감영) 아이들이 정사를 묻는다(兒童問政)'(제31수)와 '노인이 지팡이를 짚고 있다(白頭民扶杖)'가 각각 대소를 얻었다고 볼 수 있다(評第四句, 兒童問政白頭民扶杖, 可謂大小各得)"라는 촌평에서 볼 수 있듯이 독자들은 이 사실을 분명하게 인식하고 있었다.

　백성들의 환영은 '풍속을 살펴본다(觀風察俗)'는 뜻의 관찰사의 역할을 충실하게 수행했다는 것을 가시적으로 보여주는 것이었다. 그러나 조선후기에는 관찰사의 순력이 현실적으로 얼마나 민폐를 가중시키는지를 비판하는 목소리가 꽤 있다. 18, 19세기 문인 윤기(尹愭)도 관찰사의 순력을 비판하는 글을 남겼다. 그 비판의 요지는 관찰사가 순력할 때 미리 각 고을의 어디에서 점심을 먹고 언제 어느 곳에서 묵을 것이라고 알리면 해당 고을 수령들이 성대하게 준비하느라고 고생하고 간혹 일정에 차질이 생기면서 준비한 물품을 그냥 낭비하게 되어 백성들의 경제적 부담이 참혹할 지경이라는 것이다. 이 글에서 관찰사가 순력 도중에 백성들을 불러모아 고충을 묻자 관찰사의 순력이 가장 큰 고충이라고 대답했다가 끌려나간 일이 있다는 어떤 감사의 일화를 옮겨오면서 요컨대 순력을 혁파해야 한다는 결론으로 끝맺고 있다.[143] 그런 점에서 제4구에서 심산궁곡의 노인이 나와 있는 것은 의미가 있다. 관할 지역의 깊숙한 곳까지 행차하는 관찰사의 순력 경로와 백성들의 환영이라는 두 가지를 확실히 보여주고 있기 때문이다.

84

활집과 화살통을 바로 맨 안주병마절도사

여덟 개의 성문 열고 군기와 북 갖추고 맞이하네.

화각 부는 가운데 말 몰아 도착했더니

백상루에서는 해가 아직 저물지 않았네.

其八十四

安州兵使整橐鞬

旗皷迎開入八門

畫角聲中驅馬到

百祥樓下未黃昏

❋

평안도 순력-안주

제1, 2구는 관찰사가 안주에 도착할 때 안주목사를 겸한 평안도병마
절도사의 환영 의례를 보여준다. 절도사를 겸하기 때문에 관찰사가 경
내로 들어오면 군기(軍旗)와 북을 든 채 맞이하는데, 『관서일기』에서도
5리 앞에서 대기하고 있다가 융복을 입고 검을 차고 동개를 멘 뒤에 깃
발과 채찍을 들고 맞이했다는 표현이 나온다. 북이든 채찍이든 환영 의
식에 동원한 이러한 물품들은 안주가 평안도 병영이 있던 군사요지라

『지승(地乘)』의 안주목(安州牧) 지도, 규장각 소장

는 사실을 잘 알려준다.

백상루는 안주읍성 서북쪽에 있는 장대(將臺)이다. 안주성의 문루
(門樓)이며 청천강이 바로 옆에 있다. 근처에 칠불도(七佛島)가 있다. 안
주성에서 가장 높은 곳이어서 전망이 좋고 관서팔경의 하나로 꼽히는
승경지였기 때문에 안주에 가면 대개 백상루에 올라갔다. 화각(畫角)은
군중(軍中)에서 사용하던 뿔피리로, 훈련을 할 때 사용하기도 하지만 성
문을 여닫을 때 신호로 울리기도 했다. 여기에서는 백상루에 올라갔다
가 화각 소리에 서둘러 내려온 것이 아쉬울 정도로 백상루에서의 풍경
이 아름다웠다는 의미로 해석할 수 있다.

85

도도하게 흐르는 살수에 깃발이 나부끼는데
수나라 백만 병사가 전사했던 곳.
일곱 명의 중이 와서 수양제를 속였기에
우리나라의 을지문덕이 명성을 떨쳤구나.

其八十五
滔滔薩水蕩旗旌
猿鶴隋家百萬兵
七佛西來欺煬帝
海東成就乙支名

평안도 순력-안주

살수(薩水)는 청천강(淸川江)이다. 백상루에서 청천강을 바라보면서
먼저 떠오르는 것은 살수대첩일 것이다. 제2구에서 '원학(猿鶴)'은『포박
자(抱朴子)』에 "주목왕(周穆王)이 남쪽을 정벌했을 때 군대가 몰살당했는
데, 군자는 원숭이와 학이 되고 소인은 모래와 벌레가 되었다"라는 구절
이 나와서 이후에는 전사한 군사를 뜻하는 말이 되었다. 고구려 장수 을
지문덕이 수나라 백만 군사를 청천강에서 대파한 살수대첩을 떠올렸다.

백상루에서 청천강을 바라보면 바로 앞에 칠불도(七佛島)라는 섬이 있고 백상루에서 오른쪽으로 성문 밖에 칠불사(七佛寺)가 있다. 『신증동국여지승람』에는 당시 수나라 병사들이 배가 없어서 강을 건너지 못하고 있었는데, 갑자기 중 일곱 명이 강가에 와서 옷을 걷어 올리고 건너자 물이 얕은 줄 알고 따라 건너다가 빠져 죽었다는 이야기를 소개하고 있다. 그때 익사한 시체가 강에 가득해서 '칠불'이라는 이름으로 절을 짓고 중 일곱 명을 상징하는 일곱 개의 돌기둥을 세웠다고 한다.

86

인간 세상 운우지정 초나라 땅인데

강선루 위에 강선랑이 있구나.

허망한 삶 성천의 즐거움은 말하지 말라.

무산십이봉은 언제나 애간장을 끊나니.

其八十六

雲雨人間是楚鄉

降仙樓上降仙郎

浮生莫道成川樂

十二巫山每斷腸

❋

평안도 순력-성천

　성천은 평양의 동쪽에 있다. 성천의 비류강(沸流江)은 평양의 대동강
(大同江)과 이어져 있다. 「관서악부」에는 관찰사가 순력한 곳 중 청천강
이남 지역에서는 성천만 나와 있다.

　성천 하면 강선루가 유명하다. 이름 자체가 '신선이 내려와 있는 누
각'이라는 뜻이고 더욱이 청천강 너머에 보이는 흘골산(紇骨山)은 12개
의 봉우리가 있어서 '무산십이봉(巫山十二峯)'이라고 불렸기 때문에 자연

『해동지도』의 성천부 지도, 규장각 소장

스럽게 송옥(宋玉)의 「고당부(高唐賦)」에 나와 있는 전국시대 초(楚)나라의 양왕(襄王)에게 송옥이 했던 이야기로 이어졌다. 왕이 꿈속에서 어떤 여자와 운우지정(雲雨之情)을 나누었는데, 그 여자가 헤어지면서 "저는 무산 남쪽의 험준한 곳에 살고 있습니다. 아침에는 구름이 되고 저녁에는 비가 되어 아침저녁으로 양대 아래에 있을 것입니다(妾在巫山之陽, 高山之岨. 且爲朝雲, 暮爲行雨, 朝朝暮暮, 陽臺之下)"라고 한 이야기는 남녀 간의 애정과 낭만성이 극대화되었다는 점에서 문인들이 즐겨 인용하는 소재였다. 때문에 제86수에 '초향(楚鄕)', '십이무산(十二巫山)' 같은 단어들이 등장한 것이다. 제2구 "강선루 위의 강선랑(降仙樓上降仙郎)"은 이백(李白)의 시 「금릉의 봉황대에 오르다(登金陵鳳凰臺)」의 "봉황대 위에 봉황이 노닐더니(鳳凰臺上鳳凰遊)"와 유사한 표현으로, 마치 신선 세계에

온 것 같은 느낌을 표현한 것이다. 제4구의 '무산(巫山)'과 '단장(斷腸)'의 조합 역시 관습적인 표현이다. 이백이 양귀비의 아름다움을 찬양하는 내용으로 쓴 「청평사(淸平詞)」의 "무산의 운우지정이 부질없이 마음 아프게 한다(雲雨巫山枉斷腸)"를 배면에 깔고 있다.

87
삼백 칸의 붉은 누각에 비류강 흐르는데
능파무 춤추는 그림자 몇 쌍이나 되는가.
다시 배 안에서 옥피리를 부노라니
관노들이 아직 옛 나라의 곡조를 전하네.

其八十七
紅欄三百沸流江
舞袖凌波影幾雙
更向舟中吹玉笛
官奴故國尙傳腔

�֍

평안도 순력−성천

　강선루는 규모가 큰 누각인데, 『연려실기술(燃藜室記述)』에는 삼백 칸
이나 되어 건물이 웅장하고 화려해서 전국 팔도 중 최고라고 서술하
였다. '능파(凌波)'는 보통 삼국시대 위(魏)의 조식(曹植)이 지은 「낙신부
(洛神賦)」의 "물결을 타고 사뿐사뿐 걸으니, 비단 버선에 물방울 튀어오
르네(凌波微步, 羅襪生塵)"에서 나온 말로, 물의 여신 능파선자(凌波仙子)
가 땅 위를 가듯 물 위를 사뿐히 걸어가는 것을 형용한 것이다. 「낙신부」

는 상고시대 복희씨(伏羲氏)의 딸 복비(宓妃)가 낙수(洛水)에서 익사하여 수신(水神)이 되었다는 전설을 차용했기 때문에 아득한 옛날의 신비한 분위기를 자아낸다. 그런데 여기에서 '능파'는 성천에서 연행된 공연 레파토리 중 하나였다. 19세기 초 이후연(李厚淵), 이인고(李寅皐), 박사호(朴思浩)가 함께 지은 연구시(聯句詩) 「선루악부(仙樓樂府)」에서도 연회에서 연행했던 공연들을 나열하면서 '능파무(凌波舞)'를 언급하였다.

이 신비로운 분위기는 제3, 4구와도 연관이 있다. 신광수가 예전에 관서지방에 갔을 때 성천에 가서 지은 시 「배를 띄우다(汎舟)」는 "능파무 끝나고 누각에서 내려와서, 푸른 산 앞 비류강에 목란배를 띄웠네. 십이봉 앞에서 옥피리 부는데, 흰 구름과 가을 산색이 찬 강에 가득하네(凌波舞歇下紅欄, 峽水靑靑泛木蘭, 十二峰前吹玉笛, 白雲秋色滿江寒)"였다. 신광수는 나중에 강선루에 화재가 났다는 소식을 듣고 상심하는 시를 썼는데, 시제 옆에 성천에 '동명옥적(東明玉笛)'이 있었다는 표현이 나온다. 곧 예전에 신광수가 강선루 시를 쓸 때, 또 제87수에서 '옥피리(玉笛)'는 동명왕과 관련해서 등장한 것이다.

성천에는 졸본천(卒本川), 비류국(沸流國), 골령(鶻嶺)과 같이 동명왕의 사적이 상당히 남아 있다. 비류강의 옛 이름인 졸본천은 주몽(朱蒙)이 고구려를 세운 곳이기 때문이다. 전하고 있는 동명왕의 사적에는 신화적인 요소가 다수 남아 있다. 때문에 동명왕이 하늘에 올라가 조회했다는 '조천석'처럼 옥피리를 부는 신선의 이미지가 자연스럽게 동명왕에게 겹쳐지는 것이다. 한편 양곡(涼谷)도 고구려 유리왕의 「황조가(黃鳥歌)」의 배경이 된 곳이지만, 이 시에서는 언급하지 않았다.

88

천하에서 높고도 높은 철옹성
남으로 바라보니 약산이 바로 병영이네.
영변태수는 원래 학을 타고 날아다니는지
구슬 누대의 만호후(萬戶侯)도 가벼이 보네.

其八十八
天下高高鐵瓮城
藥山南望是兵營
寧邊太守元騎鶴
珠樹樓臺萬戶輕

❀

평안도 순력 - 영변

영변(寧邊)은 청천강 이북에 있는 대도호부(大都護府)이다. 철옹산성
(鐵瓮山城)은 영변의 자연 형승이 '쇠독(鐵瓮)' 모양이기 때문에 이렇게 이
름을 붙였다. '쇠독'은 지도에서 확인할 수 있듯이 험준한 산으로 둘러
싸인 곳이라는 의미이다. 천연의 요새 같은 이 지형 덕분에 이곳은 오
랫동안 군사요충지로 자리 잡았다. 박사호의 『심전고』에 따르면 병마절
도사영도 원래는 철옹산성에 있었는데, 이괄의 난 이후 안주성(安州城)

『해동지도』의 영변부 지도, 규장각 소장

으로 옮겨졌다고 한다.

　제3, 4구의 의미는 운주루(運籌樓) 같은 누대가 영변부사가 학을 타고 다녀야 할 정도로 매우 높은 곳에 있다는 뜻이다. 최치운(崔致雲)의 「운주루기(運籌樓記)」에 "약산은 사방이 높고 험하고 바위들이 깎은 듯이 서 있어 하늘이 만든 성"이라고 할 정도로 험준하기로 이름나 있었다. 김소월의 「진달래꽃」으로 더 유명한 약산의 봉우리인 동대(東臺)는 깎아지른 절벽 위에 있고 서쪽으로 구룡강의 물줄기가 너무나 아름다워서 관서팔경 중 하나로 꼽혔다.

89

묘향산엔 불국의 부도탑이 층층이 있는데
불가의 청허선사가 영원한 등불 되었네.
흐르는 물과 흰 구름 속세 너머 이곳에선
관찰사가 상원사의 중이 된 것 같구나.

其八十九
香山佛國塔層層
一法清虛九世燈
流水白雲人境外
不知巡使上元僧

❋

평안도 순력-영변

　묘향산은 영변부 동쪽에 있는 산으로, '태백산(太伯山)'이라고도 한다.
단군(檀君)이 내려온 것으로 더 알려져 있다. 영변이 군사도시라는 점
에서 묘향산에서 떠올린 인물은 청허선사[또는 서산대사(西山大師)] 휴정
(休靜)이다. 임진왜란 때 의주로 피난한 선조는 묘향산에 사신을 보내
휴정을 불렀고, 노구의 휴정은 자신이 승려들을 데리고 전쟁터로 가서
나라를 구하겠다는 다짐을 밝히고 전국의 사찰에 격문을 돌려 승려들

이 구국에 앞장서도록 독려했다. 그는 스스로 의승군(義僧軍)을 통솔하였으며, 명나라 군사와 함께 평양을 탈환하였다. 휴정이 입적한 곳은 묘향산의 원적암(圓寂庵)이었지만 부도(浮屠)는 묘향산의 안심사(安心寺)에 세워졌다.

조호익(曺好益)은 묘향산을 두고 산의 규모는 수백 리 먼 지역에서 뻗어 나와 구불구불 감싸고 있고 형세는 높고 가팔라서 보고 있으면 마치 검은 구름이 하늘의 한쪽 벽을 가리고 있는 것 같다고 표현했다. 제3, 4구는 앞의 제89수처럼 산이 너무 높기 때문에 마치 인간 세상을 벗어나 있는 느낌이 든다는 내용이다. 제4구의 '상원(上元)'은 상원사(上元寺)이다. 『선조실록』에는 임진왜란이 일어난 뒤에 실록을 어디로 옮겨 보관할 것인지를 논하는 대목에서 선조가 묘향산이 어떠냐고 묻자 윤두수가 "묘향산의 상원사는 지세가 매우 높아서 쇠사다리로 기어올라야 갈 수 있습니다"라고 대답하는 장면이 나온다.

90

쓸쓸한 일곱 고을이 큰 강가에 있는데
삼 캐는 이 쑥대머리로 말 앞에서 우네.
강 건너 구름 누렇고 산 검은 곳엔
아침마다 사냥 나온 오랑캐가 보인다.

其九十
蕭條七邑大江邊
蔘戶蓬頭哭馬前
隔水雲黃山黑處
朝朝望見獵胡烟

❀

평안도 순력—강변 칠읍

　제89수의 영변과 제90수의 강변 칠읍(江邊七邑)은 꽤 거리가 멀다. 영
변이 안주보다 더 동쪽이라면 강변 칠읍은 압록강 인근의 일곱 군현
을 가리키기 때문에 갑자기 비약한 느낌이 들지만 동선으로 보면 영변
을 지나 청천강 이북의 주요 순력지인 강변 칠읍으로 향하는 것 자체는
자연스러운 경로이다. 강변 칠읍은 남쪽에서 북쪽으로 순서를 열거하
면 의주(義州), 삭주(朔州), 창성(昌城), 벽동(碧潼), 초산(楚山), 위원(渭原),

강계(江界)를 말한다.

평안도 국경지역에서 문제가 되는 것은 월경[越境. 또는 범월(犯越)]과 잠상(潛商)이었다. 국경에 있는 주민들의 생업은 주로 삼 캐는 일과 사냥이었다. 때문에 조정에서는 엄격하게 단속해서 『속대전』에는 "서북의 국경 변경에서 국경을 넘어서 삼을 캐거나 사냥한 자는 주범과 종범을 다 국경에서 참형에 처한다", "월경하여 나무를 벤 자는 월경하여 삼을 캔 죄의 형벌을 적용한다", "삼장수(蔘商)가 강계로 갈 때에는 호조에서 황첩(黃帖, 허가 증서)을 주고 세를 받는다. 황첩 없이 들어간 자는 잠상에 대한 규정에 따라 물건을 관에서 몰수한다", "삼을 산출하는 고을 수령이 관내에 잠상이 있는 것을 적발하지 못하고 나중에 다른 사건으로 드러나게 되면 수령을 중벌에 처한다"와 같은 규정들이 만들어졌다.

제90수에서 다루고 있는 문제는 평안도 변경 백성들의 생계 문제였다. 주로 제기되는 문제는 삼 캐는 사람들이 관에 징수당하거나 값싸게 관에 팔아야 하는 일이었으나 「관서악부」는 관찰사의 선정을 바탕에 두고 있기 때문에 현실 문제를 다루면서도 다른 측면에서 관찰사의 관대함이 드러나는 문제를 택했다. 이 시에서는 변경 백성들이 주로 삼 캐는 일에 종사하는데 국경을 넘어 삼 캐는 것을 금지하면서 곤궁한 상황이 된 것을 호소하는 장면이다. 『목민심서』에서는 이와 관련하여 강유후(姜裕後, 1606~1666)가 강계부사였을 때의 일화를 소개하고 있다. 강계 주민들은 삼 캐는 일만 생업으로 삼고 있었는데 가끔 국경을 넘어 들어갔다가 붙잡히면 외교 문제가 되었기 때문에 조정에서 금지하자 강유후는 이들에게 농사짓고 누에치는 일을 권장했다. 그러나 이들이 아무리 근면해도 생계를 유지할 수 없었다. 그래서 강유후가 백성들에게 기일을 정해서 건너가서 삼을 캐되 돌아와서 캔 삼을 보고하는 조건으로 허락하자 백성들이 이 조치를 구휼책으로 여기고 기한을 어기지 않고 보고했다는 것이다. 제90수에서 백성들의 호소도 비슷한 맥락에서 이해할 수 있다.

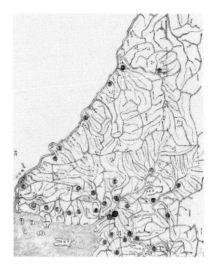

『청구팔역도(靑邱八域圖)』의 평안도 지도, 규장각 소장

91

의주는 조선 영토의 끝이라

통군정 위에서 요동을 본다.

해 저무는 삼강에는 봉홧불 없고

거문고에 노랫소리만 밤중에 울린다.

其九十一

灣府朝鮮地界窮

統軍亭上望遼東

三江日暮烽無事

錦瑟嬌歌午夜中

❀

평안도 순력－의주

의주는 접경지역이다. 압록강을 건너면 곧바로 중국에 닿는다. 이곳
이 요동(遼東) 지역으로, 조선에서 중국으로 가는 주요 육상로였기 때
문에 사행단과 상인들이 의주를 거쳐 왕래하였다. 의주성에는 사신들
을 접대한 객사인 용만관(龍灣館)이 있고 압록강 바로 앞에 세운 통군정
(統軍亭)이 있다. 통군정에서 중국을 바라보면 구련성(九連城) 오른쪽에
물길이 보이는데 제3구에서 나온 삼강(三江)이다.

『해동지도』의 의주부 지도, 규장각 소장

중국을 바로 볼 수 있기 때문에, 또 역사적으로 중국에서 침략하는 일이 잦았기 때문에 의주는 『신증동국여지승람』에 이미 봉수(烽燧)가 조밀하게 배치된 것을 확인할 수 있다. 국경을 방비하는 것이 중요한 도시였기 때문에 의주에서는 군사훈련이 부단히 이루어졌다. 그 모습이 장관이었던지 연행일기인 『계산기정(蓟山紀程)』에는 통군정에서 횃불을 올리면 압록강 위아래 파수병들이 불을 켜고 함성을 지르면서 서로 알리는데 압록강 동서쪽 먼 곳까지 이어지고 통군정의 불을 끄면 다시 차례차례 불이 꺼지는 훈련 장면을 적고 있다.[111]

그러나 「관서악부」의 세계에서는 평안하기 그지없다. 봉수로 알릴 필요가 없을 정도로 무사하고 태평한 시절이 이어져서 마음 놓고 통군정에서 밤새 거문고 연주에 맞춰 노래하는 것을 즐겨도 되는 세상인 것이다.

92

압록강 강변 바위 쌓인 곳에서
정인은 내년에 돌아올 사람을 전송하네.
수루에서 찬 밤을 지새는 나그네만
나팔소리 들으며 고향 생각에 슬퍼할 뿐.

其九十二
鴨綠江邊石子堆
情人送作隔年廻
只有戍樓寒夜客
天鵝聲裏望鄕哀

❋

평안도 순력-의주

　평화로운 의주의 모습이란 어쩌면 이런 모습일 것이다. 백성들은 중
국으로 왕래하고 가족들은 전송하고 맞이한다. 그러나 변방에 온 관찰
사는 여러 감회에 젖는다. 천아성(天鵝聲)은 큰 일이 있을 때 군사를 소
집하기 위해 길게 부는 나팔소리를 말하는데, 밤에도 횃불을 밝히거나
나팔을 부는 군사훈련을 보고 들으면서 여러 걱정에 잠기는 것이다.
　통군정에서 시름에 잠기는 것도 낯선 표현은 아니다. 이원정(李元禎,

1622~1680)은 연행을 가면서 의주에 도착했을 때 "통군정에선 눈앞이 아득한데 차가운 산은 서글프고 달빛은 또렷이 밝으며 마른 갈대는 들에 가득하고 평원은 한없이 펼쳐져 있다. 가끔 호랑이와 표범이 수풀 사이를 오가는데 많고 적은 경치가 닿는 곳마다 슬픔이 일어나서, 부모와 이별하고 고향을 떠난 시름이 이곳에 이르러 더욱 견디기 어려웠다"[145] 라고 썼다. 사행은 영광이기도 했지만 두려운 일이기도 했다. 사행 가는 사람들은 의주에 오면 비로소 국경을 넘어 다른 나라로 간다는 것을 실감하게 된다. 낯선 풍경을 대하면 고향 생각이 나는 것은 누구나 공감할 수 있는 일이었다. 비단 사행 가는 사람만이 아니라 순력차 의주에 온 관찰사도 이런 심경에 젖었을 것이다.

93

위화도는 늦가을이라 수풀이 나직한데
털 날리고 피 뿌리는 엽군(獵軍)의 함성.
비단옷 입고 활 차고 군가 부르는 기생들
모두 달마(趏馬) 타고 성문으로 들어오네.

其九十三
威化深秋草樹平
風毛雨血獵軍聲
繡服鐃歌弓箭妓
皆騎趏馬入州城

❀

평안도 순력-위화도

박사호는 『연계기정』에서 "통군정의 낙화(落火)와 위화도의 사냥은 보지 못하고 돌아올 때에 하기로 기약하였으니, 역시 한스러운 일"[146]이라고 했다. 당시 사람들은 의주에 가면 두 가지 구경거리를 기대했던 것이다. 위화도 사냥은 서유문(徐有聞)의 『무오연행록(戊午燕行錄)』(1798년)에도 등장하고 있으므로, 이전부터 성행했던 것 같다. 『신증동국여지승람』의 의주목 항목에서 사냥을 좋아한다는 성향과 외적의 침입을 방어

하기 위해 군사훈련 차원에서 사냥이 권장되었을 것이고, 사냥하기에 좋은 평원이 결합하면 이 지역에서 사냥이 성행한 것은 자연스러운 일일 것이다.

위화도는 통군정에서 왼쪽, 곧 압록강 하류에 있는 섬이다. 타 지역 사람들이 의주 지역의 사냥을 보고 흥미로워하는 것은 기생들을 동원하기 때문이다. 그래서 제3, 4구처럼 비단옷을 입고 활과 화살을 가지고 군가를 부르면서 사냥에 참여하는 이 모습은 상당히 기묘하게 느껴졌을 것이다. 의주 기생이 검무로 유명한 것도 이러한 지역 분위기 때문이다. 그러나 1855년에 연행을 간 서경순(徐慶淳)은 위화도에서 사냥하던 풍속 덕에 무사들이 의주 기생들과 말 달리고 창 쓰는 것을 연습했고 때문에 말을 잘 타는 것은 의주 기생이 제일이었지만, 위화도에 농지를 개간한 이후로는 사냥도 없어지고 기생들도 말 타는 연습을 더 이상 하지 않아서 이러한 명맥이 사라져 가고 있다고 쓰고 있다.[147]

94
파발마가 유성같이 감사의 환차를 알리러
이레 걸리는 서울길을 하루 만에 달려가네.
시월에는 서쪽 성에서 군사훈련 시행하니
수하 병력 점검만 해도 또한 팔천 명이라.

其九十四
流星撥馬報還營
七日京師一日程
十月西城催組練
牙兵又點八千名

군정 점고

관찰사가 평안도 순력을 마치고 감영으로 돌아왔다. 파발마(撥馬)는
서울과 의주 사이의 역참에 비치하여 공무로 급히 말을 타고 갈 수 있
도록 한 역마이다. 감사의 환차를 파발마로 알린다는 것은 평안감영에
감사가 귀환한다는 것을 알리는 것이 아니라 조정에 알린다는 뜻이다.
감사의 도내 순력은 관할하는 도내의 여러 폐단을 알아내고 수령들을
평가하는 데 목적을 두고 있기 때문에 순력이 끝나면 조정에 그 결과를

보고하는 것이다.

감영으로 돌아온 관찰사에게는 처리해야 할 일들이 쌓여 있다. 그중 하나가 봄·가을에 군사를 점호하는 것이고, 그 다음에는 10월에 군사 훈련을 하기로 예정되어 있다. 제4구에서는 대장의 휘하에 있는 아병 (牙兵)이 대략 8,000명에 이른다고 했는데, 아병은 아하친병(牙下親兵)의 약칭으로, 임진왜란 후에 새롭게 편성된 병종(兵種)이었다. 지방군의 지휘 계통은 병사-영장-속읍수령으로 짜였는데 실제 전투가 벌어지면 병사가 군사 작전에 나서고 감사는 독자적으로 해당 도를 지켜야 하기 때문에 독자적인 병력이 필요했다. 감사의 독자적인 군사작전을 위한 병력이 아병이었던 것이다.

『인조실록』을 보면 1627년에 평안감영에 아병 2,800명을 설치했다는 기록만 나오고 『평양속지』에도 '아병(牙兵)' 항목은 없다. 다만 1730년 읍지를 보면 평양부 소속 친병(親兵)이 1,415명이다. 아병은 농민 가운데 수시로 복무하게 하는 군역자였고 부(部)나 초(哨)라는 조직으로 구성되었다. 17세기 아병은 폭발적으로 증가하여 경상감영 아병은 17세기 후반에 이미 7,000명이 되었다고 한다. '아병만 팔천 명'이 어디에 근거하고 있는지는 분명하지 않으나 관련 자료들을 보면 비현실적인 수치는 아니었다. 이 시에서의 맥락도 군대 규모가 상당히 커졌고 나아가 강력한 군대의 모습을 그리고 있다고 볼 수 있다.

95

감영의 키 크고 훤칠한 사내들
틀림없이 대궐의 금군보다 나으리라.
붉은 쾌자에 동다리 입고 나란히 줄지어서
군문의 깃발을 들고 연병장으로 들어간다.

其九十五
營下長身白面郎
鮮明賽過禁軍裝
猩絟夾袖鴛鴦隊
又導門旗入敎場

❀

군사훈련 1

감영과 평양부에 상비군이 있지만, 기본적으로 백성들은 군역의 의
무를 진다. 그래서 전란에 대비해서 상시적으로 이들을 모아 군사훈련
을 할 필요가 있다. 주민들을 동원한 군사훈련은 칼이나 창 같은 무기
를 사용하는 방법을 훈련하는 것이 아니라 깃발과 북으로 호령을 하
면 나아가고 서 있고 나누어지고 합해지는 방식을 연습하는 것이고 작
전에 따라 여러 진법(陣法) 배열 위치를 익히는 방식이 될 수밖에 없다.

그래서 봄, 가을에 군사를 점호할 때 생업에 종사하는 백성들이 군사훈련에 서툰 것은 당연한 일이기 때문에 이들을 이끌 사람이 필요하다.

『목민심서』에서는 언제나 관청에 있으면서 군사훈련을 지도할 이들로 아전과 장교를 꼽고 있다.[148] 다만 제1구에서 이들을 훤칠하다고 강조하고 금군(禁軍)과 비교한 것으로 볼 때 평안도 출신의 체격 좋은 무관을 가리키는 것처럼 보이기도 한다. 조선후기 평안도 군사력에서 가장 주목할 만한 사건은 별무사(別武士)의 창설이었다. 지방에 필요한 전력을 확보하기 위한 정책으로 평안도에는 별무사를, 함경도에는 친기위(親騎衛)라는 기병부대를 설치한 것이다. 1710년(숙종 36)에 설치된 별무사는 1년에 네 차례 시행되는 시재(試才)에 합격하면 무과 급제 자격이 부여되거나 하급무반직에 임용되는 특전이 있었기 때문에 초반에는 호응이 있었다.[149]

제1, 2구는 국왕의 친위군만큼이나 뛰어난 평안감영 소속 군사들을 서술했다면, 제3, 4구는 소집한 군사들을 이끌고 군사훈련을 하는 모습을 묘사하고 있다. 원앙대(鴛鴦隊)는 행군할 때 2열 종대로 편성하는 대열이다. 3열 종대는 삼재대(三才隊)이다. 기마병을 6열 종대로 편성하는 것은 오마대(五馬隊)라고 한다. 3구의 '좁은 소매(夾袖)'는 동다리이다. '붉은 치마(猩裙)'는 자줏빛 쾌자를 뜻하는 것 같다. 동다리를 입은 다음에 붉은 쾌자를 입는 방식으로 군복을 갖춰 입고 사람들을 두 줄로 세운 다음에 이들을 이끌고 연병장으로 들어가는 모습을 보여주고 있다.

96

푸른 융탈 군막 세워 만든 원형의 진
넓은 백사장에 포진된 수많은 야영.
한 차례의 포탄을 쏴 호령을 전하자
가짜 왜군을 붙잡아 장대로 끌고 간다.

其九十六
靑絨軍幕陣形圓
漠漠平沙萬竈烟
飛砲一聲傳號令
紅倭縛獻將臺前

❋

군사훈련 2

이렇게 동원한 군사들을 이끌고 연병장으로 들어가서 본격적인 군사
훈련에 돌입한다. 행군은 한 열로 시작하지만 그 다음에는 지형에 따라
이동대형을 조정할 필요가 있기 때문에 포(砲)나 깃발로 '원앙진' 등 몇
가지로 열을 바꾸는 연습을 한다. 포수(砲手)와 살수(殺手)의 배치, 진법
에 따라 배열 연습을 할 때에는 적이 설정되어야 하기 때문에 가상의 적
군인 가왜군(假倭軍)을 등장시켰다. 예컨대 가왜군이 멀리 있다면 조총

과 활을 쏘는 포수가 공격을 수행하고, 가왜군이 돌격하여 접근하면 살수가 전면에 서서 근접전을 수행하는 것이 유리할 것이다. 제4수의 '홍왜(紅倭)'는 용례를 발견할 수 없으나 문맥상 가왜군을 의미하는 것으로 볼 수 있다.[150] 관찰사가 자리를 잡은 장대(將臺)로 가왜군을 끌고 가는 것으로 군사훈련은 성공적으로 마무리되었다.

97

펄펄 눈 오는 밤 차가운 방에서
번철 화로 지펴 옹기종기 둘러앉아
희고 긴 면발의 강계면을
작은 은 소반에 말아 내오라 시킨다.

其九十七
輕輕雪夜洞房寒
煮鐵銅爐雜坐團
粉白長絲江界麪
更教湯進小銀盤

＊

겨울의 정취 1

평양의 겨울 풍경을 묘사한 제97수에서 먹고 있는 음식은 무엇일까.
평양 하면 얼른 떠오르는 음식은 평양냉면이다. 평양냉면은 겨울철에
먹는다. 이런 찬 국수는 추운 겨울이라 불을 많이 때다 보니 방이 너무
뜨거워져서 그 더위를 식히기 위해서 먹는 겨울철의 별미였다. 그렇지
만 제1, 2구에서 묘사된 것은 방이 추워서 화로에 불을 지피고 둘러앉
아 먹는 음식이다. 제3구의 '강계면'은 어떤 음식인지 이 구절만으로는

분명치 않다. 강계에서 생산하는 농산물은 옥수수, 감자, 메밀이었고 그래서 강계를 비롯한 평안북도 산간 지역에서는 통메밀을 거칠게 갈아 만든 막국수를 선호했다고 한다.

제2구의 '번철 화로 지핀다(賁鐵銅爐)'는 화로에 숯불을 피워 놓고 번철(燔鐵)을 올린 뒤에 고기를 구워먹는 모습을 형용하고 있는데, 번철은 전을 부치거나 고기를 볶는 데 쓴 무쇠 그릇을 가리킨다. 이렇게 화로에 솥뚜껑을 올려놓고 고기를 구워 먹는 난로회(煖爐會) 또는 철립위(鐵笠圍)는 18세기 무렵부터 서울에 유행한 풍속이었다. 19세기에는 지방으로 확산되어 정약용의 「장난삼아 서흥도호부사 임성운 군에게 주다(戲贈瑞興都護林君性運)」에서는 "관서 지방에 시월 들어 눈이 한 자 넘게 쌓이면, 이중 휘장 폭신한 담요로 손님을 잡아 두고, 갓 모양의 냄비에 노루고기 전골하고, 무김치 냉면에다 배추절임 곁들이네(西關十月雪盈尺, 複帳軟氈留欸客, 笠樣溫銚鹿臠紅, 拉條冷麪菘葅碧)"라는 구절을 볼 수 있다.[151] 정약용의 시를 보면 강계 국수는 막국수보다는 메일을 주 재료로 한 냉면을 가리키는 것 같다.

이러한 풍경을 상상하면 제97수에서 묘사하고 있는 것은 신선로[또는 열구자탕(悅口子湯)]가 아닐까 한다. 아주 큰 놋그릇같이 삶을 수 있는 그릇에 돼지고기, 생선, 꿩고기, 홍합 등의 육류와 어류, 국수, 당근, 무, 배추, 파 등의 여러 채소를 넣어 종류별로 배열하고 양념장을 넣어 간을 맞춘 다음에 여러 사람이 둘러앉아 먹는다. 이 요리는 중국 음식으로 어느 시점에 조선에 유입된 것으로 보이는데, "눈 내리는 밤 손님이 모였을 때" 적당한 음식[152]으로 꼽혔다. 19세기 『동국세시기』에도 도성에서 열구자 또는 신선로 같은 탕을 먹는 풍속이 나와 있다. 어느 눈 내리는 밤, 화로에 모여 앉아 신선로 같은 음식을 다 같이 먹고 그 다음에 강계 냉면을 삶아 먹는 모습을 묘사한 것 같다.

98

양피 배자 날쌔게 몸에 딱 맞춰 입고서
달빛 아래 서쪽 행랑 가는 오솔길 훤하네.
책방에 남몰래 가서 통인을 물린 뒤
은 등잔불 불어 끄고 문 닫는 소리.

其九十八
羊皮褙子壓身輕
月下西廂細路明
暗入册房知印退
銀燈吹滅閉門聲

✻

겨울의 정취 2

「관서악부」에서 기생들은 감사를 환영하는 과정에서, 누각에서 열리
는 연회에 가서 춤과 노래를 연행하는 모습으로, 대동강 뱃놀이와 명소
유람에 동행하는 모습으로 끊임없이 등장한다. 제16수에 수청드는 기
생에 대한 내용이 나오지만 그럼에도 「관서악부」에서 감사와 기생 간의
낭만적인 애정을 가장 단적으로 보여주는 장면이 이 대목이다.
　제2구의 '월하서상(月下西廂)'은 당나라 전기(傳奇) 『앵앵전(鶯鶯傳)』을

배면에 깔고 있다. 최씨 집안의 딸을 사랑하게 된 장생(張生)이 사랑하는 마음을 담아 춘사(春詞)를 보내자 최랑(崔娘)이 「명월삼오야(明月三五夜)」라는 제목의 답시를 보내주는데, 시는 "달 뜨기 기다려 서쪽 행랑으로 나가, 바람을 맞으려 문을 열어 두었네. 담벽을 스치는 듯 꽃 그림자 일렁이니, 어쩌면 님이 오신 게 아닐까(待月西廂下, 近風戶半開. 拂牆花影動, 疑是玉人來)"였다. 이때 장생은 최씨 집 옆에 있는 살구나무를 기어올라 담을 넘어 들어갔지만 그날은 별 진전 없이 헤어졌다. 그러나 이후에 이들은 서쪽 행랑에서 밀회를 이어나갔다.

『앵앵전』에서 장생은 최랑과 사랑에 빠졌고 오랫동안 밀회를 하며 관계를 이어나갔지만 장생은 망설이면서 결단을 내리지 못했고 최랑이 다른 사람에게 시집을 가면서 이들의 관계는 파국을 맞이했다. 외지인인 장생과, 장생을 붙잡지 못하고 떠나보내야 하는 최랑의 상황은 타지에서 관료 생활을 하던 사람들에게 큰 공감을 불러일으켰던 모양이다. 절절한 감정, 밀회, 이별이 동반되는 사랑은 관찰사의 애정담을 설명하기에도 손색이 없었다.

『앵앵전』에서는 장생이 최랑을 만나러 최랑 집의 서쪽 행랑으로 가지만, 감영에서는 상황이 반대이다. 감영의 책방이 밀회 장소이기 때문이다. 고급 양가죽 배자를 갖춰 입은 감사는 마치 장생처럼 달빛 내리는 서쪽 행랑으로 간다. 그리고 책방에 가서 행정 사무를 보던 통인에게 물러가라고 한 뒤에 몰래 들어가서 등잔불을 끄고 문을 닫는다. 그렇게 기다리고 있으면 잠시 뒤에 마음에 둔 기생이 찾아올 것이다.

감사가 책방에서 몰래 기생을 만나는 이유는 평안도관찰사는 가족을 동반하고 부임하기 때문이다. 평안도와 함경도를 제외하고는 관찰사가 부임할 때 가족 동반을 허용하지 않기 때문에, 가족을 동반하는 관찰사를 '설가관찰사(挈家觀察使)' 또는 '솔권관찰사(率眷觀察使)'라고 한다. 가족을 동반하면 그 지역에는 민폐가 되겠지만, 관찰사 본인은 안정된 생활을 영위할 수 있다. 의식주와 관련된 각종 가사일을 걱정하지 않아도 되기 때문이다. 그러나 기생들과의 로맨스는 기대할 수 없다. 타지에 나간 지방관들이 기생을 마음에 두고 사랑에 빠지는 것은 가족들을 데려가지 않아서였을 수도 있다.

『갑진만록』에는 출근하지 않기로 유명했던 부수찬 성낙(成洛)이 기생을 데리고 살기 시작하면서 아내의 질투를 피하기 위해 입직을 핑계 대고 몰래 기생을 만나러 간 일화를 소개하고 있다.[153] 아내에게 들키지 않으려고 성낙은 이부자리를 항상 책방에 두어서 아내는 성낙이 언제 나가고 들어오는지 알 수 없었다. 일반 집에서 책방이 있는 사랑채는 남자들이 주로 생활하는 남성의 공간이기 때문이다. 감영의 책방도 마찬가지였을 것이다.

99

설달의 언 강에 썰매를 달리는데
말머리엔 다들 기생 하나씩 끼고 있구나.
저물녘까지 쏜살같이 빙판 위를 지치다가
호가 소리 들으며 감영에 오면 한밤중이라.

其九十九
臘月氷江雪馬馳
馬頭皆挾一蛾眉
黃昏驀轉琉璃鏡
笳吹還營到亥時

✿

평양의 겨울-썰매

12월 한겨울에 썰매를 타는 일은 일상적일 수 있겠지만, 지역에 따라
특별한 점이 있기 마련이다. 조선시대에 '썰매(雪馬)'는 목마였던 것 같
다. 예컨대 북쪽 변방에서는 산골짜기에 눈이 많이 쌓이면 나무로 말을
만들어 밑바닥에 기름을 칠한 다음에 높은 곳에 올라가 타면 그 속도가
날 듯이 빨라서 곰과 호랑이를 만나면 모조리 찔러서 잡는다고 한다.[154]
외지인이 봤을 때 겨울철 평양의 색다른 구경거리는 썰매 하나를 여자

와 같이 타는 모습이었다. 박미의 「서경감술」에서도 비슷한 내용이 나
온다.

闊受兩身高可憑	두 사람이 타서 기댈 만큼 넓고 높아
當壚兒女亦同乘	주막집 여자와도 함께 타네.
氷江十里如飛去	언 강 십 리 길을 날 듯이 지나가서
贏得人間雪馬稱	세상에서 '썰매'라는 이름 얻었네.

　이 시의 설명을 보면 대동강이 얼면 썰매를 타는데, 두 사람이 마주
앉는 형태라고 한다.[155] 지금은 아이들이나 하는 놀이로 생각하지만, 이
시기에는 겨울철의 주요 교통수단이자 속도감을 느낄 수 있는, 어른들
의 즐길 거리였다. 관찰사도 언 대동강 위에서 기생들과 썰매를 타면서
즐겁게 하루를 보냈다. 그러나 문득 호가(胡笳) 소리를 듣고 감영으로
돌아왔더니 벌써 한밤중이 되었다는 내용이다. '가(笳)'는 세로로 잡고
부는 관악기의 일종으로 '호가(胡笳)'라고도 한다. 조선후기에 연주된
'가'에는 손가락 짚는 구멍(指孔) 세 개와 부는 구멍(吹孔) 하나가 있었고
몸체는 산유자 나무로 만든 것이었다. 호가 소리는 성문을 닫는 신호로
보인다. 해시(亥時)는 밤 9시에서 11시 사이이다.

100

집집마다 얼음 깎아 그릇 만들어
대보름날처럼 제야 때 빙등을 켠다.
성 안 높은 곳에 올라 바라본다면
추운 저녁 감영은 수정궁 모습이리라.

其一百
千家氷柱鑿成盆
除夜張燈學上元
試向城中高處望
水晶宮色冷黃昏

❋

평양의 겨울─제야의 빙등

『동국세시기』에는 섣달 그믐날 밤 함경도에서 빙등을 만들어 불을 밝
히는 풍속을 기술하고 있다. 함경도에서는 얼음을 깎아 둥근 기둥을 만
든 뒤에 그 안에 기름 심지를 붙이고 징과 북, 나팔을 불며 나희(儺戲)
를 행하는데 이를 '청단(靑壇)'이라고 한다. 평안도에서도 이날 빙등을
만들지만 이 시를 보면 평안도에서는 등 모양으로 얼음을 깎아서 정월
대보름 관등처럼 보였던 모양이다. 성 안의 민가에서 모두 빙등을 단다

면 성 위에 올라가 볼 때 얼마나 아름다운 풍경이었을지 상상해 볼 수 있다.

신광수도 여주에서 영릉참봉을 지내면서 제야를 보낼 때 예전 평양의 풍경이 떠올랐다. "선궁 같은 능에는 밝은 눈빛이 삼나무를 꾸미건만, 아름다운 누각에서는 빙등에 풍악소리가 울렸네(仙宮雪燭休杉檜, 綺閣氷燈擁管絃)."[156] 적막한 여주의 영릉과 화려한 평양의 누각이 극명하게 대비되는 구절이다.

101

수놓은 비단 신발보다 누런 미투리 좋아라

등불 들고 눈 밟으며 동쪽 계단 내려간다.

그림 넣은 널판에 담장 위로 널을 뛰느라

죽절 모양의 은비녀 떨어진 줄도 모르네.

其百一

黃秸紋鞋勝繡鞋

金蓮踏雪下東堦

墻頭畫板身高下

忘隋銀嵌竹節釵

❋

평양의 겨울−널뛰기

　제1구의 '황갈문혜(黃秸紋鞋)'는 무늬를 넣어서 짚으로 삼은 신으로, 미투리를 가리킨다. 미투리는 서민들이 주로 신었지만 섬세하게 만든 미투리는 사대부들이 편복을 입을 때 신기도 하였다. 그렇다고 해도 미투리가 수 놓은 비단 신발보다 좋을 리가 없다. 비단 신발보다 미투리가 좋은 이유는 눈 내린 길을 가야 하기 때문이다.

　제2구에 나오는 '금련(金蓮)'은 원래는 전족을 한 발의 모양이 연꽃잎처럼 아름답다는 뜻이다. 남제(南齊) 때 동혼후(東昏侯)가 사랑하는 반비(潘妃)가 다니는 길에 황금으로 만든 연꽃을 깔아 놓고 그 위를 걷게 하면서 "걸을 때마다 연꽃이 나온다(步步生蓮華也)"라고 했다는 말에서 유래했다. 눈 내린 길을 사뿐거리면서 어딘가로 가고 있다.

제3구와 제4구는 널뛰기하는 장면을 나타낸 것이다. 『동국세시기』에서는 12월 그믐에서 연초(年初)까지 널뛰기(跳板戲)하는 장면을 "부녀자들이 흰 널조각을 짚단 위에 가로로 놓고 마주 선다. 양쪽 끝을 밟아 서로 오르락내리락 몇 자씩 뛰어오르며 지칠 때까지 즐긴다"라고 묘사한 바 있다. 즐겁게 뛰느라고 비녀가 떨어지는 줄도 몰랐다면 쪽을 진 머리가 아니라 가채를 머리에 고정시키기 위해 꽂는 장식품이었을 것이다. '은감죽절채(銀嵌竹節釵)'는 비녀머리가 대나무 마디 모양으로 꾸며진 은비녀를 뜻한다.

102

강가의 성엔 2월이면 온갖 새 지저귀고
살구꽃 핀 한식날엔 강물이 흘러간다.
교방에다 분부하여 음악 잘 익히게 하여
여러 곳의 누대에 날마다 데리고 다니네.

其百二
二月江城百鳥啼
杏花寒食水東西
分付敎坊勤習樂
樓臺處處日相携

❀

평양의 봄─한식과 답청의 풍경

봄 경치가 펼쳐진다. 한식(寒食)은 동지(冬至)에서 105일째 되는 날로,
양력으로는 4월 5일 무렵이지만 음력을 기준으로 하지 않기 때문에 한
식이 2월인 해도 있고 3월인 해도 있다. 제1, 2구에서는 전형적인 봄날
의 경치를 열거하였다. 기대승(奇大升, 1527~1572)의 시 「한식(寒食)」에서
"땅을 말아 올릴 듯 봄바람 일어나고, 재잘재잘 온갖 새들이 지저귄다
(卷地春風起, 啾啾百鳥啼)"라고 했던 것처럼 새들이 지저귀고 활짝 핀 살

구꽃이 봄날을 대표하는 정경이었던 것 같다.

　제3구와 제4구는 삼월 삼짇날이나 청명(淸明)에 술과 음식을 장만해 경치가 좋은 산이나 계곡을 다니면서 꽃놀이를 하고 새 풀을 밟으며 봄 경치를 즐기는 답청(踏靑)을 가리킨다. 평안감사라면 악기를 연주하는 기생들과 여러 사람들을 대동하고 봄놀이를 즐겼을 것이다. 서거정이 「제랑답청도에 쓰다(題諸郞踏靑圖)」에서 "훌륭한 놀이 또한 태평성대의 일 (勝遊亦是升平事)"이라고 한 것처럼 이렇게 좋은 봄날에 관찰사가 답청을 가고 모임을 열면서 풍류를 누리던 것은 개인의 취향 문제가 아니라 지금이 태평성대라는 것을 증명하는 관례에 가까웠다.

103

삼월이라 아지랑이 온 세상이 봄인데
도화 뜬 강물은 이제 푸른 강물 새롭네.
시골 아가씨는 늦봄 경치를 아쉬워하는데
금수산에는 비단옷 입은 사람들이 많구나.

其百三
三月流絲滿目春
桃花水後綠江新
村娥解惜年華晚
錦繡山多錦繡人

✤

평양의 봄-대동강 봄물과 금수산

기성팔경[箕城八景, 또는 평양팔경(平壤八景)] 중에서 '을밀대 봄 구경
(密臺賞春)'을 선택한 것 같다. 을밀대에 가면 아름다운 봄 경치를 감상
할 수 있기 때문이다. 문면에 드러나지 않았지만 기성팔경을 고려하면
제103수에서 감사가 서 있을 장소는 을밀대일 것이다. 여기에서 아래를
바라보면 대동강과 능라도, 부벽루, 영명사가 내려다보인다. 계절의 정
취를 가장 잘 느끼게 하는 것이 자연 경물이기 때문에 제1, 2구에서는

인상적인 봄 풍경으로 봄철 대동강을 꼽았다. '도화수(桃花水)'는 복숭아 꽃이 필 무렵에 얼음이 녹아 흐르는 물이라는 뜻이다. 얼음이 녹아 강물이 불고 푸른색의 대동강을 그렸다면, 제3, 4구에서는 시선을 왼쪽으로 돌려 금수산의 정경을 바라본다. 성현(成俔)의 시에서 "도성 사람들이 좋은 날 풍악 울리며, 술에 취해 모두 다 좋은 봄 풍경 노래하네(都人絲管競良辰, 酒酣齊唱春光好)"[157]라고 한 것처럼 봄꽃이 활짝 핀 금수산은 당시 사람들에게도 인기가 많았다.

104

수많은 행락객들 풍악을 울리는데
올라가는 배가 내려오는 배와 스칠 듯.
노를 울리며 다들 능라도로 가는데
일 년에 얼마나 많은 돈을 뿌려대는지.

其百四
無數遊人咽管絃
上江船戛下江船
鳴榔盡向綾羅島
銷破終年幾陌錢

❋

평양의 봄―대동강 뱃놀이

이날은 삼월 삼질, 대동강에 첫 뱃놀이를 하는 날이다. 까맣게 내려다보이는 물 위에는, 결결이 반짝이는 물결을 푸른 놀잇배들이 타고 넘으며, 거기서는 봄향기에 취한 형형색색의 선율이 우단보다도 보드라운 봄공기를 흔들면서 날아온다. 그리고 거기서 기생들의 노래와 함께 날아오는 조선 아악은 느리게 길게, 유창하게 부드럽게, 그리고 또 애처롭게―모든 봄의 정다움과 끝까지 조화하지 않고는 안 두겠다는 듯이 대동강에 흐르는 시커먼

본 물, 청류벽에 돋아나는 푸르른 풀 어름, 심지어 사람의 가슴속에 봄에 뛰노는 붉붉은 핏줄기까지라도, 습기 많은 봄공기를 다리 놓고 떨리지 않고는 두지 않는다.

김동인은 단편소설 「배따라기」에서 평양의 봄을 이렇게 인상적으로 묘사한 바 있다. 대동강 뱃놀이를 할 때는 능라도를 중심으로 한 대동강 상류 일대를 유람하거나 거문(車門)을 중심으로 대동강 하류 일대를 유람했지만 그래도 대개는 능라도 주변에서 뱃놀이를 했던 것 같다. 능라도는 버드나무가 아름다운 곳이었고 바로 앞에 부벽루와 청류벽, 조천석, 덕암이 보였고 능라도에서 하류 쪽에는 백은탄이라는 여울이 있어서 명승지로 유명했기 때문이다. 또 봄에는 꽃이 만발하고 신록이 피어나는 금수산 모란봉이 보였다. 특히 평양팔경 중 하나인 '마탄춘창(馬灘春漲)'은 대동강 북쪽 여울인 마탄에 얼음이 떠내려가서 소용돌이치는 풍경으로, 능라도에서는 얼음이 녹아 물이 불어 흘러오는 대동강과 금수산을 동시에 볼 수 있는 곳이었다.

봄날 행락을 즐기는 수많은 사람들은 모두 기생들과 함께 대동강 뱃놀이를 즐길 것이다. 「관서악부」 필사본에서는 104수 뒤에 "평양의 행락객들이 매번 능라도에 간다. 그런데 속칭 이 소금도(돈을 탕진하게 하는 섬)에서 남자들은 돈을 다 쓰지 않을 수 없다(平壤遊人每往綾羅島, 而俗稱銷金島, 男兒不得不銷破)"라는 설명을 붙여 놓았다.

105

붉은 휘장 두른 배 벽한부사라 하는데

강 가득 풍악소리에 꽃 같은 기생들.

연하게 단장한 산수의 신선 같은 관리는

소동파가 아니라면 바로 백거이리라.

其百五

紅幔樓船碧漢槎

滿江簫皷滿江花

淡粧山水神仙吏

除是蘇家是白家

❊

평양의 행락 1

벽한부사(碧漢浮槎)는 배 이름이다. 『계산기정』에 따르면 100여 명이 탈 수 있을 정도로 큰 배였다고 한다. 배 위에는 띠로 정자를 만들고 붉게 칠한 다음에 두 개의 현판을 달았는데 왼쪽이 '능라범가(綾羅泛舸, 능라도에 띄우는 배)', 오른쪽은 '벽한부사(碧漢浮槎, 은하수에 띄운 뗏목)'이다. 10여 명의 장정이 뱃줄을 끌어서 강을 건넜다.[158] 감사는 이 배를 타고 대동강 선유를 한다. 감사를 위해 모든 것이 동원되었다. 강 전체에 풍악소리가 울리고 기생들이 함께 타고 있다.

제3구의 '연하게 단장한(淡粧) 산수'는 소식이 서호(西湖)에 대해 쓴 시 구절을 염두에 둔 표현이다. 소식은 맑은 날씨에는 물빛이 좋고 비가 내 릴 때는 산색이 좋다고 하면서 "서호를 서시(西施)에 비유한다면, 진한 화장, 연한 화장 모두 어울린다고 할까(欲把西湖比西子, 淡裝濃抹總相宜)" 라고 했다. 소식과 백거이는 모두 항주에 지방관으로 왔고, 또 둘 다 서 호에 제방을 쌓아 그 제방은 각각 '소제(蘇堤)'와 '백제(白堤)'라는 이름을 가지고 있다.

평양의 수려한 자연경관은 자주 중국 강남과 비교되었다. 같은 맥락 에서 대동강은 서호만큼이나 아름답고, 감사인 채제공도 소식과 백거 이만큼이나 치적을 남기면서 동시에 풍류가 있는 문인재자라는 의미를 담고 있다.

106

노래는 끝나가고 북두성도 기울어 가는데
찬 밤 고운 휘장 속에서 술 따르는 마음.
사람들아 마을에서 닭 운다고 말하지 말게.
강에 있는 흰 물새가 우는 소리겠지.

其百六
歌欲終時斗欲橫
夜寒金帳淺斟情
傍人莫道村雞唱
知是江中白鷺聲

❄

평양의 행락 2

날이 밝을 때까지 잔치는 계속 된다. 밤새 기생들과 노래를 부른다.
그러나 이렇게 화려하고 요란한 잔치에서 감사의 풍류는 낭만이 있다.
제2구의 '금장(金帳)'은 '소금장(銷金帳)', 돈을 쓰게 하는 장막, 곧 화
류가이다. 송나라 때 한림학사 도곡(陶穀)이 당태위(黨太尉) 집의 기녀를
얻어 설수(雪水)로 차를 끓이면서, 당태위 집에서는 이런 풍류를 모를
것이라고 하자 그 기녀는 "당태위는 무인(武人)이라 이런 고아한 풍정은

모르지만, 눈 오는 날 소금장 안에서 고아주(羔兒酒)를 데워 조용히 마시면서 노래 부르는 취미는 있었습니다"라고 대답했다. 이 말을 듣고 도곡이 매우 부끄러워했다는 것이다.

이런 취미를 가진 낭만적인 감사라면 날이 밝아온다고 잔치의 끝은 아닐 것이다. 제3, 4구는 『평양지』에 수록된 월비(月飛)라는 기생의 이야기이다. 재치 있게 말을 하는 것으로 소문난 월비가 행수 기생으로 있던 어느 날 감사가 풍월루에서 밤새 잔치를 열어 즐겁게 놀았는데 어느덧 동쪽에서 서광이 비치고 닭들이 우는 소리가 났다. 다들 곧 아침이 오고 잔치가 끝났다는 사실을 알고 있지만 그 사실을 인정하는 것이 내심 아쉬울 뿐이다. 그래서 감사가 모르는 척 이게 무슨 소리냐고 하자 월비가 "강에서 백로가 우는 소리랍니다"라고 대답했다. 다시 파루 소리가 울리면서 잔치를 끝낼 시간이라는 것을 인정할 때가 왔다. 감사는 다시 이건 또 무슨 소리냐고 물었더니 월비는 밤을 알리는 인정(人定) 종소리라고 대답했다. 그 순발력과 센스에 그 자리에 있던 사람들이 감탄을 금치 못했다는 이야기이다.

107

돈 많은 곳에 무슨 근심이 있으랴.
백 년 인생 마음껏 즐기는 것이 최고라.
웃으며 은잔 들고 체자를 불러서
자리에서 바로 금전두를 던져 준다.

其百七
黃金多處更無愁
百歲人生盡意遊
笑把銀盃呼帖子
當筵拋下錦纏頭

❀

평양의 행락 3

인생의 즐거움을 만끽하다 보면 유한한 인간의 삶이 한스러울 것이
다. 언젠가 시간이 이르면 이러한 즐거움도 끝날 것이기 때문이다. 늙음
에 대한 두려움처럼 평안감사의 한없는 즐거움도 임기라는 끝이 있다.
끝이 다가올수록 지금 바로 이 순간이 중요할 수밖에 없다. 체자(帖子)
는 '체지(帖紙)'라고도 한다. 금품이나 물건을 받을 수 있는 일종의 문서
로, 체자를 먼저 써 주고 관청에서 갚는 것을 말한다. 금전두(錦纏頭)는

잔치 때 노래를 잘하고 춤을 잘 추는 기생들에게 사례로 주던 비단 등의 물품이다. 연산군이 처용무와 학춤 등을 추는 사람들에게 상으로 내리던 물건을 '금전두'라고 부르게 했다고 한다. 체자를 부르고 금전두를 던져 주면서 평안감사의 흥취는 최고조에 이르는데, 역설적이게도 이런 날은 오늘로 마지막이다. 이제 이 즐거운 곳과 이별해야 한다.

108

푸른 실로 꿴 삼십만 꿰미의 엽전으로
강가의 정자도 밭도 사지 않았다네.
돌아가는 날 임금께 일편단심으로 답할 뿐
흰 나귀로 서울 돌아올 때 채찍만 드리우리.

其百八
青絲三十萬緡錢
不買江亭不買田
歸日報君心一片
白驢東渡但垂鞭

❀

감사의 귀환

「관서악부」에서 감사의 귀환은 평양이라는 환상의 세계에서 노니는
꿈에서 깬다는 뜻이다. 이 시에서는 감사에게 화려한 평양을 즐길 줄
아는 풍류재자이면서 동시에 청렴한 감사이기를 요구하고 있다. 이 시
는 끊임없이 청렴한 관리가 이상 세계를 만든다고 일깨우고 있는데, 특
히 제108수에서는 돈을 축재하지 않고 나귀 타고 빈손으로 떠나는 평
안감사의 소탈한 모습을 인상적으로 제시하였다.

제1구의 '삼십만전(三十萬錢)'은 기본적으로는 평안감사의 녹봉을 가리키고 있다. 정약용의 『경세유표』에는 "평안감사의 연봉이 24만 냥인데 그 절반은 공용이다. 9만 6천 냥을 경전사(經田司)에 납부하더라도 오히려 2만 4천 냥이 남는데, 얼고 주림을 걱정하겠는가?"[159]라고 했는데, 이어 황주목사의 연봉이 3만 냥이라고 적시한 것을 보면 녹봉의 규모를 대략 짐작할 수 있다. '삼십만전'이라는 좀 더 구체적인 액수는 송나라 관료 가황중(賈黃中)의 이야기가 바탕이 된 것 같다. 가황중이 승주지주(昇州知州)로 있을 때 창고 조사를 하다가 장부에 기재되지 않은 물품을 보고 목록을 작성하여 올리자 돈 30만 전을 주었다는 것이다.[160]

공금을 유용하지 않고 사적으로 치부에 힘쓰지 않았다는 것을 제2구처럼 표현하는 것은 신광수가 익산군수였던 남태보(南泰普)에 대해 쓴 시에서 녹봉으로 "세세하게 진휼하는 데 보태 썼지, 양근의 전답을 사지 않았다(細細補作賑, 不買楊根田)"라고[161] 한 표현을 떠올리게 한다. 그런데 이 구절은 후대인에게는 상당히 인상적으로 다가왔던 모양이다. 신좌모(申佐模)는 「관서악부」를 모방하여 지은 시의 마지막 수에서 제1구와 제2구를 거의 그대로 가져다 쓰면서 "이 절구의 수구(首句)는 「관서악부」의 구절을 그대로 가져왔다. 내가 한계원(韓啓源)에게 바라는 것 역시 신광수가 채제공에게 바라던 것"[162]이라고 하였다.

임기가 끝나면 나귀 한 필 몰고 돌아간다는 발상도 낯선 것은 아니다. 정약용도 『목민심서』에서 청렴의 등급을 논하면서 최상 등급인 염리(廉吏)의 조건으로 "봉급 외에는 아무것도 먹지 않으며, 먹고 남는 것은 역시 가지고 돌아가지 않으며, 벼슬을 그만두고 집으로 돌아가는 날

정선(鄭敾), 「기려행려(騎驢行旅)」,
평양 조선미술박물관 소장

에 한 필의 말로 시원스럽게 가는 것"[163]이라고 하였다.

채제공은 1774년 4월에 평안감사에 제수되었는데 관찰사 임기인 2년
을 다 채우지는 못했다. 1775년 5월에 채제공은 사직소를 올렸다. 서얼
통청이 좌절되자 채제공을 비난했다가 정배당한 이정(李定)이라는 사람
의 아내가 남편을 위해 격고(擊鼓)하는 사건이 있었기 때문이다. 『영조
실록』과 『승정원일기』에는 채제공이 이 격고의 부당함에 대해 항변하는
내용이 자세히 나와 있다.

1 신하윤, 「「죽지사」 연구를 위한 탐색」, 《중어중문학》 36, 한국중어중문학회, 2005.

2 孫杰, 「竹枝詞發達史」, 復旦大學 博士論文, 2012.

3 이제희, 「한국죽지사 연구」, 인하대 석사논문, 2001.

4 「관서악부」의 필사본 내용에 대해서는 이은주의 「신광수 〈관서악부〉의 대중성과 계승
   양상」(서울대 박사논문, 2010.)의 부록 참조.

5 마등가는 인도에서 가장 천하게 여기는 백정의 천역을 맡은 집안의 남자를 가리키
   는 말이고 여자는 마등기(摩登祇)라고 한다. 「관서악부」의 서문에서 지칭한 '마등가'
   라는 여인의 이름은 발길제(鉢吉帝, Prakrti)이다.

6 『석북집(石北集)』 권6에 수록된 시 「또 다른 절구 3수를 나중에 보내다(又追贈三絶)」
   로, 제2수의 원문은 "長林渡口上官船, 船上留詩憶去年. 君見我詩如見我, 相思楊柳滿
   江烟"이다.

7 신광하의 문집 『진택문집(震澤文集)』 권8에 실린 「연광정에서 일지춘이 부르는 관산
   융마를 듣고 감상을 쓰다(練光亭聽一枝春唱關山戎馬曲感述)」의 원문은 "練光亭上
   欲霑巾, 三十年來物色新. 解唱關山戎馬曲, 座中惟有一枝春"이다.

8 丁範祖, 『海左集』 권23, 「藝游記」.

9 '진회연월(秦淮烟月)'에서 강조하는 것은 남경 진회하를 대표하는 기녀들의 존재이다. 남경의 진회하에 대해서는 당나라 시인 두목(杜牧)의 시 「진회하에 정박하다(泊秦淮)」가 유명하다. "안개는 찬 강물을 덮고 달빛은 모래를 덮는데, 밤에 진회하에 정박하니 술집이 가깝다. 기녀는 망국의 한을 모른 채, 강 너머에서 망국의 노래 「후정화」를 부른다(煙籠寒水月籠沙, 夜泊秦淮近酒家. 商女不知亡國恨, 隔江猶唱後庭花)."

10 '서호하계(西湖荷桂)'는 서호의 연꽃과 계수나무라는 뜻으로, 서호의 봄 경치는 계수나무와 연꽃으로 유명하다. 여기에서는 서호의 아름다운 산수를 강조한다. 송대의 시인 양만리(楊萬里)는 「새벽에 정자사에서 나와 임자방을 전송하다(曉出淨慈寺送林子方)」를 썼다. 시의 내용은 "서호에 6월이 오면, 풍광이 계절과 달라지네. 하늘까지 닿을 연잎은 끝없이 푸르고, 햇살에 비친 연꽃은 너무나 붉네(畢竟西湖六月中, 風光不與四時同. 接天蓮葉無窮碧, 暎日荷花別樣紅)"이다.

11 이색의 「부벽루(浮碧樓)」를 가리킨다. "어제 영명사를 들렀다가, 잠시 부벽루에 올랐네. 텅 빈 성엔 한 조각 달이 떠 있고, 오래된 바위엔 언제나 구름이 있네. 기린마는 가서 돌아오지 않는데, 천손은 어느 곳에서 노니나. 길게 읊으며 돌계단에 서 보니, 산은 푸르고 강은 절로 흐른다(昨過永明寺, 暫登浮碧樓. 城空月一片, 石老雲千秋. 麟馬去不返, 天孫何處遊. 長嘯倚風磴, 山靑江水流)."

12 이혼의 「서경 영명사(西京永明寺)」를 가리킨다. "영명사 안에 중은 보이지 않고, 영명사 앞에 강물만 절로 흐른다. 빈 산에 탑 하나 뜰에 서 있고, 인적 없는데 작은 배 나루를 지나가네. 하늘을 나는 새는 어디로 가는가, 넓은 들에 동풍은 쉴 새 없이 불어온다. 아득한 과거사 물어볼 곳 없는데 안개 낀 석양에 시름겹구나(永明寺中僧不見, 永明寺前江自流. 山空孤塔立庭際, 人斷小舟橫渡頭. 長天去鳥欲何向, 大野東風吹不休. 往事微茫問無處, 淡煙斜日使人愁)."

13 김창흡의 시 「연광정(練光亭)」을 가리킨다. "성벽 주변인데 달은 멀고, 성 모퉁이 정자가 우뚝 솟았네. 모래벌이 어른거리는 청류벽, 숲이 아스라한 영제교. 부벽루엔 끊임없이 노래가 들리고, 능라도엔 배가 계속 오간다. 어찌 이 번화한 자취를 한탄할 것인가, 비 내리는 인적 없는 강에 또 밀물이 차온다(粉堞周遭却月遙, 亭隨城角起岧嶤. 圓沙映帶清流壁, 列樹微茫永濟橋. 歌吹碧樓交遞響, 舟船綾島去來橈. 古今

332

何恨繁華迹, 烟雨空江又晩潮)."

14 「송인(送人)」 시를 가리킨다. "비 그친 긴 둑에 풀빛이 짙은데, 님 보내는 남포에 슬픈 노래 울리네. 대동강 물은 언제나 마르려나. 이별의 눈물이 해마다 푸른 물결에 더하는데(雨歇長堤草色多, 送君南浦動悲歌. 大同江水何時盡, 別淚年年添綠波)."

15 최경창의 「패강누선제영(浿江樓船題詠)」과 이달의 「채련곡 대동누선 차운시(采蓮曲, 次大同樓船韻)」를 가리킨다. 최경창의 시는 "긴 강가에 즐비한 버들, 아련히 채련가 노래 작은배에서 들려온다. 붉은 연꽃 다 지고 가을바람 부는데, 해 저문 물가엔 흰 물결이 일어나네(水岸悠悠楊柳多, 小舸遙唱采蓮歌. 紅衣落盡秋風起, 日暮芳洲生白波)"이고 이달의 시는 "연잎은 들쭉날쭉 연밥은 주렁주렁, 연꽃 사이로 아가씨가 노래한다. 돌아올 때 물목에서 만나자고 약속해서, 힘들게 물결 거슬러 노 저어 올라간다(蓮葉參差蓮子多, 蓮花相間女郎歌. 來時約伴橫塘口, 辛苦移舟逆上波)"이다.

16 서익의 시 「채련곡 대동강 누선 시의 운에 차운하다(採蓮曲, 次大同江樓船韻)」를 가리킨다. "남호에 연꽃 따는 여러 아가씨, 단장한 채 새벽부터 서로 노래 부른다. 치마 가득 캐지 못하면 돌아오지 않기에, 때로 먼 물가에서 풍파를 걱정하네(南湖兒女採蓮多, 曉日明粧相應歌. 不到盈裳不廻楫, 有時遙渚阻風波)."

17 허균의 『성수시화』에서는 최경창과 이달이 화응하여 시를 지었다고 전하면서 "두 시가 매우 훌륭하여 왕창령(王昌齡)과 이군우(李君虞)의 잔향이 있지만 채련곡이므로 서경 송별시의 본의와는 다르다"라고 하였다. 양경우의 『제호집』에는 이때 최경창, 서익, 이달이 「채련곡」으로 절구 한 수씩을 지었는데 그 자리에서 이달의 시를 가장 높게 평가했다고 전하고 있다. 사실관계가 다른 기록도 있다. 신흠의 『청창연담』에서는 1580년(선조 13)에 대동찰방 최경창과 평양서윤 서익이 시를 지었고 나중에 이 시에 고경명(高敬命)과 이달이 화운시를 지었다고 서술했다.

18 「연광정, 패강의 기생에게 주다(練光亭, 留贈浿江妓)」 시를 가리킨다. 총 2수로 시는 다음과 같다. "비 오는 누대엔 물가가 많아, 나그네는 해질녘에 전송하는 노래를 듣네. 어제 다시 관서에 와서, 부벽루 와서 배 타고 물결 거슬러 올라갈까(烟雨樓臺水岸多, 行人落日聽勞歌. 何時更作關西客, 浮碧蘭舟逆上波)."(제1수) "대동강에 객 전송하는 예쁜 기생들이, 저물녘에 뱃노래를 함께 부르네. 배 타고 장림 근처에

내리려는데, 온통 물결이 일렁이는 봄 강의 풍경(臨水紅粧送客多, 夕陽齊唱上帆歌, 孤舟欲下長林近, 極目春江生遠波)."(제2수)

19 이백이 황학루에 시를 지으러 왔다가 최호가 지은 「황학루」 시를 보고 크게 감탄
　하면서 황학루에 대한 시를 짓지 않고 금릉에 가서 「금릉 봉황대에 오르다(登金陵
　鳳凰臺)」라는 시를 지었다는 일화가 전한다.

20 『평양지』 권5, 「문담(文談)」. 김황원이 부벽루에 올라 하루 종일 난간에 기대 시를
　읊다가 "장성 한쪽에 물이 넘실거리고, 큰 들 동쪽 끝에 산들이 점점이 있네(長城
　一面溶溶水, 大野東頭點點山)" 두 구만 얻고는 시상이 말라 버렸다고 통곡하며 떠
　났다는 일화가 전한다.

21 소식이 서호를 소재로 쓴 「호숫가에서 술 마시는데 처음에는 맑았다가 나중에는
　비가 오다(飮湖上一初晴後雨)」의 한 구절이다. "물빛이 빛나고 맑으니 마침 좋고,
　비오는 모습과 어우러진 산색이 또한 기이하네. 서호를 서시에 비유한다면 옅은 화
　장이나 짙은 화장이나 다 아름답다(水光瀲 晴方好 山色空濛雨亦奇 浴把西湖比西子
　淡粧濃抹總相宜)."

22 송옥(宋玉)의 「초혼(招魂)」에 나오는 표현이다. "나방 같은 눈썹에 곱게 뜬 실눈,
　사람을 반하도록 반짝거린다(蛾眉曼睩, 目騰光些)."

23 『주자어류(朱子語類)』에 서암(瑞巖)이라는 승려가 매일같이 자신에게 "주인옹은 깨
　어 있는가?(主人翁惺惺否)"라고 묻고 "깨어 있다(惺惺)"라고 답하면서 마음을 다스
　렸다는 구절이 나온다. 주인옹은 마음을 표현한 말이다.

24 죽지사의 창작 전통에 대해서는 신하윤의 「18세기 조선 문인의 세계 인식과 문학
　적 형상화―추재의 「외이죽지사」를 중심으로」(성기옥 외, 『조선 후기 지식인의 일
　상과 문화』, 이화여자대학교 출판부, 2007, 202~203면) 참조.

25 윤두수(尹斗壽), 『평양지(平壤志)』, 「문담(文談)」.

26 윤유(尹游), 『평양속지(平壤續志)』, 「잡지(雜志)」.

27 이중환, 『택리지』, 「팔도총론(八道總論)」.

28 이유원, 『임하필기』 권32 「패성잡기(浿城雜記)」. "練光亭扁額, 世所稱米書, 本吳雲壑
　北固山所刻天下第一山字之翻摹也. 華使登亭循覽, 以爲汰也, 遂去天下字, 但留第一山
　三字. 後尹白下尙書補書江字, 合刻爲第一江山四字, 扁今揭亭上."

29 윤두수(尹斗壽), 『평양지(平壤志)』, 「문담(文談)」.

30 이가원, 『玉溜山莊詩話』, 을유문화사, 1972.

31 이존희, 『조선시대 지방행정제도연구』, 일지사, 1990.

32 황윤석, 『頤齋亂藁』 1768년 8월 19일 일기. "大抵南人少論中, 多有才局之人, 而蔡濟恭亦必大拜, 此市井所傳云."

33 李濟, 『關西日記』.

34 朴允默, 『存齋集』 권1, 「平壤長林」. "十里長林一路開, 不知林外有樓臺. 行行林盡平沙濶, 江水江雲次第來."

35 許筠, 『惺所覆瓿藁』 권24, 「恭憲王時士人李彦邦者善謳」. "游西京, 坊妓幾二百人."

36 金昌業, 『燕行日記』 1717년 11월 1일 일기. "旣登船, 進盤果, 兩行紅粉, 列坐左右, 此蓋關西第一繁華事也."

37 金昌業, 『燕行日記』 1717년 11월 11일 일기. "蓋一邑妓生, 除老弱外, 可堪待客者, 多不過數十人."

38 金時習, 『金鰲新話』, 「취유부벽정기(醉遊浮碧亭記)」. "天順初, 松京有富室洪生, 年少美姿容, 有風度, 又能屬文. 値中秋望, 與同伴, 抱布貿絲于箕城, 泊舟艤岸, 城中名娼, 皆出闌閫, 而目成焉."

39 「이진사전」, 『(활자본)고전소설전집』 7, 아세아문화사, 1977. 고소설에 나타난 평양의 형상화에 대해서는 탁원정의 「고소설 속 관서·관북 지역의 형상화와 그 의미」(《한국고전연구》 24, 한국고전연구학회, 2011, 147~190면) 참조.

40 『숙종실록』 1714년 10월 3일 기사.

41 『목민심서』의 해당 본문에서는 '특생'품의 의미를 부연 설명하는 대목이 있다. 선왕(先王)의 예에 따르면 음식은 태뢰(太牢), 소뢰(少牢), 특생(特牲), 특돈(特豚) 3정(鼎), 특돈(特豚) 1정(鼎)으로 5등급으로 나뉘며 변, 두, 궤, 형에도 각각 정해진 수량이 있다는 것이다.

42 黃胤錫, 『頤齋亂藁』 권12, 1769년 6월 24일.

43 丁若鏞, 『牧民心書』 「禮典」 '賓客'. "遞馬所牀下, 設三重席, 又設虎皮墩, 彼人皆踞坐牀上, 則牀下重席, 將安用之."

44 安鼎福, 『順菴集』 권5, 「정보덕(효선, 술조)에게 보냄(與鄭輔德孝先-述祚-書)」.

"世子開筵時, 上或潛聽於門外, 世子知之, 令宦者設四重席於其處. 上問而知之, 喜動
顏色."

45 『장자』「소요유」에 붕새가 회오리바람을 타고 구만리 상공으로 올라가고 메추라기
는 아무리 힘껏 날아도 유나무와 방나무에 부딪치는 정도로 그치고 만다는 구절
이 나온다.

46 蔡濟恭, 『樊巖先生集』 권32, 「送尹彝仲(弼秉)歸龍津別業序」. "天且黑, 出坐政事堂,
錦席五重. 高燭之籠以紗者, 簇簇然懸之樑, 列之堂前後, 上下其光, 晃朗照徹, 侍妓
四五十, 傅鉛粉曳茜裳, 環擁如障風. 庭下樹炬如織, 驍卒健夫, 屯若黑鴉. 然後命彝仲
入. 胥其入, 左右促疾步, 其聲類喊, 彝仲步昂然, 外示藐大人態, 及至五重席下, 目眩
搖不知吾所坐, 久然後拜, 相視以笑. 彝仲措大也, 未嘗見西京威儀, 口雖不言, 察其色,
自視如楡枋之鷃而鯤鵬我也."

47 정병설, 『나는 기생이다―『소수록』 읽기』, 문학동네, 2007.

48 정노식, 정병헌 교주, 『조선창극사』, 태학사, 2015; 최혜진, 「진채선의 활동과 기생
점고 대목의 의미」, 《문학교육학》 57, 한국문학교육학회, 2017.

49 김홍남, 「중국 「郭子儀祝壽圖」 연구―연원과 발전」, 《미술사논단》 33, 한국미술연구
소, 2011; 김홍남, 「한국 「郭汾陽行樂圖」 연구」, 《미술사논단》 34, 한국미술연구소,
2012.

50 김은자, 「조선후기 평양교방의 규모와 공연활동」, 《한국음악사학보》 31, 한국음악
사학회, 2003.

51 임미선, 『『연원일록』에 나타난 19세기 말 서도기생의 가창곡목과 가창방식」, 『조선
후기 공연문화와 음악』, 민속원, 2012.

52 李能和, 『朝鮮解語花史』. 위의 인용문은 원문을 현대어로 번역한 것이다. "蓋監營藉
名之妓는 本皆編髮之童女ㅣ니 卽丫頭也ㅣ라 年至十三四歲ㅎ면 爲爲其最初之夫者ㅣ
解辮髮爲作髻ㅎ고 如揷釵如新嫁娘ㅎ니 俗謂上髮이라 道內各郡守令이 以事上營延命
ㅎ면 監司命送童始薦枕ㅎ고 且囑上髮ㅎ니 爲守令者ㅣ 不敢不奉行이라 上妓之髮ㅎ
고 賞以金帛ㅎ나니 於是에 △家特設上髮宴ㅎ야 以饗羣妓焉이나니라."

53 한국역사연구회, 『한국고대사산책』, 전면개정판, 역사비평사, 2017.

54 정원용, 『經山集』 권12, 「仁賢書院藏書記」.

55 『진서(晉書)』 「극선전(郤詵傳)」에 나오는 이야기이다. 무제(武帝)가 옹주자사로 부임하기 위해 떠나는 극선을 전송하면서 스스로를 어떻게 생각하냐고 묻자 극선이 자신이 현량제일(賢良第一)로 천거되었으나 이는 겨우 "계수나무 숲의 가지 하나와 옥 한 조각 얻은 것(桂林之一枝 崑山之片玉)"에 불구하다고 답하였다.

56 朴瀰, 『汾西集』 「西京感述」. "外城, 是箕子所都, 至今士子, 皆居於此, 科甲不絶, 今則益盛."

57 『신증동국여지승람』 「평양부」.

58 안정복, 『동사강목』 부록 상권 중.

59 金昌翕, 『三淵集』 권11.

60 李穡, 『牧隱詩藁』 권2.

61 朴趾源, 『熱河日記』, 「渡江錄」.

62 정지영, 「논개와 계월향의 죽음을 다시 기억하기: 조선시대 '의기(義妓)'의 탄생과 배제된 기억들」, 《한국여성학》 23권 3호, 한국여성학회, 2007.

63 임수정, 「관서지방 배따라기 연행고」, 《공연문화연구》 23, 한국공연문화학회, 2011.

64 고전번역원에서 제공하는 『열하일기』 번역문을 따랐다.

65 당나라 시인 두목(杜牧)이 번화한 도시인 양주(揚州)에서 회남절도사(淮南節度使) 우승유(牛僧孺)의 막료로 있으면서 풍류를 마음껏 즐기다가 나중에 낙양으로 돌아가서 과거의 일을 돌이키며 지은 시 「견회(遣懷)」에서 "십 년 만에 양주의 꿈을 한번 깨고 보니, 청루에서 박정하다는 이름만 얻었구나(十年一覺楊州夢, 占得靑樓薄倖名)"라고 하였다.

66 이수광(李睟光), 『지봉유설(芝峯類說)』 권14, 「문장부(文章部) 7」. "白光弘湖南人, 爲平安評事, 風情不節, 眷寧邊妓, 因病遞還. 後送人遊關西詩曰, 君到百祥樓下問, 笫中應有夢江南, 未久而卒. 夫以不羈之士, 而惑於尤物, 倦倦若此, 與十年一覺楊州夢者, 亦異矣. 至今關西妓生慕其風流, 必曰白書記白書記云, 詩中笫字未穩."

67 林昌澤, 『崧岳集』 권4, 「黃固執傳」. "翁嘗於節日, 天未明, 跨馬上塚, 至普通門外, 有賊禦翁. 翁以馬與賊曰: '只有馬, 幸取去, 將行祀事, 衣服不可與.' 賊怪其言愿欤, 問其僕曰: '是誰也?' 曰: '城外黃翁.' 賊曰: '是固執黃翁者欤?' 曰: '然.' 賊遂棄馬走. 翁呼曰:

‘爾輩遇貨, 不可空返, 可以取去矣.’ 賊終不顧而走.

68 문광균, 「조선후기 경상도 재정운영 연구」, 충남대 박사논문, 2015, 236쪽.

69 『정조실록』 1780년 12월 21일 기사. 번역문은 고전번역원 사이트의 번역을 따랐다.

70 李元翼, 『梧里先生續集』 권2, 「書箕城生祠撤還圖像褙後」.

71 『명종실록』 1553년 10월 23일 기사.

72 申佐模, 『澹人集』 권12, 「與箕伯柳下書」. “柳下爲關西伯, 關西之盆紬甲國中, 尙不以一端寄惠, 豈以老物之棄置田間, 縱有紬袍, 無所於着故耶.”

73 李裕元, 『林下筆記』 권35, 「薜荔新志」.

74 이옥, 안대회 옮김, 『연경, 담배의 모든 것』, 휴머니스트, 2008. 다른 지역에서 나는 담배에 대해서도 품평을 해 놓았다. 강원도산 담배는 평범하면서도 깊은 맛이 있고, 호남산 담배는 부드럽고도 온화한데 함경도산 담배만 맛이 매우 강해 목구멍이 마르고 머리가 어질어질하다고 했다.

75 申光洙, 『石北集』 권10, 「謝樊巖方伯茶酒筆墨之惠」.

76 申佐模, 『澹人集』 권23, 「與杞山書」.

77 이영학, 「조선후기 담배의 급속한 보급과 사회적 영향」, 《역사문화연구》 22, 한국외대 역사문화연구소, 2005.

78 이영학, 「18세기 연초의 생산과 유통」, 《한국사론》 13, 서울대 국사학과, 1985.

79 이옥, 안대회 옮김, 『연경, 담배의 모든 것』, 휴머니스트, 2008.

80 사공영애, 「조선 왕실 향로 연구−古銅器形 향로를 중심으로」, 홍익대 석사논문, 2007.

81 韓致奫, 『海東繹史』 권27, 「物産志」 2, ‘文房類’.

82 李奎報, 『東國李相國後集』 권3, 「端午見鞦韆女戲」.

83 이서구, 「五月端午의 民俗」, 《경향신문》, 1958년 6월 22일.

84 金宗直, 『佔畢齋集 詩集』 권22, 「端午同府尹看鞦韆四首」 중 제2수.

85 손미경, 『한국여인의 髮자취』, 이환, 2004.

86 이능화, 김상억 옮김, 『조선여속고』, 동문선, 1990.

87 정은경, 「조선시대 선상기에 의한 궁중정재와 민간연회의 교섭」, 《한국민속학》 39, 한국민속학회, 2004.

88 申光洙,『石北集』권10,「寄成都妓一枝紅」.

89 李裕元,『林下筆記』권33,「抛毬樂」, "平壤樂府牧丹, 妙於歌曲. 今抛毬樂, 旋卽歌曲, 猶傳牧丹音調."

90 申光洙,『石北集』권10,「謝樊巖方伯茶酒筆墨之惠」제6수.

91 申光洙,『石北集』권6,「又追贈三絶」제3수. 시 아래에 "기생 모란이 내「관산융마」 시를 잘 부르기에 이렇게 썼다(丹妓善歌余關山戎馬詩, 故云)"라는 구절이 있다.

92 申光洙,『石北集』권8,「聞浿妓牧丹隷樂梨園戲寄三首」제1수. 시 아래에 "내가 관서 지방에 갔을 때 언제나 강가 누각과 배 사이에서 기생 모란과 같이 있었다. 달이 질 때까지 등잔 아래에서 모란이 내「관산융마」를 부르면 그 소리가 가는 구름도 잡을 것 같았다(余之西游, 每携丹妓於湖樓畫舫間. 燈前月下, 丹妓輒唱余關山戎馬舊詩, 響遏行雲)"라는 구절이 있다.

93 柳夢寅,『於于集』권2,「次許判書(筬)十貂亭韻」.

94 金澤榮,『韶濩堂集』권2,「悼亡詩」제12수.

95 申光洙,『石北集』권10,「美人圖」제3수.

96 金昌業,『老稼齋燕行日記』권9, 1713년 3월 18일 일기.

97 임영순·정은영,「평양검무의 무용사적 가치」,《한국체육철학회지》23권 3호, 한국 체육철학회, 2015, 183~199쪽.

98 申光洙,『石北集』권2,「練光亭贈劍舞妓秋江月」.

99 李應禧,『玉潭詩集』,「劍歌」.

100 李宜顯,『陶谷集』권3,「觀劍舞有感次杜甫舞劍器行韻」.

101 尹愭,『無名子集』詩藁 제3책,「贈劍舞妓花纖」.

102 蔡濟恭,『樊巖集』권14,「灣尹携妓作樂感念舊事草成長句」.

103 전장석,「등놀이와 불꽃놀이」,『조선의 민속놀이(1964)』, 푸른숲, 1998.

104 손정희,「헌선도에 대한 고찰」, 이화여대 석사논문, 1981.

105 申光洙,『石北集』권10,「謝樊巖方伯茶酒筆墨之惠」.

106 李詹,『雙梅堂先生篋藏文集』권1.

107 徐居正,『四佳詩集』권52,「浮碧樓行贈成都事兼簡李方伯博笑」.

108 許筠,『惺所覆瓿藁』권25,「惺叟詩話」, "李文靖昨過永明寺之作, 不雕飾不探索, 偶然

而合於宮商, 詠之神逸."

109 尹斗壽, 『平壤志』 권5, 「文談」.

110 李裕元, 『嘉梧藁略』 1책, 「樂府」.

111 최호(崔顥)의 시 「黃鶴樓」의 "옛 사람 이미 황학을 타고 떠나고, 이곳엔 부질없이
    황학루만 남았네(昔人已乘黃鶴去, 此地空餘黃鶴樓)" 구절을 염두에 둔 표현이다.

112 朴思浩, 『心田稿』 권1, 「燕薊紀程」, 1828년 11월 5일 자.

113 李裕元, 『林下筆記』 권33, 「華東玉糝編」, '浿上樂府'.

114 『薊山紀程』 권1, 1803년 11월 1일.

115 朴趾源, 『熱河日記』, 「關內程史」, 7월 25일.

116 金澤榮, 『韶濩堂集』 권1, 「李韋史(根洙)將之平壤見觀察使趙公過余徵詩遂賦長句十五
    首塞之兼寄李寧齋學士學士先有送韋史之作」.

117 卞季良, 『春亭集』 追補, 「甘露寺重創願文」.

118 南孝溫, 『秋江集』 권3, 「甘露寺」.

119 『東文選』 권16, 權漢功, 「甘露寺多景樓」.

120 金履萬, 『鶴皐集』 권9, 「山史」, "浮碧樓, 背牡丹峯面綾羅島, 酒巖及淸流壁映帶左右,
    傍有永明寺麒麟窟東明古迹. 軒豁富麗之觀, 微遜於練光, 而古雅之趣則似過之."

121 兪晩柱, 『欽英』, 제22책, "余嘗謂最不可作者永明寺僧也. 寂寞袈裟禮佛燈, 豈是浿江
    本色不? 論人與物, 大槪自有條段, 違之則格失."

122 『東文選』 권12, 金富軾, 「西都九梯宮朝退休于永明寺」.

123 安鼎福, 『東史綱目』 附錄 上卷 中 「怪說辨證」.

124 尹斗壽, 『平壤志』 권5, 「雜志」.

125 평양 향토사 편집위원회 편저, 『평양지』, 평양: 국립출판사, 1957.

126 許篈, 『朝天記』, 1574년 5월 23일, "東有酒巖, 穹窿奇怪, 狀如伏虎."

127 방린봉 외, 『조선지명편람』, 박이정, 2001.

128 방린봉 외, 『조선지명편람』, 박이정, 2001.

129 이은주, 「명 사신의 평양 제영시 연구」, 《한국문화》 68, 서울대 규장각한국학연
    구원, 2014.

130 李義鳳, 『北轅錄』 권1, 1760년 11월 12일. "方月露媚天荷香襲人之時, 二八佳人穿松

花衣環石榴裙, 或曳錦纈, 或鼓蘭枻, 淸歌妙舞, 環池而上下出沒乎傾葉側蘂之間者, 堂之勝槪也."

131 李植, 『澤堂集』 권3, 「練光亭卽事」 중 제5수.

132 朴瀰, 『汾西集』 권8, 「西京感述」.

133 한양명, 『물과 불의 축제: 선유·낙화놀이의 전통과 하회 선유줄불놀이』, 안동시, 2009.

134 전경목, 「조선후기 지방유생들의 修學과 과거 응시—권상일의 『청대일기』를 중심으로」, 《사학연구》 88, 2007.

135 『논어』 「선진(先進)」 장에서 공자가 자신의 소망을 말하라고 하자 제자 증점(曾點) 이 "저문 봄날 봄옷이 만들어지면 어른 대여섯 사람 동자 예닐곱 사람과 함께 기수(沂水)에서 목욕하고 무우(舞雩)에서 바람을 쐬고 시를 읊으면서 돌아오겠습니다"라고 대답한 고사를 가리킨다.

136 李景奭, 『白軒集』 권29, 「答西伯」, "如春秋好時節, 題給酒食之資, 令其訓長各率其弟子, 或看花臨水, 或登高望遠, 使之製述, 以追古之冠童風詠之意則善矣. 曾聞往者夏節, 監司登亭, 令士子泛舟中流作文云. 其意亦好, 而未知其節目如何, 此是白日場之類, 而恐非冠童之意也."

137 丁若鏞, 『牧民心書』, 「禮典」 중 '課藝'.

138 『세종실록』, 1435년 9월 17일.

139 『세종실록』, 1429년 1월 3일.

140 『평양속지』 권1, 「직역(職役)」.

141 조선시대 관찰사는 고려시대 안찰사의 기능을 승계하여 도내 군현을 순력하면서 수령들의 불법과 비위를 규찰하고 탄핵하는 역할을 하였으나 17세기 후반에 이르면 관찰사의 집무 행태는 순력에서 유영(留營)으로 바뀌었다. 곧 봄과 가을에 순력하는 기간을 제외하면 감영에 머물면서 집무하게 된 것이다. 이렇게 순력 기간이 짧아지면서 순력의 목적도 외관 규찰이나 행정 수행이 아니라 능원(陵園)을 살피거나 기민(饑民)을 규제하는 등의 일로 바뀌었다. 조선후기 관찰사의 변화에 대해서는 이희권의 『조선후기 지방통치행정 연구』(집문당, 1999) 참조.

142 李廷龜, 『月沙集』 권6, 「丙辰朝天錄」 중 「六月十四日出玉河館喜而口占示同行」.

143 尹愭, 『無名子集』 제5책, 「論監司之巡歷褒貶」.

144 『계산기정』 권1, 1803년 11월 15일.

145 李元禎, 『歸巖李元禎燕行錄』 권11, 1660년 2월 9일.

146 朴思浩, 『燕薊紀程』, 1828년 11월 24일.

147 徐慶淳, 『夢經堂日史』 제1편, 「馬訾軔征紀」, 1855년 10월 27일.

148 丁若鏞, 『牧民心書』, 「兵典」 6조 중 '練卒'.

149 강석화, 「조선후기 평안도의 별무사」, 《한국사론》 42, 서울대 국사학과, 1999.

150 박금수, 「조선후기 진법과 무예의 훈련에 관한 연구」, 서울대 박사논문, 2013.

151 겨울의 난로회의 정취에 대해서는 이종묵의 『한시마중』(태학사, 2012) 참조.

152 이시필, 백승호 외 옮김, 『소문사설, 조선의 실용지식 연구노트』, 휴머니스트, 2011.

153 尹國馨, 『甲辰漫錄』.

154 李瀷, 『星湖僿說』 권6, 「雪馬」.

155 朴瀰, 『汾西集』 권8, 「西京感述」 제29수. "浿水氷合盛作雪馬之遊. 其制兩人對坐, 當壚之女亦同登, 不徒爲利涉用也."

156 申光洙, 『石北集』 권5, 「除夜憶韓仁叟(必壽)吟寄浿江郵亭」.

157 成俔, 『虛白堂集』 권11, 「箕都八詠」 중 '密臺賞春'.

158 작자 미상, 『薊山紀程』 권1, 1803년 10월 30일.

159 丁若鏞, 『經世遺表』 권7, 「地官修制」.

160 『宋史』 권265, 「賈黃中列傳」.

161 申光洙, 『石北集』 권4, 「金馬別歌」.

162 申佐模, 『澹人集』 권7, 「倣關西樂府體寄按使韓柳下(啓源)十三絶」. "此截首句, 純用關西樂府句語. 澹人之爲柳下願之者, 亦石北之爲樊翁願之也."

163 丁若鏞, 『牧民心書』 「律己」 6조.

1. 원전 자료

申光洙, 『石北集』.

尹斗壽, 『平壤志』.

尹游, 『平壤續志』.

『新增東國輿地勝覽』.

『經國大典』.

『續大典』.

李濟, 『關西日記』.

李重煥, 『擇里志』.

李裕元, 『林下筆記』.

金昌業, 『燕行日記』.

丁若鏞, 『牧民心書』.

丁若鏞, 『經世遺表』.

蔡濟恭, 『樊巖先生集』.

朴趾源, 『熱河日記』.

李元翼, 『梧里先生續集』.

申佐模, 『澹人集』.

저자 미상, 『薊山紀程』.

朴思浩, 『燕薊紀程』.

韓致奫, 『海東繹史』.

朴允默, 『存齋集』.

黃胤錫, 『頤齋亂藁』.

許筠, 『惺所覆瓿藁』.

2. 논문 및 단행본

강석화, 「조선후기 평안도의 별무사」, 《한국사론》 42, 서울대 국사학과, 1999.

김은자, 「조선후기 평양교방의 규모와 공연활동」, 《한국음악사학보》 31, 한국음악사
학회, 2003.

문광균, 「조선후기 경상도 재정운영 연구」, 충남대 박사논문, 2015.

박금수, 「조선후기 진법과 무예의 훈련에 관한 연구」, 서울대 박사논문, 2013.

방린봉 외, 『조선지명편람』, 박이정, 2001.

사공영애, 「조선 왕실 향로 연구-古銅器形 향로를 중심으로」, 홍익대 석사논문, 2007.

성기옥 외, 『조선 후기 지식인의 일상과 문화』, 이화여자대학교 출판부, 2007.

손미경, 『한국여인의 髮자취』, 이환, 2004.

손정희, 「헌선도에 대한 고찰」, 이화여대 석사논문, 1981.

신하윤, 「「죽지사」 연구를 위한 탐색」, 《중어중문학》 36, 한국중어중문학회, 2005.

유희경·김문자, 『한국복식문화사』(개정판), 교문사, 1998.

이능화, 『조선해어화사』, 동문선, 1992.

이능화, 김상억 옮김, 『조선여속고』, 동문선, 2009.

이시필, 백승호 외 옮김, 『소문사설, 조선의 실용지식 연구노트』, 휴머니스트, 2011.

이영학, 「18세기 연초의 생산과 유통」, 《한국사론》 13, 서울대 국사학과, 1985.

이영학, 「조선후기 담배의 급속한 보급과 사회적 영향」, 《역사문화연구》 22, 한국외
　　대 역사문화연구소, 2005.

이옥, 안대회 옮김, 『연경, 담배의 모든 것』, 휴머니스트, 2008.

이은주, 「신광수 〈관서악부〉의 대중성과 계승 양상」, 서울대학교 박사논문, 2010.

이은주, 「명 사신의 평양 제영시 연구」, 『한국문화』 68, 서울대학교 규장각한국학연
　　구원, 2014.

이제희, 「한국죽지사 연구」, 인하대 석사논문, 2001.

이존희, 『조선시대 지방행정제도연구』, 일지사, 1990.

이종묵, 『한시마중』, 태학사, 2012.

이주원, 「평안감사 환영도의 복식」, 한국문화재보호협회 편, 『한국의 복식』, 한국문화
　　재보호협회, 1982.

임미선, 「『연원일록』에 나타난 19세기 말 서도기생의 가창곡목과 가창방식」, 『조선후기
　　공연문화와 음악』, 민속원, 2012.

임영순 · 정은영, 「평양검무의 무용사적 가치」, 《한국체육철학회지》 23권 3호, 한국체
　　육철학회, 2015.

여상진, 「18세기 충청감사의 감영처 및 도내 읍치시설 이용-교귀, 순력 및 행례를 중
　　심으로」, 《한국산학기술학회논문지》 vol.9 no.1, 한국산학기술학회, 2008.

여상진, 「지방 읍치시설 복원 및 활용을 위한 조선시대 지방관의 일기류 분석 기초
　　연구」, 《한국산학기술학회논문지》 vol.11 no.7, 한국산학기술학회, 2010.

여상진, 「18C말 황해감사 서매수의 집무와 해주목 관영시설의 이용」, 《한국산학기술
　　학회 논문지》 vol.13 no.9, 한국산학기술학회, 2012.

여상진, 「18세기 함경도 관찰사의 순력 노정과 주요 업무」, 《한국산학기술학회 논문지》
　　vol.18 no.9, 한국산학기술학회, 2017.

전경목, 「조선후기 지방유생들의 修學과 과거 응시-권상일의 『청대일기』를 중심으로」,
　　《사학연구》 88, 2007.

전장석, 「등놀이와 불꽃놀이」, 『조선의 민속놀이』, 푸른숲, 1988.

정노식, 정병헌 교주, 『조선창극사』, 태학사, 2015.

정병설, 『나는 기생이다-『소수록』 읽기』, 문학동네, 2007.

정은경, 「조선시대 선상기에 의한 궁중정재와 민간연회의 교섭」, 《한국민속학》 39, 한국민속학회, 2004.

제송희, 「조선후기 관원 행렬의 시각화 양상과 특징」, 『정신문화연구』 제39권 제3호, 한국학중앙연구원, 2016.

최남선, 『조선상식: 풍속편』 동명사, 1948.

최남선, 『朝鮮常識問答 · 朝鮮常識』, 현암사, 1974.

최혜진, 「진채선의 활동과 기생점고 대목의 의미」, 《문학교육학》 57, 한국문학교육학회, 2017.

평양 향토사 편집위원회 편저, 『평양지』, 평양: 국립출판사, 1957.

한양명, 「물과 불의 축제: 선유 · 낙화놀이의 전통과 하회 선유줄불놀이」, 안동시, 2009.

孫杰, 「竹枝詞發達史」, 復旦大學 博士論文, 2012.

3. 사진 자료

국립문화재연구소 미술공예연구실 편, 『사진으로 보는 북한 국보 유적』, 태양정보출판, 2006.

국립중앙박물관 편, 『초상화의 비밀』, 국립중앙박물관, 2011.

부산박물관 편, 『사진엽서로 보는 근대 풍경』, 민속원, 2009.

서울대학교 규장각한국학연구원 홈페이지 http://e-kyujanggak.snu.ac.kr

서인화 외, 『조선시대 음악풍속도 1』, 민속원, 2002.

서인화 외, 『조선시대 음악풍속도 2』, 민속원, 2004.

e뮤지엄 홈페이지 http://www.emuseum.go.kr

조선총독부 편, 『조선고적도보』, 경성: 조선총독부, 1916.

평화문제연구소, 『조선향토대백과』, 평화문제연구소, 2006.

작품명

기타

저자

신광수(申光洙, 1712~1775)

조선 후기 문인. 본관은 고령(高靈), 자는 성연(聖淵), 호는 석북(石北), 오악산인(五嶽山人)
이다. 35세 때 과시 「등악양루탄관산융마(登岳陽樓歎關山戎馬)」로 시명(詩名)을 얻었다.
50세에 음직으로 영릉참봉에 제수되어 관직에 나아가서 연천현감 등을 역임했고 기로
과에서 장원을 하여 승지에 오른 뒤에는 병조참의, 영월부사가 되었다. 신광수는 남인
계 문인으로 채제공, 이헌경, 정범조, 목만중 등과 교유했다. 그의 한시는 크게 백성의
고통을 사실적으로 묘파한 「채신행(採薪行)」, 「납월구일행(臘月九日行)」, 「제주걸자가
(濟州乞者歌)」 같은 고시와 관변풍류를 그린 「한벽당십이곡(寒碧堂十二曲)」 같은 염정시
로 대별할 수 있다. 1774년에 채제공을 위해 쓴 「관서악부(關西樂府)」는 평안감사의 풍
류가 두드러지게 나타나지만 그 안에는 지방관의 치적과 민간에 대한 묘사도 있어
이 두 요소를 적절하게 결합한 작품으로 볼 수 있다. 「관서악부」는 당시에 인기를 끌어
다수의 필사본으로 유통되었고, 후대에는 지방 죽지사의 작가들이 「관서악부」를 직접
언급할 정도로 광범위한 영향을 미쳤다.

역해자

이은주

서울대학교 기초교육원 강의교수. 신광수의 「관서악부」로 박사논문을 썼고, 평양읍지
2종을 번역하여 『평양을 담다』로 출판하였다. 평양에 대해 「모든 물건은 이곳으로
오라」(『18세기 도시』), 「비단과 꽃의 기억」(『문헌과해석』 82호), 「조선 시대 평양으로 떠나
는 하루 여행」(『웹진담談』) 등을 썼다.

관서악부
평안감사가 보낸 평양에서의 1년

1판 1쇄 찍음 | 2018년 9월 7일
1판 1쇄 펴냄 | 2018년 9월 17일

저 자 | 신광수
역해자 | 이은주
펴낸이 | 김정호
펴낸곳 | 아카넷

출판등록 2000년 1월 24일(제406-2000-000012호)
10881 경기도 파주시 회동길 445-3 2층
전화 031-955-9510(편집) · 031-955-9514(주문) | 팩시밀리 031-955-9519
책임편집 | 김일수
www.acanet.co.kr | www.phildam.net

ⓒ 이은주, 2018

Printed in Seoul, Korea.

ISBN 978-89-5733-604-5 94810
ISBN 978-89-5733-230-6 (세트)

이 도서의 국립중앙도서관 출판시도서목록(CIP)은
서지정보유통지원시스템 홈페이지(http://seoji.nl.go.kr)와
국가자료공동목록시스템(http://www.nl.go.kr/kolisnet)에서
이용하실 수 있습니다.(CIP제어번호: CIP2018027897)